글 쓰는 경찰

대한민국 여경이 말하는 행복한 글쓰기

글 쓰는 경찰

초판 1쇄 발행 | 2018년 1월 12일

지은이 | 황미옥
펴낸이 | 공상숙
펴낸곳 | 마음세상

주 소 | 경기도 파주시 한빛로 70 507-204

신고번호 | 제406-2011-000024호
신고일자 | 2011년 3월 7일

ISBN | 979-11-5636-202-9 (03810)

원고 투고 | maumsesang@nate.com

ⓒ황미옥, 2018

* 값 13,200원

* 마음세상은 삶의 감동을 이끌어내는 진솔한 책을 발간하고 있습니다. 참신
한 원고가 준비되셨다면 망설이지 마시고 연락주세요.

이 도서의 국립중앙도서관 출판예정도서목록(CIP)은 서지정보유통지원시스템
홈페이지(http://seoji.nl.go.kr)와 국가자료공동목록시스템(http://www.nl.go.kr/
kolisnet)에서 이용하실 수 있습니다. (CIP제어번호 : CIP2017035067)

글 쓰는 경찰

대한민국 여경이 말하는 행복한 글쓰기

황미옥 지음

마음세상

들어가는 글

"이 책을 읽는 순간 당신도 자신의 인생을 글쓰기로 만들어 갈 수 있다!"

글쓰기 전문가도 아닌 내가 글쓰기 관련 책을 쓰려니 쑥스럽기도 하지만 이 책을 든 당신에게 글쓰기를 해야 한다고 외친다.

나는 이민자였다. 엄마의 죽음과 911 테러 현장에서 죽음의 공포를 경험한 뒤로 삶의 가치를 찾다가 경찰이 되었다. 내가 원하던 직업을 갖고 행복한 줄만 알았다. 안정된 직장과 행복한 가정, 이만하면 잘 살고 있다고 자부했다. 하지만 글을 쓰면서 행복으로 포장된 내면의 그늘들과 마주하게 되었다. 사람들의 눈이 무서워 꺼내지 못했던 마음 구석구석에 구겨 넣어두었던 상처들을 백지 위에 채우기 시작했다. 신기하게도 글을 쓰면서 그 아픔들과 상처들이 치유되고 회복되는 경험을 하게 되었다. 글쓰기를 통해 나는 내면의 건강을 되찾았다. 건강한 아내, 탁월한 엄마의 자리를 회복했다.

이 책의 목적은 나와 같은 평범한 사람이 치유의 글쓰기를 통해 행복한 인생을 찾아가는 데 있다. 이를 위해 3장 '글쓰기로 찾은 나'를 신중하게 살펴보길 바란다. 모조리 여백에 담아 비워내야 한다. 모든 것을 비운 다음에야 비로소 진정한 행복한 삶이 담긴 채움의 글쓰기를 시작할 수 있다. 아픔과 상처를 세상에 드러냄으로써 나와 비슷한 아픔을 겪는 사람들에게 용기를 주고 자신도 비워낸 그 자리에 새로운 것을 채워 행복한 삶을 살아갈 수 있다. 비움과 채움의 글쓰기를 통해 글은 평범한 사람일수록 더 적극적으로 써야 하고 성공해서 쓰는 게 아니라 내 일상을, 내 삶을 써야 한다는 사실을 깨달았다.

가치 있고 의미 있는 일을 하며 살고 싶어 경찰을 택했다. 나에게 가치 있는 삶이란 글쓰기를 통해 나를 만나고 내 삶의 주인으로 가슴 뛰는 일을 스스로 실천하며 주변 사람들에게 사랑을 나눠주는 일을 하는 것이다.

당신은 한 사람의 34년이라는 세월이 담긴 인생을 보고 있다. 한글을 제대로 모르던 평범한 이민자가 어떻게 글 쓰는 삶을 살게 되었는지 이 책에 모든 것을 담았다. 당신을 비롯하여 모든 사람의 인생은 미완성이다. 당신이 인생의 주인공으로 살고자 한다면 하나의 전제 조건이 필요하다. 명확한 목표를 가지고 있어야 한다. 글쓰기를 통해 당신의 목표를 명확하고 크게 가져라. 글쓰기는 당신의 삶의 방향을 안내해 줄 것이다.

새롭게 무언가를 시작하려면, 남다른 각오와 행동이 필요하다. 이 세상에 하나뿐인 당신, 글쓰기를 통해 원하는 삶을 꾸려 나가길 진심으로 바란다. 자기를 세상에 남기는 행복한 글쓰기, 이제 당신 차례이다.

열정 글로벌캅 **황미옥**

어떤 일에 열렬한 애정을 가지고 열중하는 마음을 '열정(熱情)'이라고 한다. 나의 17년 묵은 제자 황미옥을 제대로 표현할 말로 가장 먼저 떠오른 단어이다. 누구에게나 인생의 변곡점이 있게 마련인데, 그것이 예상치 못한 충격적인 외부 환경과 결부된 것이라면 보통의 사람들은 인내와 극복보다는 절망과 좌절을 선택하기 쉽다. 그러나 17년 전 미국에서 전학 온 나의 제자는 이런 일반적인 흐름을 거부했다. 친구들과 한참 재미있게 지낼 초등학교 4학년 때 부모님을 따라 이민을 가고, 현지에 제대로 적응도 하기 전인 6학년 때 하늘처럼 믿었던 어머니가 혈액암으로 세상을 떠났다. 그 충격으로 아버지는 술에 빠져 사춘기 고민을 말하기도 어렵게 되었고, 학교에서는 왕따가 되었다. 몇몇 친구들을 의지하며 버티던 차에 9·11테러 당일 현장 근처에 위치한 학교에서 무역센터 빌딩이 무너지는 것을 직접 바라보면서 필사의 탈출을 감행해야 했다. 아비규환의 충격을 수습하기도 전에 이민 생활을 청산하고 중도 귀국하여 한국의 고3이 되어 입시를 준비하게 된 것이 당신의 현실이었다면 당신은 어떤 선택을 했겠는가?

17년 전 나의 묵은 제자는 영어 특기자 전형밖에는 입시를 치를 준비가 전혀 되어 있지 않았다. 10대를 고스란히 미국에서 보낸 아이에겐 수학은 고사하고 국어와 사회 과목조차도 넘기 힘든 장벽이었다. 이 와중에 나의 제자는 가정 경제를 고민하고 있었다. 최대한 빨리 취업해서 몸이 불편하신 아버지를 대신해 집안을 책임져야 한다고 했다. 그러면서 부상으로 상금을 주는 대학 주최 영어 말하기 대회에 참가하여 받은 상금을 꼬박꼬박 저금까지 하고 있었다. 당시에는 인문계 고등학교에서 야간자율학습을 거부하는 것은 학교 질서를 파괴하는 매우 심각한 행위로 취급되던 때였다. 나의 이상한 제자는 경찰이 되는 데 필요한 태권도를 배우겠다며 조기 하교를 허락해 달라고 졸랐다. 거기에다가 수업 시간에 다른 공부를 할 수 있도록 배려해 달라고 억지를 부렸다. 나는 한 가지 조건을 제시했다. 모든 수업 시간에 절대 졸지 말 것. 나의 제자는 학력고사를 칠 때까지 단 한 번도 약속을 어기지 않았다.

결국, 경찰이 된 나의 제자가 이제는 책을 내겠다며 나를 찾아 왔다. 고등학교 국어를 가장 어려워했던 미국 유학 중도 포기자가 글쓰기를 주제로 하는 책을 내겠다며 초안을 내밀었다. 지난 15년의 세월을 얼마나 치열하게 살아왔는지가 한눈에 들어오는 결과물이었다. 나는 이 초안을 보면서 나 자신을 반성했다. 그리고 제자에게 깊은 감사의 마음을 전했다. 자신을 치열하게 연마하여 타인을 이롭게 하는 삶을 살아가는 제자의 인생을 들여다보며 교직을 어떻게 매듭지어야 할 것인지에 대한 생각을 정리할 수 있었다. 나는 이 책을 만나게 될 독자들에게 감히 확신을 하고 권한다. 그녀의 실제적인 삶의 시간을 따라가다 보면 자신을 되돌아보게 될 것이고, 어느새 주도적이고 적극적으로 변한 자신을 발견하게 될 것이다. 내가 그녀의 삶에 대한 열정에 설득되었던 것처럼 여러분도 그녀의 성실한 삶에 동화되는 축복을 누려보길 진심으로 기원한다.

경혜여자고등학교 교감 **이흥복**

내가 그녀를 처음 알게 된 것은 뉴욕 주재관으로서의 3년 임기가 거의 끝나갈 무렵이었다. 조그마한 글씨로 빽빽하게 사연을 적은 연하장과 내 이름이 새겨진 경찰 제복을 입은 「무한도전 캐릭터 인형」을 소포로 보내온 것이었다. 일면식도 없는 사이였다.

어린 시절 부모님과 함께 뉴욕에 이민 왔다가 어머니를 병으로 잃고, 다시 한국으로 돌아가서는 자신의 오랜 꿈인 경찰이 되었으며, 장차 나처럼 뉴욕 주재관으로 근무하고 싶다는 내용이었던 것으로 기억한다.

지금까지 여러 부서에서 후배 경찰관들과 근무해 왔지만, 자신의 꿈을 위해 직접 연락을 취하고 마음을 표현하며 적극적으로 행동하는 후배를 만난 적은 처음이다. 늘 성장을 위해 끊임없이 배우며 주변 사람들과 나누는 후배를 보면서 나를 돌아볼 수 있었다. 삶에 대한 열정과 애착을 지켜보며 경찰 리더로서 내 삶을 어떻게 가꾸어 가야 하는지에 대한 생각도 정리할 수 있었다. 이 책을 통해 원하는 목표를 어떻게 글쓰기로 구체화하면서 이루었는지 알 수 있다. 후배의 지치지 않는 글 쓰는 열정을 여러분과 나누고자 한다. 경찰, 공무원, 직장인, 나아가 글쓰기에 관심 있는 모든 사람들에게 공감대와 열정의 불씨를 심어줄 것이다. 에너지는 나누면 배가 된다. 저자의 글 쓰는 에너지를 이어받아 여러분의 삶에 글쓰기로 디자인해보기를 적극 기원한다.

제주해안경비단장 총경 **박기남**

자기 자신을 가장 사랑하고 믿는 사람은 자신의 인생을 진지하게 대하고 언제나 한결같이 성실하게 된다. 2년 전 인연을 맺은 경찰 제자 황미옥은 아침마다 내게 글을 적어가며 소식을 전했다. 그러다 말겠지 했던 생각은 기우였다. 이런 생각들과 경험들이 모여 드디어 책으로까지 나왔다. 글을 쓴다는 것은 나를 표현하는 강연 혹은 방송 보다 더 힘이 든다. 더군다나 글이 책이 되어 나올 것을 알면서 쓰는 글들은 그 사람의 본심에 가장 가까운 모습으로 표출된다. 황미옥은 이 글들을 석으며 경찰이란 직업의 세계에서 그리고 자신 스스로의 역사 안에서 가장 황미옥을 보여줬다. 한 인간의 본심을 들여다본다는 것은 흥미롭고 아름다운 일이다. 이 글을 읽는 동안 당신은 황미옥으로 한 번 더 살 수 있다.

스노우폭스 대표 **김승호**

제1장
나는 대한민국 경찰이다

이민 1.5세의 삶

따뜻한 날이었다. 무더운 여름이 되기 전 우리 가족이 이민 가방 6개를 챙겨서 도착한 곳은 존 에프 케네디 국제공항이었다. 누가 데리러 왔는지 어떤 차를 타고 갔는지는 기억이 잘 나지 않지만 차 안에서 내다본 세상은 신세계였다. 부산에서만 살던 나는 눈 앞에 펼쳐진 넓고 큰 건물들을 보고 경악했다. 부산 촌놈이 뉴욕에 왔으니 그럴 수밖에.

뉴욕 퀸스 엘머스트(Elmhurst). 이곳이 우리 가족이 정착한 곳이다. 할머니, 고모, 큰아버지 가족이 뉴욕에서 살고 있었다. 우리 가족은 뉴욕에서 할머니와 고모 집에서 함께 살았다. 뉴욕은 집값이 비쌌다. 돈을 아끼기 위해서였다.

초등학교에 4학년으로 입학했다. 여름방학 3개월 동안 고모는 집안의 모든 물건에 영어가 적힌 테이프를 붙여서 나에게 영어 공부를 시켰지만, 나는 학교에 가면 꿀 먹은 벙어리였다. 화장실을 가고 싶은데도 손을 들고 말을 하지 못해서 화장실에 가는 것을 참기도 했다. 학교에서는 아시아에서 온 학생 중 한 명으로 살아갔다. 내가 학교에 있을 시간에 엄마는 봉제 공장에서 일하셨고 아빠는 큰엄마가 1년 전부터 고모 가게를 받아서 운영하던 곳에서 같이 일하셨다. 고모는 강아지 한 마리를 키우고 있었는데 이름은 소라였다. 그때 유행하던 연예인 이름을 따서 소라라고 했다. 학교가 끝나면 나는 소라를 데리고 집 앞 공원을 산책했다. 늘 손에는 비닐봉지를 가지고 있었다. 미국에서는 강아지 똥도 주인이 치워야 한다는 고모의 말 때문에 주머니에 늘 비닐 주머니를 가지고 다녔다.

미국에 살아도 집에 오면 늘 한국말을 했고 한국 음식을 먹었다. 학교에서도 한국인 친구가 여러 명 있었다. 내가 처음 사귄 한국인 친구는 인숙이와 상수다. 우리 셋은 제일 친한 친구였다. 늘 함께 놀았고 아주 친했다. 나영이, 수정이, 상규, 원우와도 친해졌다. 엘머스트에 사는 친구들이었다. 이 친구들과 함께 낯선 뉴욕에서 학교에 다니며 한국 가수의 춤을 연습해 친구들 앞에서 공연하기도 했다. 인숙이의 집은 춤 연습을 하며 모이는 공간이었다. 늘 학교가 끝나면 붙어 다녔고 친구들은 형제가 없는 나에게 정말 소중한 존재들이었다. 고맙게도 한국에서 친하게 지냈던 친구들 몇 명과 중학교에 다닐 때까지 편지로 소식을 주고받았다. 제일 기억에 남는 친구가 나라다. 그 친구는 정말 꾸준하게 편지를 해주었고 신기하게도 성인이 되어 중앙경찰학교에서 만나게 되면서 경찰 동기가 되었다. 낯설었지만 이민 생활에 잘 적응했다. 고모와 할머니의 덕이 컸다. 부족함 없이 새로운 곳에서 정착해 나가고 있었다.

얼마 후 우리는 방을 하나 얻어 이사했다. 우리 세 가족은 원룸에서 새롭게 생활을 시작했다. 엄마가 다니는 봉제 공장에서는 주급을 받았다. 내 기억으로는 한국에서 받는 월급만큼 미국에서는 주급으로 받았다고 들었다. 집값이 비싼 뉴욕이었지만 잘 모으면 괜찮다고 했다. 아빠는 늘 나를 학교까지 손을 잡고 데려다주셨다. 한 번은 비가 엄청 많이 내려서 지하철을 타고 가라고 하셨다. 아빠가 지하철을 태워주면 나는 그 역에서 내리기만 하면 되었다. 문제는 내가 탄 지하철이 내가 내려야 할 정거장을 지나쳐 버린 것이다. 나는 당황했다. 한참이 지난 후에 다음 정거장에 멈췄지만 당황한 나는 눈앞에 보이는 경찰관을 보고는 쏜살같이 달려갔다. 짧은 영어로 뭐라고 했는지 정확히 기억은 안 나지만 "마이 스쿨 아이 돈 노" 정도로 하지 않았을까 생각된다. 아빠는 일반 지하철을 태워줬어야 했는데 직행을 태워준 것이다. 덕분에 나는 처음으로 경찰차를 타게 되었다. 쇠창살로 가려진 뒷좌석에 앉아 나는 학교로 향했다. 내가 나쁜 짓을 한 줄 알고 쳐다보는 친구들 사이에서 수줍게 학교로 걸어 들어갔다. 경찰과의 첫 인연은 그렇게 시작되었다.

아빠가 나를 학교에 데려다주는 시절도 잠시, 아빠는 부산으로 다시 돌아가겠다고 선언했다. 평생을 장사하셨던 아빠는 큰엄마와 함께 가게에서 일하시는 게 불편했던 모양이다. 아빠는 부산으로 가셨고 엄마와 나는 둘이서 살게되었다. 좋았다. 단둘이서 자유를 얻은 기분이었다. 아빠는 술을 드시면 180도 다른 사람으로 변하곤 했는데, 엄마와 나는 천국에 있는 기분이었다. 행복했고 새 삶을 찾은 기분이었다.

그러나 우리 모녀의 행복은 짧았다. 갑자기 배가 아프다며 배를 움켜잡고 고통스러워하는 엄마를 구급차에 태워 엘머스트 병원 응급실로 향했다. 각종 검사 끝에 알게 된 엄마의 병명은 림포마 암, 혈액암이었다. 충격이었다. 이제야 자유를 얻었다고 생각했는데 엄마가 아프다니 믿기지가 않았다. 엄마는 힘든 항암 치료의 시간을 버텨내야 했다. 머리카락은 빠지고 몸은 수축해졌지만 살고자 하는 의지가 있었다. 하늘이 도왔는지 다행스럽게도 상태가 많이 호전되어 퇴원할 기회를 얻었다.

　짧은 시간 동안 나에게는 잊지 못할 어린이날이 되어 버렸다. 엄마는 알았던 걸까. 자신에게 얼마의 시간이 남지 않았다는 것을. 어린이날 평소에 사주지 않던 고가의 신발과 옷을 사주셨다. 그런 행복도 잠시 엄마는 입이 돌아가고 몸 전체 반쪽이 마비되면서 다시 입원하게 되었다. 병원에서는 더 치료해 줄 게 없다며 준비하라는 말까지 하였다. 6학년짜리가 감당하기에는 벅찬 일이었다. 그 당시 나는 학교를 옮겼는데 한국인 친구들 사이에서 왕따를 당하고 있었다. 1년 후에 다시 학교를 옮겼지만 아픔이 많았다.

　아빠와 나는 엄마 곁에서 조금이라도 더 있기 위해 병원 지하에 있는 맥도날드에서 주식을 해결했다. 엄마는 코에 호스를 끼워서 우유를 먹었는데 그것도 헐어서 아파했다. 병원에서 배 쪽에 구멍을 내서 호스를 꽂으면 편하다고 해서 그 시술을 했다가 엄마의 첫 마디는 "괜히 했다."셨다. 얼마나 아팠으면 그 참을성 많은 엄마가 그런 말을 했을까. 엄마는 돌아가시기 며칠 전에 나에게 이런 말을 남겼다.

　"미옥아, 아무리 미워도 아빠는 아빠다. 아빠 말 잘 듣고 아무쪼록 건강해야 한다. 알겠지?"

　그 당시 나는 너무 어렸고 철이 없었다. 엄마의 마지막 말을 가슴으로 이해하지 못했다. 엄마는 비가 부슬부슬 내리던 날 새벽, 아무도 없는 병실에서 홀로 먼 길을 떠나셨다. 나중에 간호사 언니에게 들은 말인데 '미역'을 그렇게 외치셨단다. 내 이름이었다. 외국인이 들으면 내 이름이 미역으로 들린다. 내 이름이었다. 나는 사랑한다는 말도 하지 못한 채 그렇게 엄마를 떠나보냈다. 내가 다니던 교회의 목사님은 엄마가 아플 때부터 온 신경을 써주셨다. 각종 서류 신청부터 정말 적극적으로 도와주셨고 엄마의 장례식도 배려해 주셨다. 마지막 가는 엄마의 옷을 내가 골랐다. 엄마가 평소 좋아하던 상아색 정장. 그렇게 엄마를 보내고 아빠는 엄마의 유골을 부산에 모시기 위해 한국으로 가셨다.

나는 평범한 일상으로 돌아왔지만 나는 예전의 내가 아니었다. 엄마에 대한 그리움을 친구들로 채웠다. 친구가 내 생활의 전부였다. 주로 집 앞 공원에서 핸드볼을 하며 하루를 보냈다. 아주 작은 공을 앞뒤 2명씩 번갈아 가면서 치는 놀이였다. 학교가 끝나면 거기에서 아시아 학생들이 다 모여서 놀았다. 거기서 놀다가 당구도 치러가고 노래방도 가곤 했다. 아무튼, 친구 따라 강남을 두 번 갔다. 한 번은 테레사(Theresa)라는 중국인 친구가 맨해튼 월가에 있는 고등학교에 지원했는데 나도 덩달아 같은 학교에 따라 지원했다. 우리 둘 다 합격자 명단에 있었고 같은 학교에 가게 되었다. 이건 친구 따라 강남 간 좋은 소식이다. 나쁜 소식은 미국에서 처음 사귄 친구 중의 한 명을 따라 가출을 한 일이다. 무식하면 용감하다고. 집을 나간다는 친구의 말을 듣고 호기심에 그날 저녁 가방을 챙겨 따라 나갔다. 고등학교에 함께 합격한 중국인 친구 테레사(Theresa) 덕분에 고모에게 붙들려 집에 왔지만, 친구 따라 강남 간 아주 부끄러운 일이었다.

2001년 9월 11일. 여느 때와 같이 지하철을 타고 Trinity Place에 내려 지하도를 걸어서 밖으로 나와 쌍둥이 건물이 있는 거리를 지나 학교 앞 가판대에서 베이글을 하나 사서 학교로 들어갔다. 수업 중이었다. 지진 같은 움직임이 있어 우리는 평소와 같이 소방훈련(Fire Drill)에 따라 학교를 대피했다. 1층으로 내려갔다. 무역센터 건물을 올려다보니 비행기가 두 대 꽂혀 있었다. 무슨 영화 찍는 줄 알았다. 다시 눈을 닦고 봐도 현실이었다. 선생님들의 지시에 따라 선착장이 있는 쪽으로 걸으며 대피했다. 핸드폰이 먹통이었다. 학교 근처 백화점에 간다는 고모의 말이 생각나 공중전화를 쓰려고 줄을 섰는데 내 눈앞에서 쌍둥이 건물 하나가 스르르 무너졌다. 나는 미친 듯이 뛰었다. 책가방 끈을 붙잡고 있던 그 손 때문에 살았던 걸까? 누군가 나에게 건 내준 물에 적신 손수건 덕에 살았던 걸까? 나는 앞도 잘 보이지 않고 발밑에는 버려진 책가방과 신발들이 널려 뛰기도 힘든 공간에서 뛰고 또 뛰면서 첫 번째 배를 타고 테러 현장에서 탈출할 수 있었다. 나에게 닥쳐온 죽음의 공포. 나는 그렇게 9·11 테러 생존자로 불리게 되었다.

뉴욕이라는 곳을 생각하면 늘 후회와 그리움으로 가득했다. 모든 걸 잃은 곳이 뉴욕이라고 생각했다. 엄마를 잃었고 내 목숨마저도 빼앗아 갈 뻔했던 곳이라고 생각했다. 하지만 돌이켜 생각해보면 얻은 것도 참 많았다. 영어, 끈기, 꿈이 생겼다. 성숙해졌고 철도 빨리 들었다. 엄마의 죽음은 생각도 하기 싫은 큰 아픔이었지만 결혼을 해서 아이를 낳고 키워보니 친정엄마가 이해되었다. 엄마에 대한 그리움이 예전과는 조금 달라졌다. 원망과 미움에 대한 그리움이 컸다면 지금은 이해와 사랑에 대한 그리움이 더 크다. 현재의 내 모습은 이 두 개의 큰 아픔을 통해 성장했다고 해도 과언이 아니다. 아픈 만큼 성숙한다는 말이 맞는 걸까. 후회는 없다. 내가 겪은 일들 또한 이유가 있다고 생각한다.

2013년 겨울, 10년 만에 뉴욕을 다녀왔다. 시어머니와 남편과 시삼촌과 함께. 내가 살던 곳과 다니던 학교 그리고 엄마가 아플 때 있었던 병원을 모두 둘러보았다. 아름다운 그리움이었다. 원망과 후회가 아닌 사랑에 대한 그리움이었다. 감사했다. 엄마에게 웃으면서 말해주었다. 엄마 없이도 나 지금까지 잘 컸다고.

이민을 가기 전 나는 부산에서 살았다. 부산 하야리아 미군 부대가 있는 곳 근처에 초등학교를 다녔다. 활동적이었지만 아주 내성적인 아이였다. 부끄럼도 많이 타는 잘 웃는 아이였다. 학교에서는 핸드볼을 했고 학교 성적은 좋은 모범적인 학생이 나였다. 이민 가기 직전 학교에서 체육대회가 있었는데 엄마가 처음으로 학교에 오셨다. 철봉을 타고 찍은 사진, 엄마랑 도시락을 먹는 사진, 처음이자 마지막이 되어버린 엄마와 함께한 체육대회 사진이었다. 비록 엄마는 지금 나와 함께하지 않지만, 나에게는 소중한 추억이 있다. 만족한다. 추억만으로도 함께 할 수 있다. 나는 그 믿음으로 20년째 살아가고 있다. 그 추억 하나만으로.

　뉴욕에서의 이민 생활을 되돌아보면 어린 내가 감당하기에는 벅찬 사건들이 있었다. 나는 항상 일기를 썼다. 지금도 힘이 들 때면 그때 썼던 일기장을 펼쳐보곤 한다. 누군가 그랬다. 아픔의 크기는 사명의 크기라고. 나는 아픔 뒤에 찾아온 성장과 변화의 기회를 잡았다. 한국행을 택했다. 지금의 내가 있을 수 있었던 것도 아팠지만 고통의 시간을 잘 버텨준 청소년기의 내가 있었기 때문이다. 제2의 고향 뉴욕에서의 8년은 또 다른 나일 뿐이다.

한국생활 15년

끓었다. 한 학년 끓으면서 모든 건 새롭게 시작되었다. 한국에 다시 돌아왔을 때 고3이었다. 어중간했다. 교육청에서 대학에 바로 진학하려면 성적도 어중간하고 하니 2학년부터 다시 해보라는 조언이 있었다. 한 살 어린 친구들과 수업을 같이 듣게 되었다. 부산 북구에 있는 여고에 편입했다.

학교에 다니며 대학교에서 주최하는 영어 말하기 대회에 참가했다. 학교의 추천으로 나가게 되었고 몇 번을 연달아 장려상만 받았다. 주변에서는 칭찬했지만 나는 창피해서 견딜 수가 없었다. 나의 문제는 영어가 아닌 발표에 있었다. 사람들 앞에만 서면 부끄러워했다. 그게 문제였다. 2학년 내내 장려상만 받으니 오기가 생겼다. 그래서 주제를 바꿨다. '대학교육은 성공에 있어서 꼭 필요한가?' 라는 주제로 바꾸고 내용도 한참 연구한 끝에 단락마다 틀이 있게 바꾸었다. 나는 철두철미했다. 만든 대본을 문단마다 외워서 집에 캠코더를 세워두고 녹화했다. 다시 보기를 통해 맘에 안 드는 동작을 수정해나갔다. 몇 개월 동안 꾸준히 했다. 그 결과 3학년 졸업할 때까지 같은 주제로 출전한 모든 영어 말하기 대회에서 대상을 받았다. 작년과 다른 점은 딱 하나, 철저한 발표 연습이었다. 작은 성공을 맛봤다. 나도 하면 된다는 자신감을 얻었다. 고3 때 내 담임선생님은 남자 국어 선생님이셨다.

"선생님, 저는 경찰이 될 거예요. 수능을 잘 칠 자신도 없고 안 볼 거예요. 그러니 수업 안 듣고 뒤에서 자습할 수 있게 해 주세요."

라고 부탁했다. 담임선생님은 마지못해 그렇게 허락해주셨다. 나는 자율학습도 하지 않고 수업시간에는 경찰공무원 가산점을 채우기 위해 토익과 워드, 엑셀 이론을 공부하고, 학교를 마치면 친구들이 자율학습하는 시간에 컴퓨터 학원에 다니며 실기를 배우고 태권도 도장에서 단증 준비를 위해 연습했다. 졸업 무렵 나는 토익 940점과 워드 1급, 엑셀 C, 태권도 2단을 취득했다. 원하는 가산점을 모두 채웠다. 대학교육의 필요성을 전혀 알지 못했다.

하지만 담임선생님의 설득으로 여러 대학의 경찰행정학과에 전화로 문의하게 되었다. 부산을 포함해서 경남, 경북까지 4년제, 2년제 대학 모두 전화를 걸었다. 진지하게 상담했다. 유일하게 한 곳에서 내 모든 질문에 친절하게 상담해주었다. 내가 원하는 모든 질문에 답해 준 곳은 경북에 있는 전문대학이었다. 그곳에 입학하게 되었지만 얼마 후 휴학을 했다. 내 목표는 경찰공무원 합격인데 대학을 다니면 공무원이 못 될 것만 같았다. 공부하는 시간보다 술 먹는 시간으로 더 많이 보냈기 때문이다. 나는 뒤늦게 공부해서 합격하고 싶었다. 여기는 내가 있을 곳이 아니라는 생각이 들기 시작했다. 학과장을 찾아가 휴학계를 제출했다. 부산으로 돌아와 서면에 있는 경찰학원에 상담하고 등록했다. 공무원 입시 생활이 드디어 시작되었다. 전업 입시생으로 내 삶은 바뀌었다. 공무원 학원가에서 3년을 미친 듯이 공부하며 보냈다. 그 시간을 견디고 버틴 끝에 24살에 직장을 얻게 되었다. 나의 첫 부임지는 지구대였다. 어리바리 황 순경이 올해는 직장경력 10년 차가 되었다. 직장을 다닌 지 한 달 만에 남편을 만났고 2년 만에 결혼했다. 5년 만에 예쁜 딸이 내 삶에 찾아왔고 누구보다 행복한 시간을 보내는 중이다. 결혼하면서 또 다른 가족을 얻었다. 남편과 시어머니다. 시어머니는 나와 비슷한 아픔이 있으시다. 어머니는 딸을 일찍 보내셨고 나는 엄마를 일찍 보냈다. 보낸 시기도 비슷하다. 같은 아픔이 있는 우리가 만나게 된 이유도 있겠지? 때로는 시어머니와 며느리처럼 때로는 친정엄마와 딸처럼 지낸다.

연예인도 아닌 내가 한국생활을 하며 방송 출연을 더러 했다. 경찰은 특별한 직업이다. 결혼 직전에 대구 아침마당에 출연한 적이 있었다. 7번 실패 끝에 8번 만에 원하는 직업을 갖게 된 사람들을 모아 이야기하는 자리였다. 나는 경찰 대표로 제복을 입고 출연했다. 연습은 많이 했지만 얼마나 많이 긴장되었던지 녹화 현장에서 무슨 말을 했는지 기억이 하나도 나지 않는다. 남편이 얘기하길 한 가지 확실한 건 내가 사투리를 쓰지 않고 표준말을 쓰려고 애썼다는 사실이다.

2014년 7월 관광경찰대가 부산에서 출범했다. 나는 1호 부산관광경찰이었다. 모든 영어 인터뷰에 응했다. 9시 뉴스에도 나왔고 부산 15개 경찰서 담벼락에 대문짝만하게 찍힌 플래카드에 걸려 있기도 했다. 아는 동료들은 내 사진이 이렇게 부착되어 있다며 사진을 찍어서 보내주곤 했다. SBS 생활의 달인, 부산 라디오 FM 90.5 등 여러 곳에 출연해서 부산관광경찰을 알렸다. 나에게는 잊지 못할 특별한 경험이었다.

20대를 떠나보내기 싫어 한창 붙잡고 있을 때가 있었다. 책 제목에 온갖 20대가 들어간 책이란 책은 모조리 다 읽었다. 그만큼 20대를 보내기 싫었다. 나보다 한 살 많다는 이유로 같은 사무실에서 근무하던 경찰 동기는 내 남편과 지인 몇 명을 초대해 조촐하게 나의 20대의 마지막 파티를 열어 주었다. 떠나보낼 때는 그토록 보내기 싫었는데 20대를 막상 보내고 나니 후련했다. 지금은 철없던 20대보다 경험이 많은 30대가 더 좋다.

15년 동안 한국에서 지내면서 내 머릿속에는 오직 경찰뿐이었다. 다시 한국에 돌아오게 되었을 때 예전에 다니던 학교를 찾아갔다. 담임선생님을 찾아갔지만, 특목고에서 내가 적응을 다시 못할까봐 걱정된다며 인문계 고등학교를 가보라고 하셨다. 그 당시는 많이 서운했지만, 그 덕에 나는 이홍복 담임선생님을 만날 수 있음에 감사하다. 자기가 맡은 학생이 학교수업을 안 듣겠다는데 누가 좋아하겠는가. 하지만 선생님은 나를 있는 그대로 받아주셨다. 성인이 된 지금도 찾아가 신생님과 이야기를 나눈다. 미국에서는 학교를 마치는 오후 2시 이후 시간은 자유인이었다. 진득하게 공부해본 역사가 없었다. 그런 내가 3년 동안 답답한 공무원 학원가에서 스스로 공부해 합격했다는 사실이 아직도 믿기지 않을 때가 많다. 고통의 시간이 있었기에 지금의 내가 있다고 생각한다. 노력한 과정들이 결과를 말해준다.

한국에서 생활하면서 어린 나이에 직장을 가지게 되었다. 24살에 사회경험 하나 없이 시작하다 보니 어려움이 많았다. 감정을 숨길 수 없었다. 내 얼굴에 모든 게 선명하게 다 드러났다. 기쁘면 기쁘다고 기분 나쁘면 나쁘다고 말하고 있었다. 마치 크리스털처럼 투명하게 다 드러났다. 그렇게 해서는 직장생활을 하기가 힘들었다. 상사에게 혼나면 혼났다고 얼굴에 다 드러났다. 내가 하는 일은 과 전체를 챙겨야 하는 일이었다. 내가 기분이 나빠 있으면 사람들이 내 눈치를 봤다. 마음은 잘하고 싶어도 몸은 잘 안 되어 매번 선배에게 혼나기도 했다. 그래도 직장에서 그런 선배가 있어 돌이켜 보니 행복했다는 생각이 들었다. 끌어주는 선배 하나 없는 사람도 많았을 텐데 말이다. 처음에는 미국에서 왔다는 인식 때문인지 선입견도 많았다. 같은 경찰서 형사과에 근무하던 남편과 결혼을 하면서 내 이미지도 좋아졌다. 뉴욕에 살면서 몸으로 배운 이기적인 면도 없지 않았다. 출산하고 아이를 키우면서 유순해졌다는 소리를 많이 들었다. 아무튼, 좋아졌다는 소리가 대부분이었다. 에너지 넘치는 대한민국이 나는 좋다. 내 남편과 딸아이가 있는 한국이 좋다.

이민 가기 전 한국에서 있었던 시간은 대부분 잘 기억나지 않는다. 초등학교에 다니며 학원에 다녔다. 속셈 학원과 피아노 학원, 태권도 학원에 다녔다. 어울려 다니던 친구 몇몇 기억은 있다. 다시 한국에서 살게 되었을 때 친구들과 연락도 해봤다. 어릴 때처럼 자주 만나지지 않았다. 어릴 때 친구들은 어린 시절 추억들 속에 있을 때 더 의미 있다. 굳이 그 친구들을 찾아내 연락을 하고 지내야만 우정이 계속되는 건 아니라는 사실을 깨달았다. 가끔 생각날 때 한 번씩 목소리만 들어도 좋은 친구가 어릴 적 친구였다. 미국에 사는 친구들도 마찬가지였다. 가끔 한 번씩 통화만 해도 기분이 좋아진다. 한국 미국을 여러 번 오가며 지낸 세월에 대한 후회는 없다. 항상 어중간하다고 생각했던 내 인생도 더 나쁘게 생각하지 않는다. '한국과 미국을 오갔던 이유 또한 있겠지.' 라고 긍정적으로 생각한다. 어릴 때는 특별히 되고 싶고, 하고 싶은 무엇이 없었다. 경찰이라는 목표가 있었기에 3년이라는 지독한 수험기간을 버틸 수 있었다.

내가 한국을 다시 찾아온 이유는 단 하나였다. 의미 있고 가치 있는 삶을 살고 싶다는 이유였다. 그게 사람을 돕는 일이라고 생각했다. 911 테러 현장에서 나는 살기 위해 도망가기 바쁠 때 누군가는 생명을 구하는 모습을 본 이후로 내 삶 전체가 바뀌었다. 나는 한국에 나온 지 15년이 지난 지금도 여전히 같은 고민을 한다. 지금부터 경찰관으로서 남은 기간을 어떻게 보낼 건지에 대한 고민을 하고 있다. 오직 경찰만을 생각하며 달려온 15년을 증명하듯 내가 기록한 노트에는 모든 흔적을 남기고 있다. 고등학교 떼쓰던 스케줄 체크박스부터 업무며, 개인 독서 노트며 내 일상이 담긴 서브 바인더 70여 권까지 한국 생활의 모든 기록이 담겨 있다.

대한민국 경찰이 되다

"젊은 경찰관이여, 조국은 그대를 믿노라."

경찰이 되기 전부터 이 문구를 보면 가슴이 설레었다. 순경채용시험을 통해
경찰이 되기로 한 나는 다른 수험생들과 똑같이 힘든 시간을 겪었다. 합격생마
다 자기만의 합격 수기가 있고 노하우가 있다. 이민 1.5세대의 험난했던 수험
생활은 이렇게 시작되었다. 순진했다. 경찰학원에서 처음 상담할 때 상담자의
말을 철석같이 믿었다.

"영어가 되시면 공무원 시험 1년 준비하시면 충분합니다."

문제는 내가 하는 영어는 공무원 시험에 별 도움이 안 되었다. 한국말도 어
중간했던 나는 영어 외에 다른 과목에서도 불리했다. 법 과목은 친숙하지 않은
몇몇 용어 외에도 이해 못 하는 말들로 가득했다. 답답했다. 준비 기간이 1년으
로 부족하겠다는 걸 공부를 하면서 깨달았다. 처음에는 학원에서 모든 수업을
들으며 저녁까지 복습하는 방법으로 시간을 보냈다. 모든 수업을 다 듣고는 집

근처에 있는 독서실에서 혼자서 공부했다. 그 기간에도 시험을 쳤지만 낙방했다. 시간을 아끼기 위해 고시원 생활을 선택하게 되었다. 이미 학원생 중에 고시원에서 생활하는 사람이 제법 있었다. 나는 절실했다. 얼마 전 최종 합격생들이 충주 중앙경찰학교로 떠나는 버스를 배웅해준 터라 합격에 대한 간절한 마음이 있었다. 고시원 생활이 가장 빛을 본 시간은 시험 전 마지막 2개월이었다. 단권화 작업을 했다. 단권화 작업이란 전 과목을 2달 안에 1회 독을 하고 똑같은 분량을 한 달 안에 2회 독, 보름 만에 3회 독, 8일 만에 4회 독, 이런 식으로 하루 만에 모든 과목을 필름 작업을 할 때까지 날수를 줄여가며 틀린 문제를 함께 적어둔 기본서를 반복해서 보는 작업이다. 정리하는데 시간이 오래 걸리지만, 기본서 한 권만 보면 여러 권을 보는 효과가 있어 아주 유용하다. 8번째 합격한 시험에 이 단권화 작업을 실천했다.

시험을 한 달 앞두고는 새벽 4시에 일어났다. 언니 한 명과 학원에서 4시에 만나 편의점에서 간단하게 요기를 하고 공부를 시작했다. 남들보다 이른 점심과 저녁을 먹고 저녁 8시가 되면 각자의 고시원으로 돌아갔다. 12시간 이상 앉아 있었던 터라 허리가 너무 아파서 저녁 8시 이후로는 더 앉아 있을 수가 없었다. 학원가 주변에는 술 취한 사람들이 많았다. 새벽 4시면 인사불성인 만취자들이 많은 시간이었다. 한 번은 술 취한 사람이 따라와서 그때부터 고시원에서 잠잘 때 머리 위에 두던 죽도를 들고 다녔다. 호신용으로 딱 맞았다.

내 인생에서 처음으로 죽도록 공부한 기간이었다. 정말 후회 없이 공부했다. 큰이모가 나를 데리고 점집에 갔는데 이번 시험에 합격할 확률이 조금 낮다고 하시며 부적을 써주셨다. 아침마다 절을 하라고 했다. 간절했던 나는 지푸라기라도 잡는 심정으로 시키는 대로 물을 따다 놓고 매일 정성을 다해 절을 했다. 온 정성을 쏟은 결과였던지 나는 그 시험에서 81점으로 필기 합격했다. 면접이 걱정되었던 나는 합격하면 스피치 학원에 갈 계획을 적어두었다. 드디어 필기 합격 후 스피치 학원에 다니면서 면접 준비를 하게 되었다. 돈을 들여가며 면접을 철저하게 준비했다. 면접 당일에도 사비를 털어 좋은 이미지를 심어주기 위해 전문가에게 메이크업과 헤어 스타일링을 받았다. 나는 그만큼 간절했다. 필기시험 점수도 꼴등이었다. 최선을 다할 수밖에 없었다. 그 결과 여경 7명의 합격자 명단에 내 이름도 있었다. 그 기쁨은 말로 다 할 수가 없다. 내 평생 이렇게 지독하게 공부하고 철저하게 준비한 적은 난생처음이었다. 사람을 돕고 뭔가 가치 있는 일을 하자고 선택한 한국행이었다. 유일하게 경찰만이 국어시험이 없어서 경찰이 내 길이고 운명이라고 생각했다. 3년의 혹독한 준비 끝에 아니 고등학교까지 치면 5년 넘게 걸렸지만, 드디어 마음속에 그리던 경찰에 합격했다.

그토록 애타게 기다렸던 학원행 관광버스를 타고 충주 중앙경찰학교에 도착했다. 잊지 못할 2006년의 크리스마스 이브였다. 내 나이 꽃다운 23살이었다. 내복, 두꺼운 양말과 담요를 챙겼다. 학교에서의 첫 번째 날, 군대 내무반 같은 곳에서 12명의 낯선 여자들과 동거가 시작되었다. 생활실에서 1번이라는 이유로 첫날 점호를 맡았고, 잊지 못할 날을 추억을 남기게 되었다. 외워야 하는 구령이 있었다. 지도관이 각 생활실 앞에 도착하면 보고를 해야 했는데 잘 외우지 못했다. 무표정한 지도관을 눈앞에서 보고 있으니 말이 더 안 나왔다. 될 때까지 시켰던 지도관은 한참을 더 서 있은 후에야 다음 생활실로 옮겨 갔다. 숨 죽이는 입학식을 마치고 학교생활이 본격적으로 시작되었다. 충주 중앙 경찰학교는 대학교 캠퍼스처럼 엄청 넓었다. 학교생활은 늘 구보로 시작되었다. 구보가 끝나면 식당으로 향하는데 식당 건물 위쪽에는 '젊은 경찰관이여, 조국은 그대를 믿노라'라는 문구가 새겨진 간판이 걸려 있다. 늘 내 가슴을 설레게 하는 문구를 맞이하며 의미심장한 미소를 보냈다. 입학 후 1단계에서는 제식훈련, 산행훈련과 같은 힘든 시간을 보냈다. 졸업생이라면 2시간짜리 행군은 누구나 다 겪는다. 기동화를 신고 군장을 둘러메고 쉬지 않고 2시간을 달려서 도착한 중앙경찰학교 운동장을 몇 바퀴나 돌고 나서야 끝이 났다. 내 발이 자동으로 움직였다. 육체적인 한계를 느끼게 해주었다. 새벽에도 자다가 갑자기 비상벨이 울리면 밖으로 출동해서 훈련을 받곤 했다. 마치 군대에 온 기분이었다. 늘 파스를 붙이고 살았다. 2단계에 접어들면서 학과수업도 받으면서 조금 생활에 여유가 생겼다.

우리 생활실에서 나는 이불 각잡이로 통했다. 나에게 이런 소질이 있는지 처음 알았다. 청소하는 대신 나는 이불 각만 잡다가 졸업했다. 동아리 활동도 했는데 나는 영어 동아리를 선택했고 어쩌다 장을 맡게 되었다. 태권도 동아리 활동도 했다. 내가 늘 부족했던 기술은 사격과 구보였다. 빨리 뛰기는 잘하지만 오래달리기는 약했다. 남들이 쉽게 뛰는 거리를 나는 죽도록 힘들어했다. 학급장도 도전하고 싶었지만 뛰면서 구령을 붙여야 하는 학급장은 나에게는 머나먼 남의 일이었다. 사격 점수 향상을 위해 연습을 엄청 많이 했다. 동전도 올려놓고 연습했다. 사격은 기준 점수를 통과하지 못하면 졸업을 할 수가 없어서 신경을 써야 했다. 학교에서는 오토바이, 순찰차 실습, 부검 참여, PPT 발표, 동아리 활동, 사격술, 체력훈련, 무도훈련 등 여러 가지를 배운다. 졸업 전에 경찰서와 지구대로 실습을 간다. 임용되면 근무할 현장을 졸업하기 전에 미리 겪어보는 실습 시간이었다. 경찰학교에서 이론은 배웠지만 현장은 처음이었다. 현장에 출동한 경찰관 2명이 모든 일을 현장에서 마무리해야 한다. 여러 가지 유형의 사건을 신속하고 완벽하게 해결해야 했다. 내가 속한 순찰팀에서는 가족같이 많이 챙겨주셨다. 회식자리에서 예비순경과 한 약속을 지키기 위해 팀장님을 비롯한 직원 세 분은 충주 중앙경찰학교 졸업식에 참석해 주셨다. 뜻깊은 졸업식을 치르고 지구대에 발령을 받았다. 나는 대한민국 경찰이 되었다. 흉장을 차고 현장에서 근무를 시작하게 된 것이다.

순경 채용시험에서 7번 탈락하고 8번째 합격했을 때의 감격은 정말 말로 표현할 수가 없다. 나는 합격자 발표가 있기 전 아침 일찍 목욕탕에 갔다. 목욕탕에 다녀와 휴대폰을 열었을 때 들어와 있는 문자를 보고 합격했음을 알 수 있었다. 무엇보다 이 지긋지긋한 공부를 이제 안 해도 되어 기뻤다. 또다시 수험서를 잡아야 한다는 착잡한 마음은 불합격해본 사람이라면 더 안다. 언제 합격할지 모르는 그 공포가 사람을 제일 힘들게 하기 때문이다.

내 인생에 새벽 4시를 만나면 이루어지는 마법이 있다는 사실을 알게 되었다. 6개월 이상 승진시험을 준비한 적이 있었다. 공부 시간이 부족해서 새벽 4시에 일어나 두 시간 공부하고 출근했다. 성적은 좋은 편이 아니었지만 혼자 힘으로 공부해서 시험에 합격했다. 내가 경찰이 된 지도 벌써 10년이라는 세월이 흘렀지만 지금도 새벽 4시에 일어나 하루를 시작한다. 나는 '처음처럼'이라는 신영복 선생님의 글귀를 좋아한다. 내가 처음 경찰이 되고 싶어 공부할 때의 그 마음, 신임 경찰관으로서의 열정을 불태우던 그 마음이 아직도 나에게 그대로 남아있다. 세월이 지나면서 그 마음이 점점 깊숙한 곳으로 내려갔을 뿐이다. 나는 그 마음을 다시 꺼내려고 한다. 자꾸만 잊혀지려고 하는 그 마음을 꺼내서 다시 '처음처럼' 달려보려 한다. 퇴직할 때는 '후회'라는 말을 하지 않게 '처음처럼' 내 마음을 꺼내어 잘 사용해 보려고 한다. 나는 자랑스러운 대한민국 경찰이다.

어릴 때 '경찰청 사람들', '사건 25시' 이런 프로그램들을 좋아했지만 내가 경찰이 되리라고는 생각하지 못했다. 미국에서 살다 온 경험이 있으니 영어 전공

해서 영어 선생님 하면 되겠네 하시는 분들도 있었다. 영어를 하는 것과 가르치는 것은 별개라고 생각한다. 미국에 살 때까지만 해도 나는 금융고등학교에 다녔고 은행에 실습을 가곤 했기 때문에 은행원이 될 줄만 알았다. 9·11테러 사건이 내 인생을 바꿔 놓았다.

경찰은 내 운명이다. 죽은 사람을 데려가는 사람은 저승사자, 산 사람을 데려가는 사람은 경찰이라며 경찰관이라는 직업을 가진 사람은 팔자가 센 사람이라는 말을 들은 적이 있다. 그래도 나는 제복을 입는 내가 좋다. 경찰관으로서 의미 있고 가치 있는 일을 찾으며 내가 해야 할 일을 한다. 계급만이 아닌 내면의 균형을 갖춘 경찰이 되어가고 있다. 나는 왜 경찰을 하는가? 에 대한 답은 지금부터 10년 동안, 나아가 그 이상을 버티게 해주고 앞으로 더 나아가게 해줄 게 분명하다. 나는 믿는다. 조국은 젊은 경찰관을 믿고 있다는 사실을.

나의 꿈, 나의 인생

의미 있고 가치 있는 일을 하고 싶어 경찰을 선택했다. 순경채용 시험을 준비하며 나는 목표카드를 작성했다. 앞면에는 내가 경찰이 되어 이루고자 하는 목표를, 뒷면에는 그 목표를 이루기 위해 실천해야 할 사항들을 적었다. 예쁘게 테이프까지 붙인 카드를 지니고 다니며 보고 또 봤다. 얼마나 자주 봤던지 카드 테두리에는 때가 잔뜩 끼고 해지기 시작했다. 나는 그 카드를 순경채용시험 면접관에게 보여주었고 자세하게 설명까지 곁들이기도 했다. 면접관이 그걸 보시며 흐뭇하게 미소 지으셨던 기억이 난다.

중앙경찰학교에서 자신이 3년 안에 이루고 싶은 목표 3가지를 쓰는 시간이 있었다. 학교에서는 그 편지를 보관했다가 1년 후에 교육생이 있는 근무지로 보내주었다. 내가 쓴 3가지는 모두 이기적인 목표들이었다. 신임경찰관으로 근무하며 오로지 승진해야 한다는 생각밖에 없었다. 계급이 높을수록 좋다는 막연한 생각만 가지고 있었다. 지구대장, 주재관, 장기유학 이런 엘리트 코스 목표들만 머리에 그리고 있었다. 현실이 되려면 승진을 쭉쭉해야 하는데 승진 공부에 대한 실천을 열심히 하고 있지도 않았다. 목표 중에서 그나마 가치 있는 것은 뉴욕 경찰주재관이었다. 뉴욕에서 이민 생활을 마치고 다시 한국으로 돌아올 때 나는 마음속으로 다짐했었다. 반드시 성공해서 뉴욕에 다시 찾아오겠다고. 엄마 없이도 잘 컸다고 얘기해 주겠다고 다짐했었다. 내가 가야 할 길을 경찰로 정하고 뉴욕 경찰주재관으로서 뉴욕에 있는 한인들을 위해 봉사 하겠다고 정했다. 뉴욕 경찰주재관은 계급이 총경이 되어야 갈 수 있다. 나에게는 머나먼 일이다. 그래도 가치 있는 일이라고 생각했고 그 목표를 한 번도 잊은 적이 없다. 2013년 다녀온 뉴욕여행에서 뉴욕 경찰주재관 사무실을 찾아가 경찰주재관으로 근무하시는 선배님을 만나 뵙고 왔다. 사전에 만남을 요청했을 때 흔쾌히 허락을 해주셔서 만날 수 있었다. 나는 내 목표를 잊지 않기 위해 2년 후 뉴욕 경찰주재관으로 열심히 근무하시는 박기남 선배님께 감사의 편지를 보냈다. 그 덕에 박기남 선배님과 인연이 되어 연락하고 지낸다. 지금은 주재관 근무를 마치고 제주 서부 해안경비단장으로 계신다. 내 마음속에 목표를 품는 나만의 방법이었다.

어리바리 황 순경 시절의 목표와 10년 차 경찰이 된 지금의 목표는 완전히 다르다. 시간이 흐른 만큼 내 생각도 많이 변했다. 예전과 크게 다른 점은 지금은 아주 구체적이고 종이로 된 연간계획과 평생 목표가 있다는 것이다. 보물처럼 들고 다니는 바인더에는 내 사명, 꿈 리스트, 연간계획, 평생계획을 기록해 두었고 실천하고 있는 월간, 주간 계획도 적혀 있다. 한 가지 질문으로 한 해를 보낸 적이 있었다. "나는 왜 이 일을 하는가?", "나는 왜 경찰을 하는가?"의 질문을 계속 스스로 던졌다. 다양한 측면에서 생각해봤다. 우연히 읽은 책에서 두 사람에게 큰 영감을 받게 되었다. 카이스트 배상민 교수와 '팀 하스' 건축회사 하형록 사장이었다. 세상을 치유하는 나눔 디자인을 하시는 배상민 교수님의 삶을 알아가면서 사람을 최우선으로 생각하는 마음을 배웠고, 나눔의 경영철학을 실천하는 하형록 사장을 보면서 내부 직원을 내 가족처럼 챙기는 것을 보고 내가 소속한 직장에서도 꼭 실천해 봐야겠다는 생각을 하게 되었다. 가치 있고 의미 있는 일을 찾는 과정에서 나의 재능을 어디에 쓰면 좋을지에 대한 생각을 정리하기로 마음먹었다. 하루 중에 보고 듣고 깨달은 결과를 기록으로 남기기로 했다. 내 생각의 변천들을 정리해 나갔다.

내 인생에 도움을 주신 분이 여러 분 계셨다. 첫 번째, 이영권 박사님이시다. 박사님께 이메일을 보냈는데 전화를 주셔서 만나게 되었다. 이영권 박사님이 운영하시는 성공센터에서 과정을 배우며 박사님의 제자가 되었다. 28살에 박사님을 처음 만나 배운 게 참 많다. 작심삼일을 반복하며 아침형 인간이 되기 위해 애를 썼다. 매일 3통의 손편지와 안부 전화 습관을 갖게 되었다. 아침 운동 습관도 지금까지 꾸준히 실천해오고 있다. 박사님 덕분에 좋은 습관을 갖게 되었다. 무엇보다 내 닉네임인 '글로벌캅'을 지어주셨다. 세계적인 경찰관이 되고 싶다고 내 소개를 하였는데 촌스럽다며 글로벌캅으로 정해주셨다. 그때부터 이 닉네임을 사용하고 있다. 새벽 4시에 일어나기 시작하면서부터 '열정'이라는 단어가 보태졌다. '열정 글로벌캅'이라고 불리기도 한다.

두 번째는, 독서와 바인더를 알려주신 강규형 대표님이시다. 코치과정을 마치며 15권의 책을 추천해 주셨는데 피가 되고 살이 되는 인생 최고의 책이라 생각한다. 세 번째, 조성희 대표님이다. 셀프 트레이닝인 어맹(어메이징 맹큐)을 매일 실천하면서 삶을 감사하게 되었다. 네 번째, 김승호 대표님. 사업가와 만남은 내 생각을 어떻게 하며 살아야 하는지에 대한 근본적인 삶의 이유와 가치 있는 일에 대해 다시 한번 생각할 수 있게 해주었다. 원하는 것을 이루는 방법과 성공의 지름길을 알려주셨다. 마지막으로, 이은대 작가님과 만남이다. 평생 글을 쓰고 싶다는 생각을 하게 도움을 주신 고마운 분이다.

예전에는 모든 목표가 나에게 초점이 맞춰져 있었다. 내가 승진하고 내가 유학 가고 내가 잘 되는 게 전부였다면 지금은 나를 통해 단 한 사람이라도 삶이 바뀌기를 바란다. 이것이 의미 있고 가치 있는 일이라고 굳게 믿고 있다. 종이에 적어 원하는 것을 이룬 것이 크게 두 가지가 있었다. 첫 번째는 경찰이다. 목표카드에 적었고 그것을 수시로 들여다보면서 내 꿈을 이루었다. 두 번째는 연간계획에 '9월 쌍둥이 임신'을 적었고 쌍둥이는 아니었지만, 정확히 9월에 첫 인공수정에 성공했다. 지금도 내가 행복하고 내 주변 사람이 행복한 목표를 종이에 적고 있다.

내 인생을 돌아보면 10대에는 '엄마의 죽음'과 '9·11테러'를 겪으며 힘든 시기를 보냈다. 나를 혼자 두고 떠난 엄마를 원망하고 미워했다. 9·11테러 현장에서 위험에 처한 사람을 돕는 경찰관과 소방관을 보면서 나도 그들처럼 한 번뿐인 내 인생 좀 더 의미 있고 가치 있는 일을 하면서 살고 싶다는 생각을 하게 되었다. 경찰의 길을 선택했다. 이 길이 내 길이라고 확신하며 몰입했다. 20대 초반에는 성년의 날에 대한 추억도 없이 오로지 공부에만 전념했다. '죽도록'이라는 표현을 붙일 수 있을 정도로 치열하게 공부했다. 그토록 원하는 경찰이 되어 20대 중반부터는 일에 푹 빠져 지냈다. 소속된 부서에서 일을 배우며 어리바리 황 순경 시절을 보냈다. 20대에 뜻하진 않았지만, 근속승진을 하며 계급에 대한 욕심보다는 인생 공부를 통해 내공을 쌓았다. 책을 많이 읽었고 강연을 들으며 사람들의 이야기를 많이 접했다. 덕분에 전국 곳곳에서 만난 인연들로 두터운 인맥들이 생겼다.

30대에 접어들면서 20대에 노력해 왔던 일들이 결실을 보기 시작했다. 아침형 인간에 도전했던 나는 어려움 없이 새벽 4시에 하루를 시작하게 되었다. 사람과의 관계도 최고는 아니지만, 점점 좋아졌고 업무에 있어서 성과를 내고 있다. 마흔에는 부동심을 갖고 싶다. 이쪽저쪽에도 치우치지 않는 마음. 그 길을 걷기 위해 지금도 공부하고 있다.

꿈은 막연한 생각이지만 종이에 적으면 목표가 되고 실천 가능해진다. 목표는 잘게 나누어 실천만 하면 이루어진다. 하지만 종이에 적는 것조차도 귀찮아하는 사람들이 많다. 공무원 사회도 마치 한국의 대학교와 같다. 한국에 있는 대학들은 입학이 어렵다. 수능을 잘 봐야 하고 성적이 좋아야 갈 수 있다. 하지만 졸업은 미국에 있는 대학교들보다 비교적 쉬운 편이다. 공무원도 들어올 때 시험이 어려워서 그렇지 들어오고 나면 승진 공부를 강요하는 사람도 없고 안 일해지기 쉽다. 책을 읽는 사람도 별로 없고 목표를 종이에 기록해 다니는 사람은 거의 만나기 어렵다.

작년부터 바인더를 활용한 시간 관리 방법을 재능기부하기 시작했다. 30명이 넘는 사람들을 만나면서 내가 깨달은 사실은 시간 관리도 목표가 있어야 가능하다는 것이었다. 목표가 없는 사람에게는 시간을 아낄 이유조차 없기 때문이다. 목표가 없는 사람들에게 자극이 되어 주고 싶었다. 경찰이라는 목표를 이루고 나서 방황하던 내 삶에 어떻게 글쓰기가 새로운 목표를 찾아 주었는지 말해주고 싶었다.

글쓰기를 통해 목표를 가지고 시간 관리를 하면서 나 스스로 성장했듯이 이제는 내 주변 사람들에게도 이 행복을 돌려주고 싶다. 이게 내 몫이라고 생각한다. 수많은 성장 중에서 글쓰기만큼 나를 변화시킨 것은 없었다. 나만 행복한 세상이 아닌 내 주변인이 행복한 세상을 꿈꾼다. 랄프 왈도 에머슨의 시에서 나오는 마지막 대목처럼 말이다. "자신이 한때 이곳에 살았음으로 해서 단 한 사람이라도 행복해지는 것. 이것이 성공이다."

균형 있는 삶을 꿈꾼다. 경찰, 작가, 엄마라는 세 개의 삶에서 균형 있는 나를 꿈꾼다. 2045년에는 하루에 3가지 직업을 가진다고 한다. 미래를 위해 공부해 야 한다. 아는 게 힘이다. 변화를 꿈꾸는 사람들에게 용기가 되었으면 좋겠다. 나의 작은 실천이 단 한 사람이라도 변화를 맞이하게 할 수 있다면 내 인생은 성공한 인생이 아닐까? 나를 찾아 떠나는 여행, 지금부터 글쓰기로 시작해보 자.

마인드 부자

원하는 게 있으면 머릿속으로 끊임없이 계속 생각한다. 나는 마인드 부자다. 머릿속에 가지고 있는 생각이 현실이 된다는 비밀을 알게 되었다. 20대 후반부터 본격적으로 생각하는 법을 배우면서 나에 대해 알아갔다. 내가 무엇을 좋아하는지 원하는 게 무엇인지 나는 잘 모르고 있었다. 조금씩 생각의 양을 키워나가면서 그 크기만큼 생각의 크기도 성장했다.

매일 '일일 자기 점검표'를 작성했다. 그 안에는 연도별 내 목표들과 그 목표를 이루기 위해 매월, 매일 실천해야 할 항목들을 적었다. OX 표시로 점검했다. 난생처음 하는 일이라 며칠 하다가 그만두고 다시 시작하기의 반복이었다. 이 표를 매일 홈페이지에 올리면서 작심삼일을 이어갈 수 있었다. 내 생각의 크기가 조금 업그레이드된 계기를 찾자면 3P 자기경영연구소를 만나면서부터이다. 시간 관리하는 방법을 배워야겠다고 생각했는데 우연한 기회에 30만 원이 생겼다. 부츠를 살까? 강연을 들으러 갈까 잠깐 고민하다 강연비로 지급했다.

그렇게 배우게 된 시간 관리용 바인더였다. 처음에는 내가 하고 싶은 명확한 목표가 없다 보니 적을 게 별로 없었다. 업무 위주로 사용하게 되었다. 회사에서 내가 주로 하는 일을 기록했고 일일자기점검표와 같이 일주일 하다가 또 말다가를 반복했다. 바인더를 사용하려면 무엇을 적을지 생각을 해야 한다. 쓰고 생각하고 실천하기. 〈Write-Think-Act〉 삼박자가 필요하다. 혼자서 바인더를 마음대로 썼다. 기본 과정을 배웠지만 8시간 배워서 실천하기에는 한계가 있었다. 나도 제대로 사용할 줄도 모르면서 주변 사람들에게 내가 알고 있는 지식을 설명해주고 쓰게 하기도 했다.

조성희 마인드스쿨을 알게 되면서 내가 가지고 있던 생각의 폭이 확장되었다. 이미 가진 것에 감사하기 시작하면서 삶의 진정한 의미를 알게 되었다. 내가 생각하는 가치가 변하니 자연스럽게 목표와 생각도 변했다. 나는 기본 과정과 심화 과정을 들었다. 혼자서 할 수 있는 셀프 트레이닝도 실천했다. 매일 온라인 카페에 접속해서 어땡(어메이징 땡큐)을 실천했다. 어땡이란 어메이징 땡큐의 약어로, 매일 아침 좋은 글을 읽고 감사한 세가지를 댓글로 남기는 행위다. 또한 이루고 싶은 것이 생기면 그 목표를 성취하기 위해 지금 당장 실천할 수 있는 세가지가 무엇인지 생각하고 적는다. 반드시 생각해야 적을 수 있다. 그 세가지를 이루면 다음 단계 세가지를 생각해보고 또 적는다. 실천사항을 늘려가면서 자연스럽게 내 생각의 폭도 커졌다.

출산 후 6개월 만에 복직하게 되었다. 나의 목표는 '55 킬로그램의 탄탄한 근육질 몸짱'이었다. 목표를 위해 지금 당장 실천할 수 있는 3가지를 정했다. 저녁 6시 이후 식사 금지, 플라잉 요가 PT 받기, PT 안 받는 날 운동 30분 이상 하기. 약간의 수치 차이가 있었지만, 예전의 옷을 입을 수 있었고 만족한 결과를 얻었다. 스노우폭스 김승호 대표님을 만나면서 내 생각은 완전히 자리를 잡기 시작했다. 인생 전체가 생각을 되뇌는 방법으로 사신 분이었다. 원하는 건물이 있으면 그곳 주차장에 가서 '이것은 내 것'이라며 100번씩 말하며 생각을 반복하는 방법으로 원하는 것을 얻으셨다. 일반인인 우리에게는 원하는 게 있으면 100번을 쓰라고 했다. 100번을 다 쓴다고 해서 소원이 이루어진다는 뜻이 아니라 그 소원을 쓸 때 내가 얼마나 집중해서 원하는 것을 반복해서 상상했는지가 중요했다. 내 생각의 크기가 확장되면서 나의 목표들도 변하고 있었다.

내 지인 중에는 마인드 부자가 많다. 돈보다 생각이 큰 사람들이 많다. 나는 배운 것을 주변 동생들이나 지인들과 나눈다. 서로의 생각을 공유하며 아이디어도 얻고 생각을 확장해 나간다. 이런 사람들이 내 주변에는 많다. 책을 좋아하고 강연을 좋아하고 사람을 좋아하는 사람들이 많다.

내가 아끼는 동생들이 있다. 한 명은 내가 경찰공무원을 준비할 때부터 알고 지내던 사이다. 13년이라는 세월 동안 5년의 수험기간을 보내고 공군에 입대하면서 결혼도 하고 아이도 출산했다. 경찰에 대한 미련을 버리지 못하여 뒤늦게 서른 중반의 나이를 바라보며 경찰공무원 공부를 다시 하고 있다. 싱글일 때도 쉽지 않던 공부를 두 돌이 지난 딸아이를 키우면서 하고 있다. 동생에게 바인더를 활용한 시간 관리법을 가르쳐 주었다. 셀프 트레이닝인 어땡도 알려주었다. 그러자 후배의 생각 크기는 어마어마하게 커졌다. 경찰 합격을 넘어서 어떤 경찰이 될 거라는 생각들이 꽉 차 있었다.

두 번째 동생은 내 경찰 동기의 친여동생이다. 한참 바인더 기본과정을 배우고 내 맘대로 사용할 때 동기의 소개로 만나게 되었다. 작업치료사로 일하는 이 친구에게도 바인더 사용법을 알려주었다. 결혼하고 아이를 키우면서 바인더도 자연스럽게 안 쓰게 되었다고 했다. 다시 연락이 닿아 혼자 실천할 수 있는 어땡을 알려주면서 바인더를 다시 쓰게 되었다. 거제도에 작은 센터를 차려

센터장이 되는 게 목표였던 동생은 한 곳이 아닌 여러 센터를 운영하는 큰 목표를 가지게 되었다. 생각의 크기가 확장되면서 목표도 그만큼 커지게 된 것이다.

생각의 크기는 내 성장의 크기다. 내가 어떤 생각을 하느냐에 따라 내 목표도 달라지고 내 현실도 달라진다. 내가 지금 하는 생각이 얼마나 큰 힘을 가졌는지 알아야 한다. 그 생각하는 힘이 1년, 3년, 5년, 10년이 지나면 결실을 본다. 내 생각의 크기는 점점 더 커져 있을 생각을 하면 놀랍다는 말 밖에 나오지 않는다. 생각의 크기만큼 미래의 모습을 기대하면 된다. 내 인생을 돌아보면 직장생활 첫 4년 동안은 업무가 바쁘다는 핑계로 생각을 거의 안 하면서 살았다. 돌이켜보면 업무를 보면서 무엇을 했는지는 생각나지만, 주도적인 삶을 살았다고 말할 수는 없다. 직장 4년 차부터 삶이 변하기 시작했다. 책을 읽기 시작했고 목표가 생기면 종이에 기록했다. 목표를 잘게 쪼개 일일자기점검표에 기록하기 시작하면서 내가 가진 생각을 실천하면서 결실을 보기 시작했다. 5년 전의 나를 생각해보면 내 생각의 크기가 얼마나 커졌는지 알 수 있었다. 생각도 습관처럼 하면 할수록 커지고 성장한다.

성공한 사람들은 돈을 인격체로 아끼라는 말을 자주 한다. 내 생각도 아껴주고 관리해주면 불어난다. 긍정적인 생각들로 채워지면 내 목표도 가치 있는 목표로 변한다. 나뿐만이 아닌 이로운 세상을 만들기 위한 위대한 목표가 탄생한다. 고로 생각과 실천은 한 세트다. 생각하면 상상을 할 수 있다. 내가 하는 상상을 비몽사몽일 때 잠재의식에 자꾸 넣어주면 현실이 된다. 현실 세계에서는 생각이라는 방법으로 계속 되뇌면 잠재의식과 함께 목표를 더 빨리 이룰 수 있다. 생각하면 아이디어도 생기고 목표를 구체화할 수 있다. 결국, 돈보다 더 중요한 게 마인드다. 내 생각은 돈을 넘어선다. 돈보다 더 위대한 생각이 이긴다.

내가 원하는 것을 얻기 위해 생각을 되뇌는 방법으로 실천하는 마인드 부자의 삶을 평생 살고자 한다.

어린 시절을 되돌아보면 제대로 생각할 줄 몰랐다. 하루하루 나에게 주어진 삶을 닥치는 대로 그냥 살았다. 특히 엄마가 돌아가신 후에는 더 그랬다. 나를 혼자 남겨두고 간 엄마에 대한 원망과 미움이 그 어떤 것보다 컸다. 생각 없이 살았을 때는 결과도 별로 없었다. 소소한 추억은 있었지만, 특별히 남아 있는 성과는 없었다. 상상했다. 경찰공무원 수험생 시절 독서실 내 자리에 합격한 여경 두 명이 제복을 입은 사진을 붙여두었다. 자리에 앉을 때마다 사진을 보며 제복을 입고 중앙경찰학교에 입교한 내 모습을 상상했다. 중앙경찰학교에 가보지 않았지만 상상하기 위해 인터넷에서 중앙경찰학교의 모습을 찾아본 적도 있었다. 목표카드를 가지고 다니면서 경찰인 척 생각하고 행동하기도 했다. 내가 경찰이 되어서 무엇을 하고 싶은지 어떤 부서에서 근무하고 싶은지 계속 상상했다. 나는 원하는 게 생기면 끝 그림부터 그리고 상상한다. 그러면 어느 순간 나는 그 모습으로 사는 나를 발견한다. 나는 마인드 부자임이 확실하다.

사람들은 생각하기를 싫어한다. 하루 24시간 중에 단 10분이라도 앉아서 내가 잘살고 있는지 내 삶을 점검해 보는 사람이 몇 명이나 될까? 내가 무엇을 좋아하는지 내가 어떤 생각을 하는지 글을 쓰면서 알게 되었다. 나는 하루에 단 10분이라도 나만의 시간을 가지는 마인드 부자다. 생각의 크기가 나의 크기다. 오늘 하루도 글쓰기를 통해 내 삶을 되돌아보고 미래를 준비하며 현실에 충실한 삶을 살고 있다. 지금 가진 내 생각이 5년 후 10년 후에는 아름다운 세상을 만들 것이다.

균형 있는 성장

경찰관으로 근무한 지 2년 만에 첫 번째 승진 시험을 준비하게 되었다. 경찰
관이 되면 꼭 이루고 싶었던 목표 중 하나였기 때문에 퇴근 시간 이후에는 특
별한 일이 없으면 열심히 공부했다. 벼락치기 공부가 아닌 제대로 공부해서 합
격하고 싶은 마음에 한 해를 시작할 때부터 업무와 함께 공부를 시작한 것이
다. 반년이 지나고 나자 머리가 아프기 시작했다. 누가 내 머리 위에 앉아 있는
느낌이 들기 시작했다. 머리가 아프니 당연히 공부에도 지장이 있었고 사무실
에 출근해서도 마찬가지였다. 한의원도 여러 군데 가봤지만, 특별히 어디가 아
픈지 알 수 없었다. 내가 걱정된 내 부서 팀장님은 나를 데리고 본인이 다니시
는 한의원까지 데리고 가주셨다. 역시나 어디가 왜 아픈지 알 수 없었다. 시
험은 약 한 달을 앞둔 기간까지 다가왔다. 내가 먼저 사는 게 우선이다 싶어 공
부를 포기했다. 참 신기한 건 공부를 하지 않으니 머리가 아프지 않았다. 결국,

머리가 아픈 원인은 스트레스였다는 결론을 내렸다. 한참의 시간이 지나 내 눈에 책 한 권이 들어왔다. 「꿈이 있는 아내는 늙지 않는다」 책 제목이 마음에 무척 들었고 순식간에 그 책을 다 읽었다. 평소 책을 읽지 않던 나였지만 책을 단숨에 읽은 것이다. 읽을수록 저자에 대한 호기심이 커져만 갔고 인터넷에 찾아보기까지 했다. 저자가 서울에서 강연한다는 정보를 알아냈다. 아무런 망설임 없이 강연을 예약하고 기차표를 예매했다. '파랑새' 강연을 시작으로 서울을 오가게 되었다. 나는 그 계기로 책과 친해질 수 있었다.

독서와 강연을 들으러 다니며 지식을 쌓았다. 일주일에 책 한 권 이상을 읽었다. 책 안에 밑줄도 치고 중요한 내용은 필사도 해보고 옮겨 적기도 했다. 하루에 한 권씩, 365일 동안 365권을 읽는 게 부산 독서모임에서 유행인 적이 있었다. 하루 한 권 책 읽기에 도전해서 50권째인가에 포기한 기억이 난다. 비록 실패했지만, 그 또한 나에게는 의미가 있었다. 그 이후 '성공센터'라는 곳에 다니게 되었다. 성공법칙을 배워 내 삶에 적용하기 시작했다. 그때 시작한 게 아침형 인간이다. 매일 아침 일어나서 홈페이지에 글을 남겼다. 며칠 하다가 또 늦잠자고 시행착오를 겪는 기간이 있었기에 지금은 가뿐하게 4시에 일어날 수 있게 되었다. 지인에게 하루 3통 손편지 쓰기와 안부 전화를 하였다. 명함을 받게 되면 손 편지로 답장을 하는 습관을 이어갔다.

적은 금액이었지만 기부를 하기 시작했다. 기부도 일종의 습관이다. 꾸준히 하다 보니 어색하지가 않았다. 이어서 자기경영연구소에서 배우면서 내 삶에 성과가 나기 시작했다. 어리바리했던 직장생활에서도 성과가 나기 시작했고 내가 세운 목표를 성취하기 위해 시간 관리를 돕는 바인더를 배우고 폭넓게 독서를 하면서 성장했다. 시간의 소중함과 내가 세운 목표를 해내고야 말겠다는 끈기도 함께 얻었다. 마인드스쿨을 알게 되면서 모든 배움도 중요하지만, 내면이 강해야 함을 알게 되었다. 여러 권의 책을 필사하게 되었다. 한 자 한 자 적으면서 나를 돌아보는 귀한 시간을 가졌다. 꾸준한 아침 시간의 성장이 나를 서서히 변화시켰다.

직장에서 한동안 주말 개념도 없이 일했다. 가족들과 휴가도 반납한 채 몰입했다. 덕분에 나는 아직도 무주에서 스키를 타보지 못했다. 나는 서무를 맡고 있었다. 학교를 방문하며 예방 강의를 하고 교장, 교감 선생님들과 간담회를 했다. 각종 행사를 준비하고 참여했다. 아침마다 학교별로 예방 캠페인에도 참석하며 내 삶은 업무 중심으로 돌아갔다. 많이 배우고 성장했다. 내가 한 일을 평가받을 시간도 없이 무조건 열심히 일했다. 모든 일을 도맡아 하시는 계장님과 함께 일하며 많이 배운 시기였다. 나 자신도 정성을 다했다. 잘하지 못하는 업무였지만 내가 가진 역량만큼 최선을 다했다. 사람을 얻었다. 평생 직장생활을 함께 할 내 사람을 얻었다. 거리낌 없이 속에 있는 모든 말도 할 수 있는 동료를 얻었다.

결혼을 일찍 했지만, 출산을 늦게 하는 바람에 첫 번째 자녀를 조금 늦게 가졌다. 업무가 바쁘다는 핑계가 그 첫 번째 이유였다. 임신 21주차에 교통사고를 당하면서 출산 때까지 여러 차례 병원에 입원하게 되었다. 약물치료를 병행하면서 거의 누워서 지내다시피 지냈다. 불편한 생활이었지만 태어날 아이를 위해 버티고 버틴 끝에 건강한 아이를 출산했다. 배우기를 좋아하고 직장에서 열심히 일하던 나에게 엄마라는 직책이 더해졌다. 아주 서툴렀다. 직장에서 처음 일을 배울 때보다 더 헤매었고 내가 아는 건 별로 없었다. 나는 서툰 엄마 그 자체였다. 하지만 엄마의 삶은 유순한 태도와 넓은 마음을 가지게 해 주었다. 아이를 키우면서 내 의지대로 하지 못하는 것도 많다는 사실을 배웠다.

자기계발, 업무, 육아에서 균형을 조금씩 맞춰가고 있었다. 어느 한 곳에 치우친 삶보다는 세 개의 분야에서 균형을 이룰 때 가장 행복했다. 어느 한 곳에 치우친 삶을 선택하면 다른 한 곳에서는 불화가 찾아왔다. 내 마음도 편치가 않았다. 출산하면서 그 어느 때보다 바쁜 한 해를 보냈지만, 균형을 찾아가니 할만 했다. 남편의 도움이 가장 큰 역할을 해주었다. 가정에서는 아내와 엄마의 역할에 충실했다. 직장에서는 경찰관으로서 내가 해야 할 업무에 매진했다. 세 분야에서 성장은 나에게 열정 넘치는 삶을 살아갈 수 있도록 힘을 북돋아 주었다. 무엇보다 글을 쓰면서 작가의 삶을 꿈꾸며 살기 시작했다.

책을 내고 싶다는 막연한 생각만 가지고 있었는데 기회가 생겨 실천으로 옮기게 되었다. 카카오 브런치 북 프로젝트에 도전하게 되었다. 또한 온라인 카페에서 작가로 활동하며 매주 한 번씩 글을 쓰면서 작가의 삶을 살게 되었다. 예전부터 아침형 인간을 수십 번 시도했던 나는 특별한 일이 없으면 새벽 4시에 일어나서 출근 전에 글을 썼다. 작가의 삶을 살기 전까지는 내 주변에는 경찰관인 직장동료들만 있었다. 직장 밖에서도 내가 만나는 사람은 늘 직장동료였고 가족들보다 더 많은 시간을 함께했다. 하지만 글을 쓰면서 작가를 포함한 다양한 직업군의 사람들과의 인연이 이어졌다. 내 주변에는 나와 같은 열정 가득한 사람들로 채워졌다. 자기 일을 열심히 하면서 자신을 발전시키는 일에도 열정이 넘치는 사람들로 가득하다. 그들과 소통할 때 나는 더없이 행복하다.

내 생에 첫 재능기부를 시작하게 되었다. 'Learning By Teaching' 이라는 말에서 힌트를 얻었다. 배우면서 가르치기 시작했다. 우리 집에 사람들을 초대해서 목표설정을 하고 그 목표를 이루기 위해 어떻게 매일, 매주, 매월, 매년 시간을 관리해야 하는지 가르쳤다. 재능기부를 시작한 이유는 내 주변 사람들에게 원하는 삶을 살 수 있도록 도움을 주고 싶었다. 나 또한 목표를 종이에 기록하고 시간을 관리하기 시작하면서 업무뿐만 아니라 다른 분야에서도 개인적인 성과를 냈기 때문이다. 나의 재능기부로 누군가에게 도움이 될 수 있다는 사실은 특별한 행복감을 안겨준다. 특히 아이를 키우는 엄마에게 가르쳐줄 때가 제일 행복하다. 나 또한 아이를 키우는 엄마로서 누구보다 시간이 부족하고 쪼개서 써야 함을 알기 때문이다. 자기계발, 업무, 육아 이 세 가지는 균형 있게 함께 가야 한다.

자기계발을 시작하기 전 내 삶을 돌아보면 그 안에는 진정한 나는 없었다. 끊임없이 공부하며 글을 쓰며 나를 알아가면서 내가 어떤 삶을 살고 싶은지 알게 되었다. 직장에 갓 들어왔을 때는 일만 잘하고 승진만 하면 되는 줄 알았다. 오로지 나의 목표는 승진이었고 높은 지위에 있는 사람이 최고라고 생각했다. 내가 가진 목표들은 모두 허황하고 이기적인 것들뿐이었다. 삶은 단순했지만, 만족은 없었다. 어리석었다. 내 주변 사람들도 그렇게 사는 사람들도 많았고 나도 그렇게 살아야 하는 줄만 알았다. 내 주변에는 책을 읽거나 글을 쓰는 사람은 찾을 수 없었다. 다 그렇게 사니까 이렇게 사는 게 옳다고 생각했다.

10년의 직장생활을 되돌아보면 내가 가장 행복했을 때는 가정에서 아내와 엄마의 역할을 충실히 하면서 직장에서는 성과를 내면서 내 성장을 위해 공부를 병행해 나갈 때였다. 세 개의 성장이 함께 이루어질 때 행복은 절정에 이르렀다. 늘 부지런해야 했다. 시간을 쪼개서 써야 했다. 세 개의 역할을 고루 다 하기에는 엄청난 노력과 희생이 필요했다. 복직하면서 새벽 4시에 일어나기 시작한 이유도 그 때문이다. 시간이 턱없이 부족했다. 퇴근하고 오면 나는 아이를 챙겨야 하는 엄마의 역할을 해야 한다. 그 시간에 내가 좋아하는 공부를 할 수는 없다. 나는 엄마니까. 그럼 내 시간은 새벽 시간뿐이다. 새벽에 일어나야 유일하게 온전한 내 시간을 가질 수 있다. 그 시간이 내가 공부하고 글 쓰고 성장하는 나만의 시간이다. 평범한 엄마가 특별해질 수 있었던 이유도 끊임없이 배우는 삶을 선택했기 때문이라고 생각한다. 내가 행복해야 자녀가 행복하고 자녀가 행복해야 내 가정이 행복하고 내 직장과 내 주변 사람들이 행복하다. 당신에게도 균형 있는 성장이 함께하길 바란다. 균형 있는 성장이 모든 조화의 시작이다.

하루에 4시를
두 번 만나는 경찰

평범한 내 삶은 하루에 4시를 두 번 만나면서 변하기 시작했다. 아이를 출산하고 6개월의 육아 휴직을 마치고 직장에 복직했는데 힘이 들었다. 처음 해보는 육아와 평소에 하던 일을 겸하려니 체력이 따라주지 않았다. 일을 마치고 집에 오면 집을 치우고 집안일을 하고 딸아이를 돌보다 보면 하루가 금방 지나갔다. 평소 배우기를 좋아하던 나는 점점 내 시간이 줄어들고 있음에 불안해졌다. 아침 6시 50분 중국어 수업을 듣기로 마음먹었다. 최소 아침 6시에는 집을 나서야 하는데 평소 일어나던 5시에 일어나려니 뭔가 해야 할 일을 다 못하고 가야 하는 찝찝한 기분이 들었다. 나는 기상 시간을 서서히 10분씩 당기는 스타일이 아니었다. '그냥 오늘부터 4시다.' 라고 마음먹고 그 시간에 일어났다. 일어나서 할 일이 있으니 졸려도 참을 수 있었다. 새벽에 일어나 10분씩 필사하고 규칙적으로 운동했다. 필사와 운동 시간을 조금씩 늘려가면서 아이를 돌보며 직장을 다니면서도 내 성장을 위해 공부하는 것도 규칙적인 습관으로 자리 잡게 되었다.

아침에 일어나서 좋은 글을 읽고 감사한 3가지를 적는다. 글을 쓰고 책 한 권을 가지고 필사한다. 10분씩 하던 필사는 한 시간까지 늘려졌다. 필사한 내용을 사람들에게 공유하고 30분 근력운동을 한다. 운동하면서도 내가 좋아하는 분야의 강연이나 직접 녹음한 음성 파일을 듣는다. 운동은 주로 집에서 소도구를 활용하는데 폼롤러로 뭉친 근육을 풀어주며 마무리한다.

출근 전 3시간을 통해 온전히 나만의 시간을 갖는다. 우리 딸은 보통 7시 반에서 8시쯤에 일어나는데 특별히 아프지 않은 이상 늘 잘 자주었기 때문에 오직 나만의 새벽 시간을 가질 수 있었다. 4시에 일어나 하루를 시작하게 되면서 책을 내고 싶다고 종이에 적었다. 온라인 카페에서 작가로 활동하면서 매주 글을 쓰는 작가의 삶을 살기 시작했다. 카카오 브런치 북 프로젝트 #3에 도전해서 비록 탈락했지만, 글을 마감일까지 써보면서 경험을 쌓은 것도 큰 공부가 되었다.

직장에서는 내가 한때 근무했던 부산 관광경찰대 남포센터를 명물로 만들어 보겠다며 아이디어도 내고 블로그도 만들어 보았다. 남포센터를 방문하는 관광객들에게 한국을 알리며 특히 부산에서 많은 추억을 쌓을 수 있도록 도움을 주고 싶었다. 각종 아이디어와 노력한 결과물이 바인더 두세 권 정도가 되었다. 개인적으로 관광경찰대 동료들에게도 재능기부를 했다. 개개인이 원하는 목표를 성취할 수 있도록 시간 관리하는 방법을 통해 성과와 만족을 선물해 주었다.

나는 남편 생일날에도 재능기부를 하는 여자다. 경찰관 후배 중에 1년 전 바인더 코칭을 해준 여경이 있었다. 1년 만에 다시 바꾸자(바인더를 꾸준하게 쓰는 자세를 갖춘 사람들) 9기로 다시 만나게 되었다. 바인더를 1년 동안 꾸준하게 써오며 짧은 기간이었지만 성장한 모습을 볼 수 있었다. 시간 관리하는 방법을 가르쳐 주는 데서 끝나지 않고 사후관리까지 3주를 더해준다. 그 이유는 배운 새로운 지식을 적용하지 않으면 무의미하다는 사실을 누구보다 잘 알기 때문이다. 처음에는 100일씩 관리해주었는데 지금은 습관이 자리 잡는 3주까지 사후관리를 해준다.

한 사람의 인생이 바뀌는 모습을 본 적이 있는가? 나를 통해서 한 친구가 아침에 일찍 일어나고 책을 읽고 글을 쓰고 목표를 향해 주어진 시간에 최선을 다하는 모습을 보는 건 상상 이상으로 행복하다. 돈으로도 살 수 없다. 새벽 4시에 일어나면서 나뿐만이 아닌 주변인에게 도움이 되는 삶을 사는 내가 너무 좋다. 아이를 키우는 엄마이자 직장맘이지만 내가 목표로 설정한 일을 이루었을 때의 그 기분은 최고다. 최선을 다해 노력해서 이루었을 때는 성공이든 실패든 상관없이 과정 자체에서 많은 것을 배운다. 그런 과정을 수차례 반복하면서 나도 모르는 사이에 성장했다.

2016년 1월 1일 체해서 새해 첫날부터 병원 응급실에서 치료를 받은 적이 있었다. 2017년 1월에도 감기가 심하게 걸려 많이 아팠다. 4시를 지키기 위해서는 내가 아프지 않아야 하고 그러기 위해서는 평소 건강관리를 잘해야 한다. 4시에 일어나면 반드시 낮잠은 필수다. 10분이든 20분이든 쪽잠을 자는 것이 좋다. 하루를 보내면서 내게 가장 중요한 일이 무엇이냐고 묻는다면, 나는 망설임 없이 자신 있게 "새벽4시 기상이요!" 라고 말하고 싶다. 첫 단추를 끼우는 기상 시간을 어떻게 시작하느냐에 따라 하루를 살아가는 마음가짐이 다르다고 생각하기 때문이다.

새벽 4시 하면 두 개의 사건이 떠오른다. 8번째 도전했던 순경 채용시험을 한 달을 앞두고 4시에 일어났다. 내 생에 처음으로 4시에 일어났다. 얼마나 간절했으면 그 시간에 일어났을까. 미치지 않고서야 일어날 수 없는 시간이었다. 누구보다도 절박했다. 7번째 시험에 불합격하면서 공부를 한 지도 3년이 다 되어가는 시점이었다. 합격생이 관광버스를 타고 중앙경찰학교로 가는 장면을 지켜본 적이 있었다. 이번에는 내가 합격해서 그 버스에 오르고 싶었다.

언제 합격할지 모른 채 시험에 탈락해 다시 책을 잡는 심정은 착잡했다. 고시원에서 기상 알람이 울리면 곧바로 일어나 밥그릇에 물을 반 정도 떠서 책상 위에 올려놓고 절을 했다. 나 합격 좀 시켜 달라며 간절히 기도하고 가방을 둘러매고 학원으로 향했다. 나만큼 절실한 언니 한 명과 간단히 편의점에서 끼니를 때우고 공부를 시작했다. 몸은 지쳤지만 내 눈빛은 살아 있었고 반드시 합격하고야 말겠다는 굳은 의지가 있었다. 24시간 중에 잠자고 밥 먹는 시간 빼고 15시간 이상 공부했다. 이렇게 간절하게 공부해 본 적도 처음이었다. 하늘이 감격했는지 합격의 기쁨을 안겨 주었다. 합격자 명단에 212번 황미옥이 있는 걸 보고 얼마나 좋았으면 합격통지서를 액자에 넣어 지금까지도 간직하고 있다. 우리 집 거실에 떡 하니 자리 잡고 있다.

첫 번째 승진시험은 근속승진을 했다. 두 번째 시험만은 반드시 내 힘으로 하겠다고 다짐을 했었다. 때가 오면 기회를 잡아야 하는 법이다. 과 서무를 하면서 업무가 가장 많은 시기에 승진 합격자를 많이 뽑는다는 소문이 돌았다. 평소보다 2-3배 합격률이 높다는 이야기였다. 이번 기회가 아니면 힘들겠다는 생각이 들었다. 그해 여름부터 퇴근하고 대학교 도서관으로 올라가 공부를 시작했다. 일을 마치고 책상에 앉아 공부하는 게 말처럼 쉽지가 않았다. 어느 날은 너무 졸려서 엎드려 자다가 그냥 집으로 돌아온 날도 있었고 업무가 많은 날은 도서관에 아예 가지 못하는 날도 있었다. 포기하고 싶었지만 같은 사무실에서 함께 공부하던 동기가 있어 자존심에 그럴 수는 없었다. 과 서무는 늦어도 아침 7시 전에는 출근을 해야 한다. 그 전에 공부하고 싶었다.

다시 마법의 새벽 4시를 찾았다. 4시에 일어나 집에서 두 시간 정도 공부하고 출근했다. 퇴근 후의 공부가 보장되지 않다 보니 누구보다 절실했다. 다른 사람에 비해 공부시간이 턱없이 부족했지만, 그 끈을 놓지 않았다. 2014년 1월 1일 새해 첫날의 저녁을 잊지 못한다. 같은 사무실에서 생활하며 같이 공부하던 경찰 동기는 나보다 한 살 많다는 이유로 그날 나에게 대패 삼겹살을 사주었다. 우리는 이번 시험이 끝나면 두 번 다시 만나지 말자는 말을 남기며 맛있게 먹은 기억이 난다. 나는 그 시험에서 합격자 중 뒤에서 5등을 했다. 하루에 4시를 두 번 만나며 최선을 다해 노력한 끝에 합격의 기쁨을 안겨준 두 번의 경험 덕에 나는 지금도 4시를 찾는다. 마법의 4시가 나에게 어떤 선물을 줄지 기대가 된다.

'6시를 두 번 만나는 사람이 세상을 지배한다.' 는 글을 쓴 저자를 만난 적이 있다. 소위 성공했다고 말하는 저자는 한 시간에 1,100만 원을 버는 재벌이었다. 내 생각과는 달리 그는 옆집 아저씨 같은 사람이었다. 성공했다고 해서 옷에 치장하거나 물건을 과시하는 사람이 아니었다. 나와 같은 평범한 사람에게도 만남의 기회를 준 열린 사람이었다. 「생각의 비밀」 과 「알면서도 알지 못하는 것들」 의 저자인 김승호 대표님을 만나면서 성공은 멀리 있는 게 아니라는 생각을 하게 되었다. 아침을 일찍 열고 사람들과의 약속 시간을 잘 지키고 사소한 일에 최선을 다하는 사람이 성공한다는 말을 마음속 깊숙이 새기게 되었다.

새벽 4시에 일어나면 우리 집은 아주 조용하다. 남편과 딸아이는 자고 있고 글을 쓰고 있는 내 마음은 평온하다. 하루 중에 새벽 세 시간은 내가 지금 이 자리에 있게 해준 소중한 시간이다. 평범한 내가 작가의 꿈을 꾸고 목표를 향해 달려가게끔 도와준 시간이다. 황금을 갖다 줘도 나는 이 시간과는 바꾸고 싶지 않다. 나를 성장시켜주는 이 시간은 이미 나의 일부가 되어버렸다. 우리 가족들도 이 시간만큼은 내 시간으로 여겨준다. 특히 남편은 딸아이가 자다가 울거나 하면 나를 부르지 않고 스스로 달래서 다시 재운다. 꼭 새벽 4시가 아니라도 아침을 일찍 여는 사람에게 더 많은 기회가 주어지는 법이다. 삶의 목적(Purpose of life)이란, 내가 아침에 왜 일어나는지 아는 것이다. 나에게 새벽 4시는 내가 왜 일어나야 하는지 생각하게 해주는 시간이다. 내 목표를 향해 내 모든 열정을 불태워야 하는 시간을 의미한다.

제2장
글 쓰는 삶

우연한 기회

첫 아이를 출산하고 육아 휴직을 하면서 아이를 돌보고 키우는 일이 행복했지만, 나만의 시간이 없음에 허전했다. 복직 전에 예전부터 듣고 싶은 강의가 있었다. 두 달 과정이라 복직 전에만 가능하다고 생각해 남편에게 양해를 구했다. 오래전부터 듣고 싶었던 강의라 비싼 비용이었지만 차곡차곡 모아온 돈에 출산했다고 친척들이 주신 돈을 보태서 신청했다. 3P 자기경영연구소 바인더 코치과정이었다. 2달 과정이 끝나고 수료식 당일 연구소에서 면담이 있었다. 내가 소속한 직장에서 성과를 내고 싶다고 했다. 두 분을 찾아가 보라고 하셨다. 「180억 공무원」의 저자인 김가성님과, 「어둠의 딸 태양 앞에 서다」의 저자 조성희님을 말씀하셨다. 반드시 책을 읽고 가야 한다는 말을 덧붙이셨다. 인터넷으로 책을 주문했고 조성희 대표님 책이 먼저 도착해서 정독했다. 배우는 삶을 살고 있었지만 내 마음을 잘 사용하지 못한다는 생각을 하고 있었는데 마인드스쿨이라는 곳에서는 마인드파워를 배울 수 있다고 했다. 끌렸다. 마인드스쿨에서 운영하는 프로그램을 배우게 되었다. 프로그램을 배우는 2주 동안 어땡을 실천하기를 권했다. 어땡이란, 매일 온라인 카페에 접속해 그날 올라온 좋은 글을 읽고 감사한 3가지를 쓰는 미션이었다. 그 정도는 할 수 있을 거 같았다. 매일 아침 일어나자마자 실천했다.

2주 동안의 반복된 생활이 습관이 되자 마인드스쿨에서 운영하는 프로그램이 끝난 후에도 주변 사람들과 함께 감사한 세 가지를 적으며 이어갈 수 있었다. 어느 날 작가를 모집한다는 공지가 떴고 나는 바로 신청했다. 온라인 카페에 댓글만 남기던 내가 이제는 매주 글을 쓰는 작가가 되었다. 작가에 도전했던 해는 9·11 테러 15주년이었다. 한국생활을 15년째 맞이하면서 나는 지금까지 어떻게 살아왔는지 되돌아보면서 내 삶에 정의를 내리고 싶었다. 9월 11일, 글을 쓰고 싶어 작가에 도전했다. 작가 3기가 시작되었다. 첫 순서로 글을 써야 했다. 한 주 동안 어떤 글을 쓸지 고민이 되었다. 독자들이 읽으면 어떤 내용이 좋은지 이리저리 계속 고민했다. 첫 글을 쓰기까지 쉽지 않았지만 도전한 일인 만큼 잘해내고 싶었다. 매주 고민하며 글을 썼다. 글을 쓰는 당일은 독자의 댓글에 답글을 꼭 해주어야 했다. 댓글을 남긴 독자의 마음을 하나하나 읽고 성심성의껏 답을 했다. 마치 내가 진짜 작가의 삶을 살고 있다는 착각이 들 정도였다. 사람들은 나를 작가님이라고 불렀고 나도 내가 작가인 줄 알면서 살았다.

작가 3기모임 뒤풀이 날이었다. 내가 그렇게 기다리던 9월 11일 서울 논현에서 만났다. 온라인에서만 인사하고 지냈던 사람들을 실제로 만나니 연예인을 만난 기분이었다. 서로를 작가님이라 칭했다. 책을 내고 싶다는 생각을 종이에 적었더니 어땡 작가라는 기회가 나에게 찾아왔다. 7명의 작가 사이에서 나도 작가였다. 3개월 동안 매주 글을 쓰면서 새로운 경험을 한 우리는 각자의 소감을 털어놓았다. 그중에는 4기 작가로 활동하시는 분들도 계셨고 개인 사정으로 이어서 하지 못하시는 분도 계셨지만 3개월 동안 불타는 에너지로 함께 해주셨다.

어땡작가로 활동하며 나와 같은 꿈을 가진 친구를 만났다. 나와 동갑이며 두 명의 아이를 키우면서 글을 쓰는, 나와는 비교도 안 될 만큼 성격도 다르고 아주 꼼꼼한 친구였다. 서로 자라온 환경은 달랐지만 우리는 통하는 게 많은 사이었다. 그 친구는 경남 김해에 교육을 들으러 갈 예정이었는데 잘 곳이 마땅치 않다고 했다. 괜찮으면 부산인 우리 집에서 자고 가도 된다고 가볍게 말했는데 진짜 자고 가게 되었다. 저녁 10시가 다되어 교육이 마치는 바람에 늦은 시간 우리 집에 도착했다. 다음 날 새벽 4시에 일어나 시간 관리 바인더 재능기부를 하면서 친해졌다. 그날 이후로 새로운 프로젝트를 추진할 때마다 함께 했다. 혼자 하기보다 같이 하면 힘이 났다. 모든 일을 서로 털어놓고 오래전에 사귄 친구처럼 지낸다. 같은 꿈을 꾸는 친구라서 그런지 서로의 마음을 누구보다 잘 알아준다. 척하면 척이다. 평생을 함께할 친구를 얻었다. 나만의 글 친구가 생겼다. 사람의 인연도 찾아올 때 잘 잡아야 한다. 내 평생 친구를 알아봤고 그 덕에 좋은 만남을 이어가고 있다.

2016년 9월 11일 작가 모임에 참석하기 전 카카오 브런치에 「08:46」이라는 글을 남겼다. 2001년 9월 11일 테러 발생시각은 아침 08:46분이다. 생각하기도 싫은 15년 전의 공포의 추억들을 끄집어냈다. 매 시간 나는 어디에서 무엇을 했고 어떤 감정을 느꼈는지 글로 적었다. '인생의 끝자락에 서면 무엇이 가장 후회가 될까요?'라는 말로 글을 시작했다. 내 주변사람들에게도 이 끔찍한 9·11 이야기를 나눈 적이 별로 없다. 내 감정을 글로 옮기고 나니 마음이 편안해졌다. 9·11 테러 관련 이야기는 나에게 더 이상 상처가 아니었다. 작가로 활동하면서 9월 11일에 어떤 글을 쓸지 미리 생각하고 글을 계속 쓰면서 어쩌면 나는 그 한계를 극복했는지도 모르겠다. 주마등처럼 한국에서의 15년 세월이 스쳐 지나갔다. 경찰이라는 목표 하나로 4년 넘는 세월을 기다리며 노력한 내 모습, 그렇게 원하던 직장에 들어가 첫날부터 후회하던 내 모습, 경찰 무도대회에 출전하며 태권도와 체포호신술을 하며 최선을 다하던 내 모습. 무도훈련을 하며 남편을 만나 2년 만에 결혼한 내 모습, 남들이 승진 공부할 때 서울을 다니며 강연장을 쫓아다니던 내 모습. 책을 읽겠다며 갑자기 책장을 사서 읽고 싶은 책들을 채워가던 내 모습, 일에 미쳐 주말도 포기하고 가족들과의 휴가도 반납한 채 열중했던 내 모습. 결혼한 지 5년이 넘어서야 첫아이를 임신했는데 교통사고로 출산 때까지 가슴 졸이며 애태우던 내 모습. 자녀를 낳고 기르면서 친정엄마에 대한 원망과 미움을 내려놓던 내 모습들이 필름처럼 스쳐 지나갔다. 그렇게 20대를 떠나보내기 싫다고 29살에 발버둥을 치면서 20대 관련된 책을 닥치는 대로 읽었는데 15년이 지난 지금은 20대보다 30대 중반을 바라보고 있는 내가 애착이 더 간다.

직장생활 4년 차부터 책을 읽으면 책 속에 메모를 했다. 또 보고 싶은 글은 따로 메모해서 바인더에 모아두기도 했다. 메모하는 시간이 많다 보니 책 읽는 시간이 예상보다 훨씬 길어질 때도 잦았다. 때로는 사람을 만나면 그 사람과 나눈 이야기들을 미팅노트에 써두기도 했다. 소중한 추억을 남기기 위해 글로 적어둔다. 다음 번에 만나기 전에 보고 가도 유용하기 때문이다. 때로는 대화를 나누면서 중요한 이야기들을 적는다. 대화만 할 때와는 달리 종이에 적으면 다시 볼 수 있는 이점이 있어 좋다.

어릴 적에는 일기를 썼다. 학교에서 내준 숙제이기도 했지만, 아빠와 엄마에게 혼나지 않기 위해 썼던 기억이 난다. 미국에 이민을 가서도 일기를 계속 썼던 걸 보면 습관은 무섭다는 생각이 들 정도다. 영어를 잘하지 못할 때도 영어로 쓴 글을 보면 참 귀엽다. 문맥은 맞지 않지만 무슨 말을 하려는지 알 수 있다. 한국에 여러 번 왔다 갔다 했지만 어린 시절 썼던 일기장을 모두 가지고 있다. 가끔 아이디어가 필요하면 일기장을 열어 보곤 한다. 그중에 하나를 공유한다.

서기 1993년 7월 14일 수요일. 제목 : 아기.

아기는 엄마 품에서 자란다. 그래서 엄마 찌찌도 먹고, 엄마 품에 안기기도 한다. 나도 어린 시절로 돌아가고 싶다. 그래서 엄마 품에도 안기고 엄마와 같이 하루 동안 있고 싶다. 나는 엄마와 계속 같이 있었으면 좋겠다. 왜냐하면 나는 다시 공부를 배우고 싶기 때문에. 1학기부터다. 나는 공부가 싫다. 그런데 훌륭한 사람이 되려고 공부를 한다. 나는 아기로 다시 돌아가고 싶다.'

친정엄마는 늘 어릴 때부터 공부 열심히 하라고 하셨다. 평소에는 천사였던 아빠는 술만 먹으면 180도 다른 사람으로 변했고 그때마다 엄마는 나에게 습관처럼 말했다. 공부 안 하고 엄마 말 안 들으면 날 놔두고 멀리 도망간다고. 어릴 때 나는 엄마가 가버릴까 걱정했다. 엄마는 봉제공장을 다녀 늘 일을 하셔서 학교 행사에 올 수 없었다. 다른 친구들처럼 엄마가 내 삶에 함께했으면 좋겠다고 생각했다. 운동회마다 친구 엄마와 바통을 들고 뛴 기억이 난다. 이민 가기 전 처음으로 엄마는 내 운동회에 오셨고 내가 가진 유일한 사진이 되어버렸다. 엄마가 학교행사에 오신 사진 말이다. 엄마는 늘 하던 말처럼 나를 두고 결국엔 떠나셨지만 엄마에 대한 원망과 미움은 이제는 없다.

고등학교에 다니면서 대학교에서 주최하는 영어 글쓰기 대회에 참가했는데 은상을 받았다. 글쓰기 대회는 내 인생에서 처음이었다. 어떤 준비도 없이 그냥 대회 당일에 열심히 썼다. 좋은 경험이라고 생각하고 열심히 썼다. 수줍음이 많던 나는 나서서 말하는 것보다 글로써 내 마음을 표현하는 방법이 더 좋았다. 내가 글을 좋아할 줄도 모른다는 사실을 잊고 지냈다.

직장을 다니며 책을 읽기 시작하면서 경찰관들이 얼마나 책을 많이 냈는지 궁금해졌다. 그때부터 경찰관이 쓴 책은 서점에서 사서 읽었다. 책을 내고 싶다는 생각을 가지게 되었고 실천으로 옮길 기회가 찾아 왔다. 어땡작가를 통해 우연한 기회에 글 쓰는 삶을 살게 된 것이다.

이렇게 써도 될까?

매일 글을 썼다. 새벽에 일어나서 글을 썼다. 글쓰기 습관을 들일 겸 정해진 형식도 없이 그냥 썼다. 어땡작가로 활동하면서 매주 한 개의 글을 써야 했다. 이런저런 글을 한 주 동안 쓰며 모았다. 그 주에 듣고 보고 배운 것을 중심으로 글을 썼다. 한번은 텔레비전에서 「질투의 화신」 이라는 드라마를 보는데 아나운서에 도전하는 장면이 나왔다. 여주인공이 면접관에게 제출할 동영상을 찍고 있었다. "60분의 기회를 주십시오." 라고 말하는데 전율이 느껴지면서 이 내용을 글로 정리해야겠다는 생각이 들어 글로 남긴 적도 있었다.

「차이나는 도올」 프로그램을 여러 번 반복해서 시청했다. 중국에 대한 지식을 넓히고 싶어 시청했는데 문득 강의 형식의 내용을 내 것으로 만들면 좋겠다는 생각이 들었다. 강의를 들을 때마다 매번 글로 정리하면서 견문지식을 넓혔다. 직접 만난 사람들, 친구나 가족들과 보낸 시간도 글로 남겼다. 작가 모임이나 계 모임에 참석 한 뒤에도 나만의 글로 정리했다.

매일 아침 하루를 시작할 때 감사한 세 가지를 쓴다. 쓰다 보니 감사한 내용도 늘어나기 시작했다. 하루 5분이면 족히 썼던 글을 20분, 30분씩 쓰게 되었다. 감사 내용과 더불어 좋은 글귀를 읽으면서 떠오르는 생각도 글로 썼다. 나 자신에게 솔직해지면서 내가 어떤 생각을 하고 어떤 마음을 가졌는지 알게 되었다. 내가 좋아하는 것들이 무엇이고 싫어하는 게 무엇인지 글로 적으면서 더 명확해졌다. 마음속에 꽉 찬 응어리들도 글로 표현하기 시작했다. 원망이나 미움이 생기면 마음속에 담아 두지 않았다. 어떻게 해서든 글로 풀었다. 마치 친한 친구처럼 글을 대하기 시작했다. 글은 말처럼 다른 사람에게 옮겨지지 않으니 믿음이 갔다.

누군가에게 배운 글쓰기가 아니다 보니 내 마음 가는 대로 글을 썼다. 글쓰기를 제대로 배운 적이 없다 보니 용감했다. 두려움보다는 하면 된다는 자신감이 더 컸다. 하나의 주제를 정해서 쓰다 보면 그날의 컨디션에 따라 글의 내용도 길이도 다양했다. 글을 쓰면서 옛날의 기억을 가지고 오기도 하고 슬픈 추억을 끄집어낼 때는 눈물을 주르륵 흘리기도 했다. 기쁜 일이 떠오를 때는 한참을 웃으며 글을 썼다. 그 날의 일상을 주로 많이 썼다. 남편이 술 먹고 들어온 날은 '주취자 남편이 또 늦게 왔다.' 면서 글을 썼고 내가 하고자 하는 일을 마친 날에도 글로 내 마음을 표현했다.

오직 행복한 마음으로 집중하며 글을 썼다. 내 이야기를 숨김없이 토해냈다. 내 아픔도 끄집어냈다. 엄마의 죽음과 같은 개인적인 이야기들이나 평소에 잘 하지 않던 말도 글로 적었다. 시어머니와 아빠, 가족 이야기도 글로 적었다. 나를 드러낼수록 나를 알아간다는 생각이 점점 들었다. 내 단점들을 세상에 알리면서 나도 부족하지만 잘 살 수 있다고 외치는 느낌이 들었다. 나의 개인적인 이야기에 대한 다른 사람들의 시선보다 내 마음에 더 집중했다. 내 마음이 가는 방향으로 글을 썼다. 내 단점을 좀 드러내면 어때? 내가 행복하면 되지. 이런 마음이었다. 마음 한 편으로는 글쓰기를 배워서 제대로 도전하고 싶은 생각도 있었다. 몇 군데 전화를 걸어 상담도 했다. 평범한 내가 듣기에는 수강료가 너무 비쌌다. 결국 글쓰기 책을 읽는 선에서 그쳤다. 내가 읽은 책들은 매일 쓰는 걸 강조했다. 글을 쓰면서 이렇게 써도 될까? 라는 불안과 고민도 있었다. 처음 글을 쓸 때는 다른 사람이 쓴 글이 내 글보다 더 좋아 보였다. 그럴 때마다 쓰기에 더 집중했다. 작가가 된 내 모습을 더 많이 상상했다. 무식하게 100번씩 써봤다. "나는 베스트셀러 작가다!" 이런 식으로 하루에 100번씩 쓰면서 작가가 된 내 모습을 상상하며 생각을 거듭했다. 어느새 내가 가진 불안은 작가의 모습을 이룬 내 모습으로 바뀌어 있었다.

가족의 응원도 한몫했다. 내가 무엇을 쓰든 어떤 모습이든 늘 옆에서 응원해주었다. 내가 집에서 글을 쓰고 있으면 아이를 최대한 조심해서 돌보는 남편이 고마웠다. 소리 없이 응원하는 속 깊은 배려가 큰 힘이 된다. 글을 쓰면서 집안 곳곳은 여러 가지 문구들로 채워졌다. 특히 냉장고나 화장대, 컴퓨터와 출입문에는 어떤 작가가 되고 싶은지 상세한 문구들이 걸려 있다. 나에게 힘이 되어주는 메시지들이 집 안 곳곳에서 나를 반겨준다. 마치 내가 작가의 삶을 사는 듯한 착각을 불러일으킨다. 꿈이 더 커질수록 문구들도 변한다. 내 꿈의 크기만큼 이루고자 하는 열망도 자란다. 가족들의 열렬한 지지 속에 나는 매일 글을 썼다. 망설임과 두려움이 나타나면 100번 쓰기로 극복했다. 내 마음속에는 작가의 모습이 더 크게 자리 잡았고 나는 성장했다.

나는 경험의 글쓰기를 좋아한다. 경험한 것을 글로 쓰면 내 마음도 글에 녹아든다. 글쓴이가 어떤 마음으로 글을 썼는지 읽는 사람도 안다. 경험으로 다져진 글은 쓰기도 쉽다. 고민 없이 쓴다. 내가 겪은 일이다 보니 술술 써지고 집중해서 쓰면 분량 조절도 어렵지 않다. 어떤 추억을 꺼낼 때면 마치 내가 그 시절로 돌아간 듯이 쓰곤 했다. 주마등처럼 스쳐 지나가는 생각들을 잡아 글로 표현했다. 엄마의 죽음을 이야기할 때는 초등학교 6학년 시절로 타임머신을 타고 거슬러 올라갔다. 창문을 열어보면 어린 시절의 내가 있다. 엄마가 보인다. 보이는 대로 글로 옮긴다. 글을 쓰면서도 그리운 마음에 눈물을 흘리기도 했다. 그래도 괜찮다. 내 마음속에 가지고 있던 생각을 글로 적어보면서 내 진짜 마음을 알게 되었다. 그냥 그리운 건지 아니면 이제는 치유가 되어서 괜찮은 건지 말이다.

내 마음속에 엄마의 죽음 외에 하나의 공포가 더 있었다. 9·11테러 사건. 작가에 도전하면서 문득 내가 잘 지내고 있는지 궁금해졌고 테러가 발생한 지도 15년이 된 시점에 글로 내 삶을 정리해 보고 싶은 욕심이 들었다. 내가 한국에 돌아와서 어떤 마음으로 경찰 공부를 했고 직장에서 무엇을 하며 보냈는지. 가족과는 어떤 일이 있었는지 살펴보고 싶었다. 9·11사건 이후 죽음에 대한 공포가 계속해서 있었다. 한동안 사람들이 많은 곳에 가면 심장이 두근두근 뛰고 불안해졌다. 특히 엘리베이터나 밀폐된 공간에 있기 힘들었다. 2001년 9월 11일, 「08:46」이라는 제목으로 글을 쓸 때 2001년 9월 11일로 다시 돌아가니 내가 보였다. 어떤 일이 있었는지 생각하고 글로 옮겼다. 끔찍했다. 그 현장에 내가 있었다는 사실이 믿기지 않았고 살아 있음에 감사했다. 테러 현장에서 나는 도망가기 바빴는데 소방관과 경찰관이 사람들을 구조해 주는 모습을 보고 한 번뿐인 내 인생을 의미 있고 가치 있는 일에 투자하자고 마음먹고 한국에 돌아왔던 내 모습이 떠올랐다. 경찰은 내 운명이라고 생각했다. 공무원 시험 중에 유일하게 경찰공무원 시험만이 국어가 없었다. 경찰은 내가 갈 길이라고 믿었다. 이런 경험을 꺼내 글을 쓰면 내 마음도 편안해진다. 내가 겪은 일이라서 술

술 써지고 내 생각도 거침없이 써진다. 내 생각을 알아갈수록 나라는 사람에 대한 확신이 커진다.

지인에게 샘플 출간 계획서를 받았다. 나름대로 나만의 출간 계획서를 작성해 봤다. 처음에는 이렇게 쓰는 게 맞는 건지 물어볼 때도 없다 보니 책 출간 경험이 있는 친구를 계속 괴롭혔다. 내가 쓴 글을 보내주며 의견을 묻는 식이었다. 내가 가진 불안을 해소하는 일종의 의식이었다. 출간 계획서를 쓰면서 다른 사람이 쓴 프롤로그와 목차가 눈에 들어왔다. 다른 사람이 쓴 글을 보면서 아이디어를 많이 얻었다. 글을 쓴다고 주변에 얘기하면 잘 해보라고 하는 사람들보다 혜민 스님이라도 되니, 책이 팔리겠니? 자비 출판해서 주변에 좀 돌리라는 등 부정적인 반응들이 많았다. 속상했지만 그런 일로 내 목표를 포기하고 싶지 않았다. 그때부터 주변 사람들에게 내가 글을 쓴다는 말을 하지 않았다. 나도 작가가 되어 꼭 보여주겠다고 다짐을 했다. 글쓰기는 순경채용시험과 같다는 생각이 들었다. 글을 쓰면 작가가 될 수 있나 하는 궁금증이 들 때처럼 공무원시험 공부를 할 때도 이 공부 방법이 맞나 하는 생각이 든다. 두 가지의 공통점은 글을 쓰면 작가가 될 확률이 높아지고 공부를 하면 공무원에 합격할 확률이 높아진다는 사실이다.

행복한 마음만 가지고 글을 썼다. 정해진 형식이나 틀도 없다. 내가 배운 것을 복습해서 글로 정리해서 사람들에게 전해줄 때 나는 가장 행복했다. 그 맛에 글을 썼다. 누군가 내 글을 읽어준다고 생각하고 글을 썼다. 내가 잘 쓰고 있는가에 대한 생각이 들 때면 독자의 응원만큼 힘이 되는 메시지는 없었다. 작가는 매일 글을 쓰는 사람이다. 글을 잘 쓰고 못 쓰기 이전에 매일 쓰는 사람이 되자. 나 자신을 믿고 내 경험을 믿고 글을 써 보자. 나를 가장 잘 아는 사람은 바로 나다. 나에 대한 이야기는 내가 최고로 잘 쓴다.

글쓰기에 도전하다

연간계획에 글쓰기 목표를 적고 난 이후로 누군가를 만나게 되었다. 블로그를 배우고 싶었는데 가르쳐 준다는 소문을 듣고 만나게 된 것이다. 블로그도 잘 배웠다. 우연히 대화 중에 몇 년 전 같은 독서모임에서 함께 공부하고 봉사 활동도 함께 했던 친구라는 사실을 알게 되었다. 세상은 참 좁다는 생각을 했다. 책을 내고 싶다는 내 생각을 말하게 되었다. 책을 이미 한 권을 낸 작가라는 사실을 듣고 깜짝 놀랐다. 본인의 책을 나에게 선물로 주었다. 나보다 어린 친구가 책을 냈다는 사실에 놀랐고 내가 아는 사람이라는 사실에 한 번 더 놀랐다. 2개의 출간 계획서를 받았다. 나만의 계획서를 만들어 출판사에 보내기로 목표를 정했다. 새벽 4시에 일어나 글을 쓰고 자투리 시간을 활용해서 자료 수집했다. 다른 작가들이 어떤 목차와 글을 썼는지 서점에 직접 가서 일일이 살펴봤다. 사정이 여의치 못할 때는 인터넷 서점에서 프롤로그와 목차를 수십 번씩 봤다. 그것들을 참고해서 나만의 출간계획서를 썼다. 내 삶을 이야기하는 일종의 자서전 같은 내용이었다. 경찰에 들어오기 전에 어떤 일이 있었고 경찰에 들어온 이유와 현직에서 한 이야기로 구성했다. 마지막으로 독서와 배움을 통해 겪은 일들을 목차로 썼다. 하지만 생각만큼 잘 써지지 않았다. 고치고 다시 쓰고 한 분량이 바인더 2권 정도 되었다.

한창 헤매고 있을 때 특강을 듣게 되었다. 서울에서 열린 특강이었다. 팔순이 다 되신 할머니의 삶에 관한 이야기였다. 일명 '나르는 할머니'로 통하셨는데 세계여행을 하시면서 정리한 글을 모아 책으로 내신 분이셨다. 할머니의 특강을 자세하게 글로 정리를 하기도 했다. 할머니는 자신이 좋아하는 저자의 책을 필사하셨다. 필사하신 이유는 저자의 특강을 듣기 전에 책을 필사하면서 저자의 생각을 미리 알고 가고 싶다고 하셨다. 그 말을 들을 당시에는 나도 언젠가는 꼭 한번해보고 싶다는 마음만 가진 채 잊고 지냈다.

한참 후에 지인이 나를 응원해 주러 부산에 왔다. 시간관리 재능기부를 하고 있었는데 사람들이 바인더를 쓰다 보면 사용하기가 싫어지고 권태기가 오기 마련인데 격려차 일부러 부산에 오신 것이다. 바인더 사용법을 배우신 분들을 모시고 점심을 먹으면서 이런저런 이야기를 나누었다. 이야기 중에 출간계획서 이야기가 나와 생각만큼 잘 써지지 않는다며 조언을 구했다. 내가 조언을 구한 지인도 이미 책을 낸 작가였다. 늘 격려와 응원을 아낌없이 주셨던 든든한 지원군이었기에 어려움 없이 말을 꺼냈다. 대뜸 내게 하는 말이 좋아하는 저자의 책을 필사해보라고 했다. 그 말을 듣는데 얼마 전에 특강을 듣고 온 할머께서 필사하셨던 게 번뜩 떠올랐다. 그 당시 나는 「생각의 비밀」이라는 책을 읽고 있었는데 때마침 곧 저자 특강을 서울에서 한다는 소식을 듣게 되었다. 이거다 싶었다! 특강을 들으러 가기 전에 저자의 생각을 미리 알고 가고 싶어졌다.

「생각의 비밀」이라는 책을 필사하기 시작했다. 혼자서 며칠 해보니 장난이 아니었다. 책 한 권을 필사하는 건 힘든 일이었다. 안 되겠다 싶어 서울에 간 김에 알고 지내는 동생과 타임스퀘어에서 만나 밥을 먹고 이야기하면서 필사를 같이하자고 털어놓았다. 역시 둘이 하면 혼자 할 때보다 잘 된다. 둘이서 필사한 분량을 카톡으로 주고받으며 서로를 격려하며 강연 당일 전까지 필사했다. 저자를 만나서 이야기 나누는 생각만 가지고 필사했다. 우리는 '뇌물' 이라는 글귀가 적힌 쇼핑백에 필사한 바인더를 넣어 특강 당일 선물로 드렸다. 며칠 후 필사한 내용을 보시고 연락이 왔다. 평범한 우리에게 만남의 기회를 주셨다. 마치 연예인을 만나러 가는 기분을 가지고 조찬 식사를 함께하게 되었다. 3시간 넘게 많은 이야기를 주고받았다. 기회는 내가 만든다. 나는 멘토 명패를 제작했고 동생은 서약서를 준비했다. 우리들의 인생 멘토가 되어 달라고 요청했다.

이야기 중에 책을 내기 전에 블로그나 SNS에 글을 써보라는 말을 해주신 적이 있었다. 정말 신기하게도 그 무렵 어땡 작가로 활동하면서 작가님 한 분과 친하게 지내면서 '브런치' 라는 매체를 알게 되었다. 작가님을 따라 브런치 작가 신청을 했고 브런치에 글을 쓰기 시작했다. 따로 종이에 글을 쓰고 다시 타이핑해서 쓰는 방식으로 매일 지우고 쓰기를 반복했다. 브런치에 올린 첫 글이 911테러와 관련된 내용이었다. 「좌충우돌 황 순경 성장기」 라는 제목으로 글을 쓰기 시작했다. 13개의 글로 브런치 북 프로젝트 #3에 도전했다. 브런치 글쓰기와 매주 어땡 작가 활동을 하면서 매일 글 쓰는 삶을 살았다. 지인이 추천해준 책에서 인상적인 인물을 만나게 되었다. 인터넷에 찾아보기 시작했다. 건축회사 팀 하스 하형록 사장의 인간극장을 시청하고 글을 썼다. 카이스트 배상민 교수의 여러 인터뷰와 '세바시' 강연을 시청한 후에 글로 썼다. 이런 식으로 책에 나오는 끌리는 인물들을 종이에 1차 쓰고 블로그에 2차 쓰면서 내 입으로 자연스럽게 말할 수 있게 되었다. 여러 인물들을 정리하면서 나의 재능으로 어떤 삶을 살고 싶은지에 대한 답을 찾기 위해 「미옥행」이라는 매거진도 개설했다.

매일 아침 글을 쓰면서 하루를 시작했다. 글로써 내 마음을 평온하게 만들었다. 글쓰기에 도전하면서 자연스럽게 쓰는 양도 늘어나고 주제도 다양해졌다. 좋은 습관으로 자리 잡았다. 매일 밥을 먹듯이 매일 글쓰기도 내 삶에 당연한 일이 되었다. 특히 내가 쓴 글을 사람들에게 공유할 때 재미가 있었다. 내 글을 누군가 읽어 준다는 감사함에 너 열심히 썼다. 글을 쓰면서 아침 시간은 오직 나를 위한 시간으로 보냈다. 글을 쓰면서 내가 글을 무척 좋아하고 글을 계속해서 쓰고 싶어 한다는 사실을 알게 되었다. 글을 쓰면서 좋은 인연을 만났고 여러 가지 도전을 할 수 있었다. 글을 쓰면서 나는 이미 작가였다. 나의 가치도 변했다. 처음에는 베스트셀러 작가가 돼서 돈을 많이 벌고 싶었다. 내가 타고 싶은 외제차와 좋은 집에 살고 싶었다. 오직 나에 대한 욕심들로 가득 찼다. 글을 쓰면서 가치 있는 삶을 사는 사람들을 한 명 한 명 접하게 되면서 경찰이 되기 전 가치 있는 삶을 꿈꾸던 내가 떠올랐다. 하나뿐인 내 인생 가치 있고 의미 있는 일을 이번 기회에 실천할 수 있을 것만 같았다. 글쓰기로 세상에 좋은 에너지와 영향을 미치고 싶었다.

글을 쓰면서 여러 기회가 찾아왔다. 어땡 작가로 활동하며 작가의 삶을 사는 내게 강연의 기회가 찾아왔다. 어땡 작가를 한 이유도 9 · 11 테러 15주년을 맞이해서 내 인생을 되돌아보고 앞으로 나아갈 방향을 생각해보고 싶어 도전했다. 3기 모임을 서울 논현역 근처에서 가졌는데 그 자리에서 작가님 두 분이 강연을 해보자는 제의를 했다. 긍정적인 반응이 있었고 작가 4명이 먼저 강연을 해보기로 했다. 강연 명칭을 '어땡쇼'라고 정했다. 매주 글을 쓰던 4명의 작가가 릴레이 방식으로 강연하는 것이었다. 나는 '열정'이라는 주제로 준비했다. 두 달 가까이 시나리오를 쓰고 수정하기를 반복했다. 수많은 글을 쓰고 수정하면서 내가 어떤 사람이었는지 들여다볼 수 있었다. 어땜쇼를 함께 준비했던 라이프 코치 한 작가님이 나에게 전화코치를 해주었는데 지속적인 열정을 어떻게 갖게 되었는지 글로 풀 수 있도록 많은 도움을 주었다. 틈만 나면 시나리오를 쓰고 지우면서 수정했다. 노력 끝에 어땜쇼를 잘 마칠 수 있었다. 힘든 여정이었지만 나에 대한 답을 찾는 과정이었다.

출산 후 복직을 하게 되었는데 우연히 제복을 입은 내 모습을 사진으로 보게 되었다. 낯설게 느껴졌다. 내가 알고 있던 내 모습이 아니었다. 좌절했다. 나는 매일 글을 썼다. "나는 55킬로그램의 탄탄한 근육질 몸짱이다." 식단조절을 하며 운동을 병행했다. 처음에는 집에서 10분, 20분씩 운동을 하다가 플라잉 요가와 필라테스 PT를 받았다. 블로그에 운동 전과 후의 사진을 올리고 운동과 마인드 파워를 통해 건강해진 내 모습을 공개했다.

글쓰기는 수많은 도전을 불러일으킨다. 글을 쓰면서 무수히 많은 도전을 했다. 출산 후 복직을 하면서 일도 하고 육아도 하면서 배움을 이어갔다. 평일 아침 6시 50분에 중국어 수업을 들었다. 7개월가량 빠짐없이 수업에 참석했다. 블로그도 개설해서 운영하면서 배웠다. 처음에는 내 글이 공개되는 것 자체가 어색하고 민망했지만, 사람들과 글로 소통하게 되었다. 여러 권의 책을 필사하면서 글을 더 좋아하게 되었다. 몸짱 프로젝트와 브런치 북 프로젝트 도전도 내 글감이 되었다. '열정'이라는 키워드를 나에게 안겨 준 「어땜쇼」 강연을 통해 한 층 성장했다. 두 돌이 안 된 아이를 키우는 엄마가 직장을 다니며 이렇게 도전할 수 있었던 이유도 공개된 글쓰기와 함께 했기 때문이었다. 도전하면서도 매일 공개 글을 남겼고 도전이 끝나고 난 후에도 나의 감정들을 글로 남기면서 깨달은 점을 정리했다. 공개적인 글은 나뿐만이 아닌 내 주변 사람들에게도 영향을 주었다. 지속적인 글을 쓰면서 내 주변에는 나와 함께 도전하는 사람이 늘어갔다. 글을 쓰면서 성격도 많이 차분해졌다. 스트레스 받는 일이 생기면 주변 사람들과 이야기하는 대신 나는 글로 푼다. 주변인에게 다른 사람의 험담을 한 적도 있었다. 그럴 때면 늘 마음이 불편했다. 말은 돌고 돌아서 그 화살이 나에게 돌아온다. 글을 쓰고 나서는 그런 걱정이 없다. 속상한 일이 있으면 마음껏 적는다. 누구에게 보여줄 글도 아니니 마음이 편하다. 부담 없이 글을 쓰고 나면 속이 시원하다. 누가 내 마음을 알아주지 않아도 글을 짓는 행위 자체가 내 마음에 평온을 가져다 준다. 치우치지 않는 마음을 갖고 싶다. 글을 쓰다 보면 언젠가는 갖게 되겠지.

글을 쓰면 내 생각을 정리할 수 있는 장점이 있다. 답을 내릴 수 없는 복잡한 생각들도 글쓰기를 하면 쉽게 결론에 이르는 경험을 했다. 나는 공개 글쓰기를 통해 여러 도전을 했고 그 안에서 열정을 찾았다. 아이를 키워서 시간이 없다는 핑계는 나에게 통하지 않는다. 나만의 시간을 확보하기 위해 새벽 4시에 일어나는 삶을 선택했다. 집에서는 남편과 아이를 챙겨야 하는 평범한 엄마로, 직장에서는 대한민국 경찰로서 내가 맡은 업무를 착착 해내는 역할을 해내야만 한다. 글쓰기에 도전하면서 내 진짜 인생을 찾았다. 밥을 먹고 잠을 자듯이 글쓰기는 내 생활의 일부가 되었고 나는 매일 글쓰기와 함께 한다. 자연스럽게 내 주변에도 글을 쓰는 사람으로 채워지기 시작했다. 글쓰기에 대한 이야기로 하루가 꽉 찬다. 내 꿈과 목표도 글을 쓰면서 커졌다. 늘어난 글쓰기 시간만큼 내 생각의 크기도 커졌다. 글 쓰는 생각만 해도 내 얼굴에는 입꼬리가 올라간다. 죽을 때까지 글 쓰는 삶을 살고 싶다. 뒤늦게 찾은 행복을 놓치고 싶지 않다.

좌절과 절망

쓰고 있던 출간계획서를 뒤로하고 브런치 북 프로젝트 도전에 몰입했다. 어떤 주제로 무엇을 쓸지를 계획하고 여러 번 쓰고 지우기를 반복하면서 한 개의 글이 완성되었다. 나의 관한 이야기이었지만 생각에 생각을 거듭하며 정성을 다했다. 8월에 시작해서 10월 초까지 13개의 글을 정성스럽게 썼다. 친구와 어디까지 썼는지도 알려주며 서로 응원해주기도 했다. 당선작이 될 거라는 기대감도 있었다. 그때까지만 해도 어디 가서 글쓰기를 배우거나 특강을 들은 적은 없었다. 매일 출근 전에 오늘 쓸 글을 구상하고 일과 중에 틈틈이 글을 쓰는 게 내가 할 수 있는 유일한 일이었다. 브런치에 글을 쓰기 시작하면서 다른 사람이 쓴 브런치 글을 많이 읽었다. 친구도 맺고 글 쓰는 형식도 찾아보면서 아이디어도 얻었다. 진정성 있게 글을 썼다. 온 마음을 다해 글을 썼고 드디어 13개의 글이 완성되었다. 10월 초에 글을 마감하고 한 달 가까이 발표를 기다렸다.

그 와중에도 내 삶을 계속 글로 썼다.

당선작 발표일 날 누구보다 긴장이 되었다. 매 시간 브런치 사이트에 들어가 확인했다. 혹시 뜬 게 있는지 뉴스 기사도 찾아봤다. 오후 늦게 서야 당선작이 발표되었고 4,000명 가까운 사람들이 응모했다는 사실을 알게 되었다. 당선작이 되려면 37명 안에 들어야 했다. 낮은 확률이었다. 당선작 37명 안에는 내가 없었다. 두 달 동안 글을 썼고 한 달 동안의 기다림을 가졌다. 발표일 당일 고민에 빠졌다. 다음번 브런치 프로젝트에 도전해야 할까? 내가 당선되지 못하는 이유는 무엇일까? 여러 가지 물음 속에서 브런치 당선작을 살펴봤다. 어떤 글을 썼기에 당선되었는지 궁금했다. 뭔가 알아내고 싶었다. 나의 부족함이 무엇인지를 알아내서 지금 사태를 잘 해결하고 싶었다. 글쓰기를 배우지 않고 써서 그런 게 아닌가, 온갖 생각이 다 들었다. 탈락하였다는 좌절감은 다른 글을 쓸 때도 영향을 주었다. 평소 온라인 카페에 글을 쓸 때 조회 수나 댓글에 연연하지 않았는데 나도 모르는 사이에 사람들의 눈을 의식하기 시작했다. 탈락의 충격은 컸다. 잘 쓰고 있다고 생각했고 이번 도전도 성공할 줄 알았다. 내가 노력하면 뭐든 내가 원하는 대로 될 줄 알았다. 「좌충우돌 황 순경 성장기」는 나의 관한 이야기였다. 내 삶을 글로 쓰고 싶었다. 직장에 도움이 되는 책을 계속 낸다고 생각하니 다시 힘이 나기 시작했다. 지인들에게 전화를 걸어 내 의사를 전달했다. 나 이번에 탈락했지만 이번 계기로 더 좋은 글을 쓸 거라며 기쁘게 알렸다.

브런치 탈락은 나에게 깨달음을 안겨 주었다. 지금의 실패 뒤에는 성공이 기다리고 있다. 그 무엇보다 중요한 것은 책을 내겠다던 나의 목표가 평생 글을 쓰고 싶다는 생각을 하게 해주었다. 내가 어떤 글을 쓰고 싶은지 진지하게 생각해 볼 수 있는 소중한 시간이 되었다. 글쓰기를 한번 배워보고 싶다는 생각이 더 간절해졌다. 나에게 찾아온 아픔의 크기만큼 그 이후 더 좋은 일이 생길 것만 같았다. 실패해도 괜찮을 줄 알았는데 막상 불합격이 현실이 되니 서운한 내 마음은 들켰지만 실패에 대한 두려움을 갖지 말자고 다짐하게 되었다.

기대의 시간이 길었던 만큼 내 마음을 추스르는데, 시간이 걸렸다. 「어땡쇼」를 준비하는 중이었다. 강연일이 한 달도 남지 않았는데 고작 한 번의 실패로 더 시간을 지체할 수는 없었다. 좌절한 기간 만큼 더 열중하고 집중해야 했다. 이번에는 실패했지만 다음번에는 꼭 성공할 거라는 마음으로 강연 준비를 해나갔다. 예전에 내려놓았던 출간계획서를 다시 잡았다. 예전에 쓰던 목차를 훑어보고 내가 쓴 글을 보니 내가 어떤 마음으로 글을 썼는지 느낄 수 있었다. 내 마음만은 변함이 없었다. 어떤 글을 쓰든 나는 진실 되게 썼다. 나 같은 사람이 글을 써도 되냐는 질문에 좌절했던 기간 수많은 의심을 했지만 한 가지 확실한 건 글을 쓰지 않는 시간보다 글을 쓸 때 내가 더 행복했다는 사실이다. 이제는 글을 쓰느냐 안 쓰느냐는 질문보다는 어떤 글을 누구를 대상으로 쓰는 게 맞는지 생각하는 게 더 옳지 않을까 생각했다. 내가 쓰는 글이 누군가에게 도움을 줄 수 있다고 생각하면 가슴이 따뜻해진다.

글을 쓰면서 내 인생에서 좌절했던 순간이 있었는지 돌아봤다. 어릴 적에는 일기 말고는 특별히 글을 쓴 기억이 없다. 미국에서 고등학교에 다니다가 911 테러 사건 이후 한국으로 다시 돌아왔을 때 2학년으로 복학을 했다. 대학교에서 주최하는 여러 영어 말하기 대회에 출전했다. 사실 내가 나가고 싶었던 건 아니었다. 학교에서 미국에서 살다 왔으니 해보라는 식이었다. 분위기상 당연히 출전해야 했다. 나는 사람들 앞에서 말을 해본 적도 없고 부끄러웠다. 그래도 영어니까 결과가 좋을 거라 예상했던 건 사실이다. 나름대로 대본을 짜서 외웠고 실전에서도 괜찮게 했다고 생각했다. 다른 학교 학생들의 발표를 들었을 때 정말 잘하는 친구들이 많았다. 어쩜 저렇게 말을 잘하는지 배우처럼 연기하듯이 말하는 친구도 있었다. 내가 출전한 대회에서 받은 상은 장려상이었다. 한 마디로 꼴찌였다.

첫 아이를 임신했을 때부터 아이를 생각하며 매일 글을 남겼다. 예쁜 육아용 수첩을 사서 사진도 붙이고 꾸몄다. 5년 만에 한 임신이라 아이에게 뭔가 선물해 주고 싶은 마음이 컸다. 임신 중에 내가 무엇을 하고 어떤 감정을 느꼈는지 고스란히 기록했다. 임신한 채 직장을 잘 다니고 있었는데 시련이 찾아왔다. 택시를 타고 집으로 가는 길이었다. 뒷좌석에 승차했고 출발지에서 집까지 거리도 멀지 않았다. 남편과 다투어 마음이 불편한 채 앉아 있긴 했지만 별다른 생각은 없었다. 갑자기 택시 기사분이 급브레이크를 밟으셨다. 안전띠를 하고 있지 않은 나는 앞쪽으로 몸이 쏠렸다. 쏠리면서 무릎이 부딪친 거 말고는 아픈 곳이 없었지만, 너무 놀란 나머지 울음을 터뜨렸다. 기사 아저씨는 괜찮은지 물으셨지만, 병원이 아닌 집으로 가려 하셨다. 울면서 친한 언니에게 전화를 걸었다. 언니가 병원으로 가고 있냐고 물었다. 이미 택시는 집으로 향하고 있었다. 언니의 말대로 기사 분께 병원으로 가 달라고 말했다. 내가 다니는 산부인과 응급실에 도착했다. 당직 의사분이 초음파 검사와 몇 가지 검사를 하시고는 별다른 소견이 없다고 안정을 취하라고 하셨다. 문제는 다음 날 발생했다. 자고 일어나니 출혈이 있었다. 너무 놀라서 병원으로 다시 찾아갔다. 자궁이 3cm 열렸다며 위험하니 당장 입원을 하라는 말에 하늘이 무너지는 줄 알았다. 임신 21주차인데 아기가 세상에 나오려면 한참 더 남았는데 너무 무서웠다. 의사 선생님이 무슨 말을 하셨는지 기억이 잘 나지 않는다. 아기에게 미안했다. 그때부터 입원을 여러 차례 하였고 약물치료를 병행했다. 약물 치료할 때의 부작용은 컸다. 손이 심하게 떨렸고 식은땀이 나고 가슴이 두근두근했다.

출산 직전까지 거의 누워서 지냈다. 조금 서거나 앉아있으면 출혈이 나타났다. 누워서 내가 할 수 있는 것을 찾아서 했다. 온 마음을 담아 육아 수첩에 글을 쓰고 예쁘게 꾸몄다.

순산하고 나서도 바인더 한 권을 더 만들었다. 그 안에는 출산을 한 당일 시간대별로 내 느낌을 모두 기록한 글을 비롯하여 아기가 아플 때면 변 사진 찍어 증상들을 기록한 내용이 담겨 있다. 딸아이가 태어난 지 6개월쯤 되었을 때 심하게 아픈 적이 있었다. 장중첩증을 앓았는데 소아청소년과에서는 병명을 알지 못하였다. 늦은 시간에 구토를 심하게 하여 찾아간 큰 병원 응급실에서 장중첩이 의심된다는 말을 처음으로 듣게 되었다. 내가 가지고 간 변 사진과 열 체크 등 증상들이 담긴 바인더를 의사 선생님께 보여드렸는데 많이 도움이 되었다고 하셨다. 당시에는 알지 못했지만, 딸아이를 잃을 뻔했던 순간에도 글을 쓰고 있었다. 누군가에게 보여주는 글은 아니었지만 나 스스로가 행복한 글을 쓰고 있었다. 힘든 시간이었지만 엄마가 쓴 소중한 글을 딸아이가 커서 볼 수 있도록 상자에 넣어 잘 간직하고 있다.

힘든 시련도 끝은 찾아온다. 고작 한 번의 실패가 글 쓰는 삶을 포기할 만큼 아프진 않다. 단지 내 기대가 컸던 만큼 실망도 컸을 뿐이다. 오뚝이처럼 다시 일어나서 글을 쓰면 된다. 글을 쓰는 작가 중에 좌절을 겪어보지 않은 작가가 얼마나 있겠는가. 베스트셀러 작가 중 단번에 베스트셀러 작가가 된 사람이 얼마나 있겠는가. 내 짧은 34년의 삶을 살면서 좌절과 절망을 맞이했던 순간들도 있었지만, 그 순간들은 다 지나간 과거일 뿐 또 언제 그랬냐는 듯 좋은 일도 함께 찾아오기 마련이다. 좌절이 찾아오는 시기에는 더 열심히 글을 쓰면 된다. 책을 낸 사람도 작가지만 책을 낼 사람도 작가다. 나는 이미 작가다.

내가 글을 쓰는 이유

베스트셀러 작가를 꿈꿨다. 외제차를 몰고 좋은 집에 살면서 내가 하고 싶은 것을 다 하는 작가를 꿈꿨다. 모든 목표는 내가 중심이었다. 물질적인 꿈을 꾸면서 글을 썼다. 어느 날 깨달음이 찾아왔다. 남다른 가치관을 가진 사람들을 알게 되었다. 나보다는 우리를 생각하는 사람들의 삶을 알아가면서 나의 가치관도 서서히 변하게 되었다. 경찰을 처음 꿈꿀 때 가치 있는 삶을 살자며 그렇게 외쳤는데 직장을 다니며 많이 잊고 지냈다. 글을 쓰면서 초심이 다시 살아났다. 글을 쓰다 보면 과거와 현재 그리고 미래를 넘나든다. 마치 타임머신을 타고 다니듯이 추억에 잠기곤 한다. 글을 쓰면 쓸수록 내 삶의 목표는 명확해졌다. 인간관계에 대한 미움과 아픔도 글을 쓰면서 많이 치유되었다. 글을 처음 쓰면서 내 목표가 베스트셀러가 되는 게 꿈이었다면 지금은 죽을 때까지 작가의 삶을 살며 경찰관 개개인의 행복한 삶을 위해 글을 쓰고 싶은 게 내 목표다. 돈을 넘어서 가치 있는 목표를 가지게 되니 목표에 대한 욕심도 한없이 커져 버렸다. 매년 책을 내는 건 분명 쉬운 일은 아니다. 매일 글쓰기를 위해 많은 시간을 투자해야 한다. 나 같은 평범한 사람이 글을 써서 동료 경찰관의 삶에 영향을 준다고 생각하니 열정이 샘솟는다. 내가 일하는 경찰조직에서도 글을 쓰는 경찰이 많아진다면 더 많은 국민이 행복해지겠다는 생각이 들었다. '나'만 행복한 글쓰기가 아닌 '우리' 모두가 행복한 글을 쓰고 싶었다.

신임경찰관 시절 나와 이름이 같은 선배님을 만나러 서울에 있는 경찰서에 찾아간 적이 있었다. 사전에 메일을 보내 만나 뵙고 싶다고 연락을 드렸다. 중앙경찰학교에서 훈련을 받고 있을 때 강사로 초빙되어 오셨다. 앨범에 꽂아둔 사진을 보고 만나고 싶다는 생각이 들어 연락을 드리게 되었다. 선배님을 만났을 때 여자였지만 형사라는 느낌을 바로 받았다. 살아 있는 눈매와 말투도 멋있었다. 나에게 살고 계신 집을 보여주셨다. 공부하고 계신 이야기들과 이런저런 이야기들을 해주셨다. 선배님처럼 당당한 모습으로 나는 경찰 작가로서 살아 있는 글을 쓰고 싶었다. 경찰의 삶을 글로 써서 국민에게 다가가고 싶었다.

내가 글을 쓰는 이유는 다양하다. 글을 쓰고 책을 통해 경찰관의 삶에, 나아가 국민들의 삶에 좋은 영향을 주고 싶은 마음도 있지만 글 쓰는 행위 자체가 나에게 행복감을 주었다. 나 스스로 물어보던 질문들이 여러 개 있었다. 여러 질문 중에 '나는 왜 경찰을 하는가?' 이었다. 신임시절에는 내가 왜 이 일을 하는지 물어본 적이 없었다. WHY에 대한 질문법을 접하면서 내 삶을 되돌아보게 되었다. 오랫동안 고민했다. 내가 만족할 만한 답을 찾을 수가 없었다. 「준오 헤어」 강윤선 대표님도 이 질문에 대한 이야기로 「꿀통쇼」에 출연하셨다. 내가 고민하던 것과 비교해보며 팁을 얻을 수 있었다. 어느 날 문득 글을 쓰는데 경찰을 왜 하는지에 대한 답을 경찰 내부에서 찾아야 한다는 생각이 들었다. 경찰 안에서 최고가 되어보자는 생각에 이르렀다. 내가 좋아하는 글쓰기를 꾸준히 평생 해야겠다는 생각도 하게 되었다. 너무 깊게 이유를 찾았던 탓일까 쉽게 결론이 나지 않던 질문이었지만 글을 쓰면서 그 질문에 대한 답을 조금씩 찾을 수 있었다. 글을 쓰면 내가 행복했다. 글을 쓰고 있으면 마음이 편안해지고 모든 것을 잊고 글에 집중하게 되었다. 오직 글쓰기에만 몰두하는 내 모습이 좋다. 글쓰기는 나의 반쪽이다.

'글 쓰는 경찰'이라고 인터넷에 쳐봤다. 특별한 내용이 없다. 나처럼 글 쓰는 경찰이 많아졌으면 좋겠고 나로 인해 경찰관이 글을 써서 원하는 삶, 행복한 삶을 찾았으면 좋겠다. 쓰는 행복은 읽는 행복과 다르다. 글은 다른 사람의 이야기가 아닌 나에 관한 이야기이다. 내 삶이 글에 녹아 있다. 내가 어떤 사람인지 어떤 환경에서 자랐고 어떤 가치관을 가지고 있는지 다 알 수 있다. 글 쓰는 사람의 마음도 글에 녹아 있어 열정이 넘치는 사람인지도 알 수 있고 성격도 어느 정도는 알 수 있다.

글은 엄청난 힘을 가지고 있다. 글로 적으면 이루어지는 마법이 있다. 경찰의 꿈을 목표카드에 적었다. 경찰 합격생의 사진을 공부하는 책상 앞에 붙여두고 제복을 입고 중앙경찰학교에서 교육받고 있는 내 모습을 끊임없이 상상했다. 5년째 임신이 되지 않던 나는 연간계획에 '쌍둥이 임신 9월'이라고 적었다. 쌍둥이는 아니었지만 9월에 첫 인공수정에 성공하게 되어 임신하게 되었다. 글을 쓸 때 이 목표가 이루어질까 이루어지지 않을까를 고민하지 않는다. 단지 어떤 목표를 적을 것인지 신중하게 생각할 뿐이다. 종이에 글로 적으면 이루어진다는 사실을 알기 때문이다. 책 출간 목표를 글로 적어 온 집안에 코팅해서 붙여두었다. 글 쓰는 경찰인 내가 참 좋다. 제복을 입는 작가지만 글 쓰는 삶이 좋다. 경찰관으로 근무한지도 10년째다. 직장에서는 후배들을 이끌어 줘야 하고 선배님들도 잘 챙겨 드려야 한다. 중간에서 아래 위로 잘 챙겨야 하는 게 내 몫이다. 근무를 하다 보면 부고 소식을 자주 접한다. 함께 근무했던 경찰관 중에서도 아프거나 다친 경찰관들을 종종 본다. 남의 일 같지가 않다. 일선에서 근무하다 보면 아찔한 순간도 자주 겪는 편이다. 아프거나 상처를 입은 동료 선후배님들에게도 힘이 되어 주고 싶었다. 경찰의 날 행사에 참석하면 동영상을 보여준다. 특히 사고를 당해 순직한 경찰관의 이야기는 정말 가슴이 먹먹해진다. 행복한 글쓰기 문화가 생겼으면 좋겠다. 경찰이 행복해야 국민도 행복하다. 경찰이 행복해야 더 많은 친절과 봉사를 할 수 있다. 내가 쓰는 글이 미천하지만 경찰관들에게 그 어떤 도움이라도 되길 바란다. 경찰관으로 10년째 근무하면서 내가 한 일 중에 가장 잘한 일이 되었으면 한다. 내부, 외부 고객 만족을 실질적으로 높일 수 있는 문화가 자리 잡길 진심으로 바란다.

글을 쓰지 않을 때는 경찰관을 위한 위대한 생각을 한 적이 별로 없었다. 오직 내 인생에만 관심이 있었고 나에게 집중된 삶을 살았다. 미국에서 자란 이유도 있었다. 정이 많은 한국사회와 충돌되는 면도 많았다. 특히 나를 돌아보는 시간이 부족했다. 매일 바쁘게 살았지만, 특별히 성과를 내는 것도 없었다. 욕심만 많았다. 승진을 빨리해서 내 직장에서 성공하고 싶었다. 어떤 성공을 원하는지 구체적으로 잘 알지도 못하면서 막연한 진급 욕심만 가진 채 바쁘게 생활했다. 글 쓰는 삶을 살게 되면서 우선 여유가 생겼다. 마음의 여유가 생겼다. 누군가에게 내 마음을 알아달라고 하지도 않았다. 사람들에게 상처받은 마음을 곱씹으며 나를 괴롭히지도 않았다. 글로 풀었다. 누군가에게 보여 줄 글도 아니니 아주 편했다. 글을 쓰는 과정에서 평정심을 찾게 되었다. 20대에는 인간관계에 대한 고민이 무척 많았다. 기분이 나쁘거나 좋지 않은 일이 생기면 얼굴에 표시가 다 났다. 아마추어였다. 프로는 아무리 기분이 나빠도 감정을 숨길 줄 안다. 아무리 내 감정을 숨기려고 해도 잘 되지가 않았다. 나이가 어려서 그렇다고 믿고 싶었다. 하지만 나이에 상관없이 사회생활을 잘하는 사람은 많다. 어리다는 이유는 핑계에 불과했다. 피해갈 수 없는 인간관계를 글을 쓰며 극복하려고 했다. 처음에는 격한 감정을 드러내다 가도 시간이 갈수록 나 스스로 합리적인 결론에 이르게 되었다. 글로 여러 번 풀면서 대수롭지 않게 넘길 수 있게 되었다. 누군가 좋지 않은 말을 하더라도 영향을 덜 받게 되었다. 글을 쓰면서 조금씩 내공을 쌓아가고 있었다. 점점 단단하게. 글은 인간관계에서 아마추어인 나를 성장하게 해주었다. 프로는 겉치레의 번지르르한 말에 유혹되지 않는다. 본심을 구별할 줄 안다. 글은 나를 진정한 어른으로 가는 길을 안내해 주었다.

전 세계에 내 책이 번역되어 출간되는 상상을 한다. 전 세계에 있는 사람들이 내 글을 읽고 용기를 얻어 글 쓰는 삶을 산다면 얼마나 좋을까. 목표는 두려운 동시에 신나야 한다. 글을 쓰면서 점점 커지는 내 목표들을 주변 사람들에게 알린다. 그럴수록 나는 실천을 해야 하므로 그 목표가 이루어질 확률은 더 커진다. 나를 통해 글을 쓰기 시작해서 마음이 편안해지고 행복한 삶을 찾았다는 이야기를 들으며 행복해하는 모습도 상상해본다. 베스트셀러 작가를 꿈꾸며 좋은 차를 타고 좋은 집에 살고 싶다는 생각을 가질 때와는 차원이 다른 꿈이다. 한 사람의 인생을 변화시키는 삶은 진정 가치 있는 삶이다. 위대한 목표가 있기에 글을 쓸 때 더욱 행복하다. 야간근무를 마치고 와서도 피곤하지만, 글을 쓰면 즐겁다. 남편에게 글을 써보라고 권유하고 싶다. 글 쓰는 시간을 가질 수 있게 배려해주는 남편에게 내 책을 선물해주고 싶다. 이제는 내가 남편에게 글을 쓸 시간을 주어야겠다.

모든 일상이 글감이 된다. 뭐든 쓰면 글이 된다. 행복한 글쓰기는 내 삶에 일부가 되었다. 주변 사람들에게 올해 책을 출간할 거라고 말을 했기 때문에 책임감 있게 매일 글 쓰는 실천을 하는 데 도움이 되었다. 처음에는 이게 글이 될까 하는 의구심도 들었지만 내 삶을 글로 쓰면 책이 된다고 믿는다. 내 주변 사람들도 그들의 삶을 매일 글로 쓰길 바란다. 선한 영향력을 끼치는 작가를 꿈꾼다. 사람들이 용기를 낼 수 있게 돕고 싶다. 글쓰기 차별화로, 가치 있는 삶을 살아가는 경찰이 되고자 한다. 글을 쓰면 쓸수록 욕심이 생긴다. 더 잘 쓰고 싶고 더 많이 쓰고 싶다. 내 삶에 찾아온 글 쓰는 삶에 감사한다. 글을 쓰면서 나를 깊게 알게 되었다. 나라는 사람이 하고 싶은 일이 진정 무엇인지 찾게 되었다. 직장과 가정에서도 균형 있는 삶을 살게 되었다. 나는 행복한 글을 쓰며 행복을 나눌 줄 아는 글 쓰는 경찰이다.

막노동꾼에게 배운 생존 글쓰기

카카오 브런치 프로젝트에 탈락하고 글쓰기를 배우고 싶다는 마음을 먹고 있을 때 우연히 글쓰기 수업 관련 소식을 듣게 되었다. 서울에서 열리는 수업이었다. 나와 함께 브런치 북 프로젝트에 참가했던 친구는 글쓰기를 배우기 시작했다. 글쓰기 수업은 서울, 창원, 부산에서 수업이 진행되었다. 빨리 배우고 싶었지만, 부산에서는 내년이 되어야 개설된다는 얘기를 듣고 내년 연간 계획에 글쓰기 수업을 적어 두고 잠시 잊고 지냈다. 먼저 글쓰기 수업을 듣던 친구로부터 책을 소개받았다. 어떤 사람일까 하는 호기심에 서점에 방문하여 검색해보니 서점에 재고가 있었다. 책 제목은 「내가 글을 쓰는 이유」였다. 책 치수도 아담한 게 별로 두껍지도 않았다. 단숨에 읽었다. 책을 덮고 선명하게 떠올랐다. 닥치고 써라! 평소에 쓰던 글은 SNS상 공개를 하다 보니 아주 개인적인 일들은 자세하게 적지 못했다. 이번에는 내 마음속 밑바닥에 감추고 있던 상처들을 다 꺼내서 글로 썼다. 한 달 가까이 내면을 돌아보는 글을 쓴 후에 글쓰기 수업에서 드디어 저자를 만나게 되었다.

글쓰기 수업에서 강사는 하루 10시간 넘게 막노동을 하면서도 피곤한 몸을 이끌고 글을 썼다고 했다. 단 한 번도 빠짐 없이 5년 넘게 글 쓰는 삶을 실천했다고 했다. 감옥에서 글을 쓰기 시작했다고 했다. 지금은 글도 쓰면서 글쓰기에 관심 있는 사람들에게 글쓰기를 가르치는 일을 하고 있다고 했다. 대기업을 다니며 돈도 잘 벌던 사람이 한순간에 쫄딱 망해 가족의 생계를 책임지기 위해 막노동을 해야만 했던 삶을 살면서 오직 글 쓰는 삶 때문에 새 삶을 얻게 되었다고 했다. 돈을 벌자고 하는 글쓰기 수업도 아니었다. 본인이 글을 쓰면서 새 삶을 찾았듯이 사람들이 글 쓰는 삶을 살기를 바라는 마음이 느껴졌다. 쉽고 편하게 글을 쓰라고 했다. 의지만 있으면 할 수 있는 일이었다.

첫 만남에서 자기소개를 하는데 본인은 파산자, 알코올 중독자에 막노동꾼이라고 했다. 3번의 글쓰기 수업에서 막노동꾼은 내 삶을 쓰면 책이 된다고 했다. 감옥에서 글을 배워서 그런지 진정성 있는 모습이 내 마음을 움직였다. 글을 쓰며 새 삶을 찾았다며 열변을 토하며 강연했다. 3번의 수업이 모두 끝난 후에도 책을 낼 때까지 도와주겠다는 약속까지 했다. 글쓰기 과정도 처음 듣는데 수업 중에 내가 쓸 책의 가제목과 일부 목차까지 받았다. 감동 그 자체였다. 작년까지 수도 없이 목차를 바꾸며 결국에는 포기했었는데 내 손에 내가 쓸 책의 목차가 있었다. 목차를 읽어보니 내 마음에 쏙 들었다. 막노동꾼인 글쓰기 스승을 만나고 처음으로 나를 깊게 돌아보는 글을 썼다. 그 누구도 신경 쓰지 않고 글을 썼고 그 어느 때보다 내 마음은 평온했다. 내 안에 모든 걸 털어 낸 기분이 들었다. 자신의 과거 이야기를 강연 중에 많이 하셨는데 아무렇지 않게 이야기하게 되기까지 용기와 많은 시간이 필요한 듯해 보였다. 가제목과 일부

목차를 받고 이틀 후에 바로 책 쓰기를 시작했다. 매일 글을 써서 메일로 보냈다. 그냥 매일 썼다. 모든 작가의 초고는 쓰레기라는 말을 믿고 싶었다. 나처럼 글쓰기 수업에 참여해서 평범한 엄마가 책을 냈다는 소리에 자신감이 생겼다. 한 권이 아니었다. 막노동꾼에게 배운 사람들은 계속 글을 썼다. 글쓰기 스승이 있다는 사실과 글을 매일 쓰는 사람들과 함께할 수 있다는 사실은 나에게 큰 힘이 되어주었다. 글쓰기와 책 쓰기에 지치려고 하다가도 사람들의 에너지에 힘입어 다시 일어서게 되었다.

글쓰기를 배우고 싶다는 마음을 먹었을 때 글쓰기를 가르쳐주는 곳을 몇 군데 알아 본 적이 있었다. 직장인인 나에게 가격이 너무 비쌌다. 거리도 멀고 강연 비용에 기차 비용까지 하면 엄청난 금액이었다. 그에 비해 막노동꾼인 글쓰기 스승은 궁금한 게 있으면 언제든지 전화도 받아주고 글쓰기에 대한 모든 정성을 쏟아준다. 글쓰기에 대한 고민이 생길 때면 스스로 생각하고 결단을 내렸는데 누군가에게 물어볼 때가 있다는 게 너무 행복했다. 글쓰기에 관한 한 아낌없이 주셨다. 글쓰기를 향한 애틋한 마음을 알 수 있었다.

부산 3차 과정을 수강하면서 글쓰기 스승과 9명의 동기를 얻었다. 또 하나의 가족이었다. 매일 글을 쓰며 함께 했다. 누가 매일 글을 쓰는지 메일을 통해 알 수 있었다. 3번의 오프라인 강연을 마치면 온라인 코칭이 시작되면서 본격적인 책 쓰기가 시작되었다. 나는 주로 새벽에 2시간 쓰고 퇴근하고 나머지를 쓰는 방식으로 하루를 보냈다. 눈을 뜨면 글을 쓰며 하루를 시작한다. 정말 피곤한 날은 졸면서도 글을 썼다. 내가 글을 쓰는 이유를 잘 알기에 힘든 날도 글쓰기를 내려놓을 수가 없었다. 글에 대한 부담감은 사라졌다. 글쓰기 수업에서 특별히 무엇을 배웠다고 콕 집어 말할 수도 없었다. 글을 쓰면서 하나씩 체득해가고 있었기 때문이다. 내가 확실하게 배운 건 내가 쓰는 글이 책이 된다는 확신이었다. 믿음이 생겼다. 다른 글쓰기 과정은 가보지 않아서 어떻게 진행되는지 전혀 모르지만, 강연을 들으면서 믿고 따라가야겠다는 확신이 생겼고 믿음이라는 관계가 형성되었다. 글이 잘 안 써지는 날은 동기들과 글 사랑 멤버들에게 힘을 얻을 수 있었다. 늘 내 곁에는 든든한 지원군이 항시 대기하고 있었다.

글을 쓸 때는 종이와 펜만 있으면 된다. 감옥에서 글쓰기를 시작한 강사는 볼펜이 아닌 종이에서 똥이 나온다는 이야기를 들려주었다. 글을 쓰기 위해 노트북이나 컴퓨터가 꼭 있어야 하는 것은 아니다. 있으면 편리하기는 하겠지만, 노트북 없어도 글을 쓸 수 있다. 핸드폰에 있는 애플리케이션을 이용해서 이동 시간에 글을 쓰거나 자투리 시간에 블루투스 키보드를 활용해서 글을 쓴다. 처음에는 노트북이 필요할 것 같아 빌려서 들고 다녔는데 휴대폰만큼 잘 써지지도 않았다. 휴대폰이 아닌 종이에 글을 쓸 때도 잦았다.

책 쓰기를 시작하면서 지구대 근무를 시작하게 되었다. 10년 만에 야간근무를 하게 되었는데 밤에는 술에 취하신 분들을 많이 만났다. 술에 만취한 분들은 가끔 지울 수 없는 상처의 말을 남기기도 했다. 그럴 때면 힘들게 야간 근무하는데 힘이 빠졌다. 퇴근하고 나서 울적한 마음을 글로 적으며 풀기도 했다. 누군가에게 꼭 이야기해야만 감정이 회복되는 게 아니었다. 글 쓰는 과정에서 나 스스로 치유되었다. 글이 가진 힘은 그만큼 컸다. 여백을 채우며 쓰는 글 자체가 내 마음을 풀어 주었다. 글 쓰는 행복은 내 마음에 달렸다.

글은 세상에 나를 남기는 과정이다. 나의 이야기가 내 글에 고스란히 담겨있다. 세상 사람들은 내가 쓴 글을 통해 나라는 사람의 삶을 들여다본다. 내가 하고 싶은 메시지는 글에 담겨 있다. 글이라는 매체로 나는 세상을 향해 다가간다. 막노동꾼인 글쓰기 스승이 나에게 가르쳐 준 글쓰기 진리는 간단하다. 매일 많이 쓰라고 했다. 단, 진정성 있게. 단순하지만 엄청난 의미가 담겨 있고 실천하는 사람에 따라 글이 달랐다. 그냥 쓰는 건 할 수 있다 하더라고 매일 많이 쓰는 건 습관이 되지 않고서야 힘들다. 매일 4시간씩 글을 쓰는 스승을 따라 하다가 6일 만에 몸살이 난 적이 있었다. 몸이 아프면서도 무식하게 매일 4시간을 쓰려고 애를 썼던 기억이 난다. 하얀 백지에 여백을 채우는 일은 새로움을 뜻한다. 어떤 일을 시작하는 마음처럼 두근거리며 글을 시작한다. 머리보다는 손이 가는 대로 글을 쓴다. 글을 쓰는 묘미다. 내 머리보다 손이 가는 대로 쓴다. 생각을 너무 많이 하다 보면 꾸밈 있는 글이 되어버리기도 한다. 있는 그대로의 날것을 보여주는 글을 막 썼다. 마음속 깊이 간직하고 있던 나만의 이야기를 여백에 채울 때 진정성 있는 글이 된다. 그게 바로 내가 배운 생존 글쓰기다.

글쓰기의 비법은 없다. 매일 많이 쉽게 쓰면 된다. 요령을 익히는 글쓰기를 배우려면 다른 곳에 가서 배워야 한다. 나는 간단한 원리지만 실천이 뒤따르는 지독한 과정을 거치는 중이다. 내 삶을 뒤돌아볼 때 내 삶 모든 곳에 글 쓰는 삶이 녹아있길 바란다. 내 삶도 글을 쓰면서 명확한 목표를 가지게 되었듯이 이제는 내가 받은 선물을 세상에 돌려주어야 한다. 목숨 걸고 매일 글을 쓰는 사람을 이길 자는 없다. 내공이 단단한 스승을 만났으니 내게 남은 건 일상을 매일 많이 쉽게 쓰는 일뿐이다. 내 글이 세상에 나오면 나도 누군가에게 용기와 희망이 되길 바라며 즐겁게 글을 쓴다. 대한민국이 글 쓰는 사람들로 가득하고 글 쓰는 이야기를 서로 주고받는 세상이 오길 꿈꿔본다.

글쓰기에 한 번 미쳐보자

막노동꾼에게 글쓰기를 배우면서 글쓰기에 흠뻑 빠져 살아 보고 싶었다. 막노동꾼 스승과 만남은 하늘이 나에게 준 기회였다. 글쓰기에 모든 혼을 다해 써보고 싶은 욕심이 생겼다. 나에게 주어진 환경은 글을 쓰기에는 넉넉한 상황이 아니었다. 아이가 있고 불규칙한 주간, 야간근무를 해야 했다. 글쓰기에 이어 책 쓰기를 하면서 시간이 더 부족했다. 익숙하지 않은 야간 근무를 하면서 글쓰기와 책 쓰기에 몰입해야 했다. 퇴근하고 집에 돌아오면 엄마의 역할을 해야 한다. 시어머니 덕에 야간근무를 마치고 너무 피곤한 날은 딸아이를 맡겨두고 글을 쓰고 잠을 잤다. 나는 잠을 줄이거나 자기 전에 글을 썼다. 잠도 글쓰기 우선순위 뒤에 있었다. 해야 할 일 중에 우선순위는 글쓰기였다. 출퇴근길도 글 쓰는 시간이다. 종이 한 장과 볼펜을 들고 집을 나선다. 걸으면서도 오늘 어떤 내용을 쓸지 고민한다. 아이를 키우고 직장 다니는 여성이 하루에 3~4시간 글쓰기를 마치려면 자투리 시간을 잘 활용해야 한다. 남들이 보기에는 힘들어 보일 수 있는 삶을 나는 즐기면서 하루를 보낸다. 내가 행복하면 내 가족이 행복하고 내 주변 사람들이 행복하다. 글 쓰는 삶을 응원해주고 배려해주는 가족이 있어 든든하다.

글쓰기 스승을 막무가내 따라했다. 처음부터 하루에 4시간을 쓸 생각은 없었다. 글쓰기 수업을 듣기 전에는 새벽에 한 시간씩 글을 썼다. 글쓰기 수업을 들으면서 5년 넘게 매일 4시간 글쓰기를 실천하고 계신다는 말에 무작정 따라하게 되었다. 근무 여건상 매일 같은 시간에 글을 쓸 수는 없었지만, 새벽 2시간은 같은 시간에 글을 쓰고 나머지 시간은 어떻게 해서든 시간을 마련해 글을 썼다. 딸아이가 폐렴으로 병원에 입원한 적이 있었는데 입원 첫날 나는 심하게 감기에 걸렸다. 몸살로 이어지면서 매일 4시간 글을 쓰던 습관은 무너졌다. 2주 후에 몸이 완전히 낫고 나서 다시 책 쓰기를 하면서 다시 3~4시간을 꾸준히 쓰게 되었다. 단 하루도 빠짐없이 글을 쓰는 행위는 웬만한 의지로는 불가능하다. 매일 글을 쓰면 글쓰기 실력도 향상된다. 매일 많이 쓰지 않는 사람이 매일 많이 쓰는 사람을 어떻게 따라가겠는가. 글은 정직하다. 쓰는 만큼 글은 증명해준다. 매일 글을 쓰는 사람의 글인지 알 수 있다. 글쓰기에 한 번 흠뻑 빠져보자. 내가 쓰는 글을 믿고 써보자.

글쓰기와 책 쓰기의 차이점이 있다. 글쓰기는 주제를 정하지 않고도 편안하게 내가 쓰고 싶은 글을 마음껏 쓸 수 있는 반면에 책 쓰기는 정해진 주제를 놓고 글을 써야 한다. 글쓰기가 '나'를 위한 글이라면 책 쓰기는 '독자'를 위한 글이다. 처음에 글쓰기로 하루를 보낼 때는 무척 행복했다. 내가 하고 싶은 말을 글로 옮기면서 나를 돌아보는 시간이 많았다. 내가 좋아하는 것들을 하나씩 알아가는 재미도 있었고 글로 푸는 맛도 있었다. 책 쓰기를 시작하면서 한동안 글쓰기를 멈춘 적이 있었다. 시간이 부족한 탓이 컸다. 매일 책 쓰기만을 할 때보다 글쓰기와 병행할 때 내 만족은 컸다. 하루 중에 책 쓰기만을 할 때는 글을 쓰고는 있었지만 내 마음속 깊은 곳에 있는 마음을 꺼내고 싶어도 꺼내지 못할 때가 많았다. 책 쓰기에서 느끼는 부족함을 글쓰기로 채워주니 내가 행복했다. 책 쓰기 외에도 여러 글을 썼다. 어땡작가로 매주 깨달음에 대한 글도 썼다. 서평, 강의 내용을 정리한 글, 직장 이야기, 사람들 이야기를 썼다. 정해진 형식과 틀도 없다. 내 느낌 그대로 여백을 채웠다. 글을 쓸 때는 온 신경을 나에게 집중한다. 내 몸과 마음이 하나가 된다. 휴대폰도 그때만큼은 보지 않는다. 글에만 집중한다.

직장에서 일할 때나 집에서 아내의 역할과 엄마의 역할을 할 때를 제외하고는 내 생활은 모두 글 쓰는 삶에 초점이 맞춰져 있었다. 사람을 만나거나 전화 통화를 나누는 이야기도 나에게는 모두 글감이 되었다.

글쓰기에 사용하는 도구는 아주 저렴하다. 종이와 펜, 휴대폰과 블루투스 키보드. 멋스럽게 노트북을 가지고 커피숍에 앉아서 글을 쓰는 모습은 나와 어울리지 않았다. 새벽 4시에 일어나야 글을 쓸 수 있는 2시간이 확보된다. 딸아이가 자고 있어서 집을 비우지도 못한다. 컴퓨터를 이용하기도 한다. 자투리 시간에는 종이나 휴대폰을 활용해 간단하게 써두기도 한다. 집에 돌아와서 적어둔 단어나 짧은 문장을 보고 나만의 글로 옮겨본다. 글쓰기에 중독되면 빠져나오기가 힘들다. 글을 쓰지 않을 때 불안한 마음이 든다면 중독되었다는 뜻이다. 글을 쓰고자 하는 마음과 매일 글을 쓰고 있다면 이미 작가의 삶을 사는 것이다. 많이 쓰고 작게 쓰고는 정도의 차이다. 나는 글쓰기에 미쳐보자는 삶을 선택했고 그 과정에서 경험을 쌓아가고 있다.

글쓰기가 모든 일 중에서 우선순위로 자리 잡았다. 하루에 3~4시간씩 글을 쓰는 게 말처럼 쉽지만은 않았다. 약속이 생기거나 가족 행사가 있으면 잠을 줄여서라도 분주한 아침 시간을 보내야 한다. 글을 쓰지 않고 넘기기보다 잠을 줄여서라도 글을 쓰는 게 더 행복했다. 매일 아침 하루를 글로 시작하고 대부분 글로 마친다. 그 중간에 일도 하고 애도 키운다. 글쓰기에 이어 책 쓰기를 하는 나는 출간기념회에서 강연하는 내 모습을 자주 상상한다. 하루에 잠을 3~4시간만 자는 날도 내 미래를 상상하면 행복하다. 잠재의식을 활용하는 방법을 배웠다. 잠들기 직전과 아침에 일어나서 작가가 된 내 모습을 상상한다. 비몽사몽일 때 잠재의식은 100% 먹힌다. 자나 깨나 글쓰기는 내 삶의 일부가 되어 버렸다. 나이를 한해 먹으면서 내적으로 성장하듯이 글쓰기 실력은 물론이고 글쓰기 관련 목표들도 점점 커지고 있다. 마흔의 내 모습이 기대된다. 어떤 모습을 하고 있을지 궁금하다. 지금처럼 매일 글을 쓰고 끊임없이 배우는 삶을 살고 있겠지.

나 혼자서 끙끙대며 글을 썼다. 출판사에 보내려고 출간계획서를 고치고 고치면서 쓰다 포기했다. 책을 내고 싶다는 생각을 붙들고 있으면서 여러 번의 기회가 찾아왔다. 그 선택의 갈림길에서 늘 도전했다. 직장을 다니며 애를 키우는 녹록지 않은 상황에서도 망설임 없이 도전했다. 하다가 그만두더라도 일단 그 길을 걸어보는 게 중요하다고 생각했다. 하다가 맞지 않으면 내 길이 아닌가 보다 하고 다른 길을 가면 그뿐이다. 시도도 해보지 않으면 후회만 남는 법이다. 글쓰기를 하면서 무엇보다 좋았던 점은 언제 어디서나 내 마음만 있으면 할 수 있다는 거였다. 돈이 필요한 것도 아니고 복잡한 절차가 있지도 않았다. 쓰고자 하는 내 마음만 있으면 되었다. 글을 쓰며 변한 내 삶처럼 글쓰기 메신저가 되어 글쓰기를 알리고 싶었다. 911 테러 현장에서 죽음의 문턱에서 기도했다. 살려주시면 정말 착하게 살겠다고. 어쩌면 내가 한국으로 다시 돌아와 경찰이 된 것도, 글 쓰는 삶을 살기 위해서가 아닐까 하는 생각이 들었다.

경찰이 글을 쓰는 세상. 국민과 글로써 소통하는 세상. 평범한 사람의 글일 수록 더 공감 가기 마련이다. 근무를 하다 보면 경찰관 중에서도 사연 있는 사람이 참 많다. 글을 쓰면 정말 좋겠다는 사람을 더러 만났다. 주변 사람들, 경찰 관 나아가 대한민국 국민이 글 쓰는 행복을 알게 되었으면 좋겠다. 내 삶을 쓰 면 글이 된다. 계속 쓰면 글은 는다. 내가 원하면 내가 쓴 글을 책으로 낼 수도 있다. 책을 내기 전에도 이미 작가의 삶을 살고 있다. 하루를 시작할 때 마인드 세팅을 한다. 작가처럼 생활하고 행동한다. 작가의 일상을 사는 것이다. 작가 의 일상을 살면 글쓰기에 대한 두려움은 없다. 나는 이미 작가이기 때문이다. 두려움보다 독자에게 들려 줄 글에 대해 고민을 한다. 매일 글 쓰는 실천은 독 자를 향한 내 마음을 표현하는 방법의 하나다. 독자의 곁에 다가가자. 독자는 항상 내 곁에 있다. 멀리 있는 게 아니다. 내 삶을 쓰면 독자는 분명 공감한다.

글 쓰는 삶을 살기 전에는 내 주변 사람들은 경찰관뿐이었다. 직장생활 4년 차부터 책을 읽고 배우기 시작하면서 내가 만나는 사람들이 바뀌기 시작했다. 지금 내 주변에는 경찰관보다 작가가 많다. 내가 어떤 생각을 하고 실천을 하 는가에 따라 만나는 사람들도 바뀌는 법이다. 경찰시험에 도전하며 7번 불합 격했을 때도 그만 포기하라는 주변의 반응도 있었다. 단 한 번도 어딘가 몰입 해 본 적이 없던 나는 오기로 버텼다. 집도 아닌 고시원 생활을 하며 새벽 4시 에 일어나서 하루 15시간 가까이 공부만 죽으라고 할 수 있었던 것도 목표가 있었기 때문이었다. 그 당시 공부하던 교제를 아직도 간직하고 있다. 아까워서 못 버렸다. 손 떼 묻은 최초의 결과물을 차마 버릴 수 없었다. 책장에는 딸아이 의 책들로 늘어나고 있지만, 그 책은 절대 버릴 수가 없었다. 내 열정의 첫 결과물이었다. 공부할 때의 책들처럼 지금 쓰고 있는 초고가 그 어떤 글보다 나에게는 소중한 글이 되리라 확신한다. 한 분야에 작은 성공을 맛본 사람은 또 다른 분야에서 성공할 확률이 높다. 최선을 다해 노력하면 된다는 사실은 경험으로 알기 때문이다. 친정엄마가 돌아가시고 방황했던 사춘기 시절에는 시간을 낭비했다. 목표가 없을 때는 시간이 아깝다는 생각조차도 하지 못했다. 911 테러 사건을 계기로 목표가 생긴 시점부터 내 삶은 변했다. 첫 번째 목표가 경찰이었고 두 번째 목표가 글 쓰는 작가의 삶이었다. 어릴 적에 쓰던 일기처럼 편안하게 글을 쓰는 작가가 되고 싶다. 내 삶 모든 곳에 글 쓰는 삶이 녹아 있길 바란다.

내가 원하는 대로 경찰관의 삶을 살고 있다. 작가의 삶을 살기 위해 경찰관의 삶을 포기할 필요는 없다. 멀티포텐셜라이트(Multipotentialite), 일명 다능인. 다방면의 재능을 가진 사람이 사는 시대다. 제복을 입은 채 글을 쓴다. 그 삶을 살면서 내 삶의 소명이라 생각하고 매일 글 쓰는 삶을 살고 있다. 즐겁게 매일 일상을 쓰다 보면 내가 가야 할 길이 보인다. 실천만이 답이다. 매일 일상을 써보자. 글 쓰는 삶은 내 삶의 우선순위를 바꿔 주었다. 책을 읽는 데서 그치지 않고 글을 쓰는 삶을 살면서 내가 가진 행복은 멀리 있는 게 아님을 깨달았다. 세상에 나의 이야기를 남기고 사람들과 소통하는 삶을 살고자 한다. 일상에 남기는 행복한 글쓰기는 이제부터 시작이다. 글쓰기에 미친 내 인생, 끝까지 달려보자.

제3장
글쓰기로 찾은 '나'

본질은 글쓰기다

매일 아침 특별한 일이 없으면 4시에 일어난다. 감사의 글을 간단히 쓰고 글쓰기를 시작한다. 2시간 가까이 글을 쓰고 운동을 간단하게 하고 출근을 한다. 일하고 와서는 아이를 돌본다. 하루를 보내면서 일상에서 여러 가지 일을 체험한다. 어떤 날은 사람을 만나 추억을 쌓고 어떤 날은 지극히 평범한 하루를 보낸다. 나에게 일어나는 모든 일은 글감이 된다. 내가 어디에 생각을 집중하느냐에 따라 글 쓰는 소재는 다양해진다. 무엇을 쓰느냐 보다는 매일 쓰는 것에 집중한다. 어떤 글을 쓰든 내 삶에 관한 이야기가 담겨있다. 나의 이야기는 내가 제일 잘 안다. 쓰는 행위를 통해 나를 표현하는 법을 배웠다. 내가 무엇을 잘하고, 못하는지 글을 쓰면서 알게 되었다. 글 쓰는 시간은 나를 위한 유일한 시간이었다. 커피 한 잔이면 충분했다. 장소는 중요하지 않다. 집이든 커피숍이든 글을 쓰는 시간만큼은 아무런 방해도 받지 않는 오직 내 시간이다. 살다 보면 친구와 다투거나 남편이 술을 먹고 늦게 귀가해서 속상한 일이 생기 마련이다. 괜찮은 척 나 자신을 내버려 두면 화병이 생긴다. 남편은 알아주지도 않는데 내 마음만 복잡하고 상처와 답답함으로 가득 차게 된다. 내 감정을 토시 하나 빠짐없이 글로 써본다. 어떤 점이 내 마음을 불편하게 하는지 모두 적어본다. 적다 보면 글을 끝맺는 시간이 반드시 온다. 더 할 말이 없는 시점이 온다. 그때부터 내가 뭘 원하는지 적었다. 특별히 원하는 것 없이 감정만 나쁠 때가 더러 있었다. 글을 쓰는 행위 자체가 부정적인 생각을 하는 나 자신을 발견하게 해주었다.

나는 20개월 된 딸을 키우며 직장을 다니는 워킹맘이다. 직장생활을 하다 보니 참고 사는 일도 많다. 속에 있는 말을 다하고 살면 아마 직장에 더 다니지 못할 게 분명하다. 사람 좋아하는 남편과 술 때문에 나에게 아픔을 많이 준 친정 아빠와 관련된 사건 사고들이 잦았다. 직장을 다니며 일이 바쁜 건 아무 문제가 되지 않았다. 사람과의 관계가 모든 걸 좌우했다. 관계가 나쁘면 내 마음은 요동쳤다. 이쪽저쪽 왔다 갔다 하며 줏대 없는 사람이 되었다. 10년 동안 직장생활을 하면서 마음속에 담아둔 일들을 글쓰기로 꺼내봤다. 직장에서 상사가 서류를 집어 던진 일이 있었다. 그 일이 있고 난 뒤 나를 달래 주기 위해 선배들이 풀어주려고 했었지만 늘 내 마음속에는 응어리로 남아 있었나 보다. 글을 쓰면서 이 이야기를 꺼낸 적이 있었는데 내가 그 당시 기분이 나빴던 건 사실이었지만 지금까지 오랫동안 기억할 사건은 아니었다. 그런데도 내 마음속에는 응어리로 남아있었다. 상처는 응어리로 남기 전에 그때그때 풀어 주어야 한다. 축적되면 한 번에 풀기도 힘들다. 한 번은 신랑이 술을 먹고 집에 늦게 귀가했는데 "술은 인생을 망칠까?"라는 주제로 글을 써봤다. 신랑에게 잔소리해서 감정 상해가며 다투기보다 이편이 훨씬 낫다는 생각에서였다. 어차피 먹을 술, 내 마음은 달래야 하니 이 방법이 마음에 들었다. 나는 잘 해결되지 않는 문제가 생기면 글로 쓴다. 머리로 생각하면 답이 잘 안 나오는 문제도 글로 쓰면 신기하게도 빨리 해결될 때가 많았다. 잠시 '글쓰기를 포기할까, 다시 도전할까?' 이런 문제를 고민했을 때도 글을 쓰면서 내 마음이 어디로 가고 있는지 알 수 있었다. 계속 글을 쓰고 싶다는 사실을, 포기보다는 도전에 이미 내 마음이 향해 있다는 걸 알게 되었다. 몸이 아프면 꾸준히 하던 일도 계속하기가 힘이 들 때가 있다. 최근에 감기몸살로 심하게 아팠던 적이 있었다. 하루는 아팠지만 정해진 목표치를 채우기 위해 참고 글을 썼고 하루는 너무 아파서 글쓰기를 포기하고 앓아누운 적이 있었다. 아프다는 이유로 포기해버린 내 마음속에 남는 건 후회뿐이었다.

며느리와 엄마의 역할을 제대로 하느냐고 나에게 묻는다면 나는 "불량"이라는 표현을 빌리고 싶다. 나의 단점을 글로 쓰며 스스로 인정함으로써 진정한 나의 단점을 개선할 수 있는 좋은 계기가 되었다. 평소 알고만 있던 단점을 내 눈으로 확인하면서 자기 성찰의 시간을 갖게 되었다. 같은 후회를 하지 않으려면 조금이라도 개선해야 한다. 시어머니와 나는 같은 아픔이 있다. 나는 친정엄마를 일찍이 떠나보냈고 어머니는 딸을 떠나보내셨다. 딸처럼 지내면 좋으련만 싹싹하지 않은 며느리는 늘 그렇게 하지 못함에 마음이 쓰인다. 시댁에 가면 나는 수다쟁이가 되려고 노력한다. 그게 내가 할 수 있는 최선이기 때문이다. 명절이 되면 어머니는 늘 과거로 타임머신을 타고 가신다. 시집살이를 심하게 당한 이야기와 출산을 한 날 송아지를 찾으러 간 이야기, 마음속에 담아 두셨던 이야기를 거침없이 꺼내신다. 시댁에 가면 늘 텔레비전이 켜져 있다. 드라마를 좋아하시는 어머니는 텔레비전을 즐겨보신다. 특히 아침 드라마를 즐겨 보신다. 나는 종이와 펜을 챙겨간다. 평소 텔레비전을 즐겨 보지 않지만, 시댁에 가면 같이 본다. 어머니가 좋아하시니까. 텔레비전을 보면서도 감동적인 이야기가 나오면 챙겨온 종이에 옮겨 적는다. 글을 쓰며 찾은 자투리 습관 중의 하나였다.

　하루 24시간은 정말 빨리 지나간다. 아이를 키우다 보니 하루가 더 빨리 지나가는 듯하다. 아침을 먹이고도 돌아서면 점심 때가 된다. 새벽 시간과 아이가 낮잠 자는 시간이 유일한 내 시간이다. 특히 낮잠 자는 시간에 최대한 조용히 뭔가를 해야 내 시간을 지킬 수 있었다. 아이가 어리다 보니 아침 운동 하러 집 밖을 나가 본 적이 없었다. 직장인 엄마는 바쁘다. 지구대로 근무지를 옮기고 나서 나의 근무시간은 하루 12시간이다. 하루를 잘 계획하지 않으면 시간은 정신없이 흘러간다. 아이를 키우는 워킹맘이지만 나는 내 성장에 항상 관심이 많다. 배우고 나누는데 행복을 느낀다. 바쁜 삶 속에서 나의 행복은 오직 글쓰기다. 내가 행복한 시간이다. 망설임 없이 내 꿈을 이야기하고 내 마음속의 있는 이야기들로 펼쳐나간다. 끝없는 상상력과 무한 긍정의 에너지로 나를 위한 시간으로 채운다. 매일 커피를 찾는 사람처럼 나는 글을 찾는다. 글을 쓰면 자기 성찰을 많이 하게 된다. 필사한 적이 있었다. 지금까지 총 4권의 책을 필사했다. 「생각의 비밀」, 「고전 필사」, 「천년의 내공」, 「뜨겁게 나를 응원한다」 이다. 필사하면서 느낀 점을 글로 남겼다. 책을 통해 지금의 내 모습을 돌아볼 수 있었다.

　아픔과 상처를 수면 위로 드러냈다. 모든 걸 다 드러내야 빈 곳이 생겨 좋은 추억들을 채워 넣을 수 있다. 자리를 양보해주지 않으면 아픔과 상처는 결코 치유되지 않은 채 마음속 한구석에 계속 존재하게 된다. 쉽지 않다고 생각했다. 처음에는 어떻게 부끄럽게 모든 걸 다 들어낼 수 있지? "쪽팔리잖아, 사람들이 비웃는 게 싫어." 라고 생각했다. 좋은 모습도 나지만 그 반대의 모습도 나 황미옥이라고 생각했다. 사람들을 생각하기 이전에 내가 나를 인정하지 않는다면 진정한 나는 없다고 생각했다.

남편이 술을 먹고 늦게 귀가하는 게 정말 싫었다. 이해는 갔지만, 특히 임신 기간 때는 미움이 하늘을 치솟았다. 임신했을 때 택시 안에서 교통사고를 당한 적이 있었는데 그때도 남편은 동료들과 술을 먹고 있었다. 남편의 잘못으로 사고가 난 건 아니었지만 마음속에 원망은 컸다. 아이를 위해 쓰고 있던 육아 일기에 당시의 내 감정을 쓰기도 했지만 부족했다. 글을 마음껏 쓰면서 교통사고를 당한 이야기도 수면 위로 들어냈다. 이 이야기도 내 마음속에 간직하고 있었던 이야기임이 틀림없다. 남편에 대한 원망은 글로 풀었다. 백지 위에 남편을 올려두고 내 마음을 풀고 나서는 그 이후로 더 이상의 원망과 후회는 없었다. 대신 사랑으로 채우고 있다. 이제는 어린아이처럼 달랜다. 소중 1병으로 줄여보자고.

어린 시절 손편지와 일기를 즐겨 썼다. 미국에 이민 가서도 한국에 있는 친구들, 친척들과 손편지를 주고받으며 소식을 전했다. 작년에 내가 가진 자료를 모두 정리할 기회가 있었다. 총 50권의 바인더로 재탄생했는데 그중에 두세 권은 손편지였고 여섯 권 정도는 일기장이었다. 편지는 쓴 사람의 마음과 생각이 담겨 있다. 필체에서도 정성을 가늠할 수 있지만 담긴 메시지는 마음을 표현한다. 어릴 때부터 써온 일기 습관이 어쩌면 글을 부담 없이 쓰게 도움을 준거 같다. 어떤 글이든 쓰면 된다. 쓰다 보면 방법이 생긴다. 쓰기 말고는 방법이 없다.

내 삶 속에서 알게 모르게 글쓰기가 녹아 있었다. 일이 바빠서, 아이가 있어서 글을 못 쓴다는 건 핑계에 불과하다. 쓸 소재가 없다, 성공하면 글을 쓴다는 말도 다 핑계다. 평범한 사람이 쓰는 글이 더 와 닿고 공감 간다. 세상에는 특별한 사람보다 평범한 사람이 더 많다. 평범한 사람의 삶의 이야기를 사람들은 듣고 싶어 한다. 글쓰기로 찾은 내 삶을 나만의 평범한 이야기로 풀어내면 된다. 무엇을 하든 어디에 있든 글쓰기는 내 삶의 전부다.

백지 위에 보이는 진짜 내 모습

하얀 백지 위에 글쓰기를 시작한다. 주제가 있든 없든 내 손은 바쁘게 움직인다. 고민하고 쓰면 생각만 많아진다. 고민하지 않고 쓰면 내 생각보다 손이 더 많이 움직인다. 쓰다 보면 내가 진짜 하고 싶은 말에 이르게 된다. 글쓰기 수업을 듣기 전, 백지 위에 새벽 한 시간씩 여백을 채우는 글쓰기를 했었다. 쓴 글을 다시 읽어보지도 않았다. 그냥 마음 가는 대로 썼다. 수정도 전혀 없었다. 그날 기분 그대로 썼다. 화가 나는 날은 욕도 쓰고 나에게 상처를 준 사람은 "나한테 왜 그러냐고, 내가 뭘 잘못했냐며" 그 상대방이 진짜 내 앞에 있는 것처럼 말하듯이 글을 썼다. 다시 읽어보지 않아서 어떤 내용을 썼는지 정확하게 모두 기억나진 않지만, 날것 그대로 꾸밈없는 글을 썼다. 내 모든 상처를 꾸밈없이 수면 위로 드러냈다. 꼭꼭 숨겨둔 엄마의 죽음 관련 이야기를 마구마구 털어놓았다. 아빠가 술 먹고 와서 속상했던 이야기, 남들에게 말하기 부끄러워 나 혼자만 알던 내용을 썼다. 미국에서 잘 생활하다 엄마가 돌아 가시고 나서 내 삶에 찾아온 사춘기를 격하게 보낸 이야기도 수면 위로 드러냈다. 내가 평소 꺼리는 이야기를 한다고 해서 변할 건 없다. 내 직장이 사라지는 것도 아니었다. 단지 남의 눈을 의식한 나머지 나의 이야기 중에 듣기 좋은 이야기만을 하며 살아왔다. 지금은 누가 보더라도 외향적인 성격을 가지고 있지만 어릴 적부터 아주 내성적인 아이였다. 내 감정을 나만 알고 꼭꼭 숨겨 두는 사람이었다. 친정엄마가 그랬다. 아무리 힘든 일도 힘들다고 내색하지 않는 사람이었다. 내 이야기를 다른 사람에게 하면 안 된다고 생각했다. 아빠를 흉볼 거고 내 얼굴에 침 뱉는 행위라고 생각했다. 경찰이 되면서 내 삶에 변화가 찾아오면서 내성격도 많이 바뀌었다. 하지만 감정만큼은 여전히 내 가슴속에 꼭꼭 숨겨 두려고 했다. 하루 한 시간 한 달 동안 다 털었다. 아직도 찌꺼기가 남아 있을지도 모르지만 내 안에 크게 자리 잡은 원망과 미움은 모두 다 털어버렸다. 예전처럼 더 좋지 않은 추억을 끄집어 내 곱씹으면서 우울한 날을 보내지 않는다.

백지 위에 담긴 나 황미옥이라는 사람은 태어날 때 신성한 모습처럼 날 것 그대로의 모습이었다. 난생 처음이었다. 있는 그대로의 나를 표현하기. 여백을 채울수록 빠져들었다. 내 몸과 마음은 하나가 되었다. 내 마음을 손은 따라가기 바빴다. 머리로 생각하는 속도보다 내 손이 더 빨랐다. 내가 저 때 아주 슬펐구나, 아팠구나 하면서 계속 글을 쓰면서 나를 이해하기 시작했다. 너무 감사했다. 처음으로 내 안의 나를 제대로 알아가게 되어 너무 행복했다. 이런 글을 쓸 수 있게 해준 막노동꾼 글쓰기 스승에게 보답하고 싶었다. 최고의 선물을 주고 싶었다. 있는 그대로의 내 모습을 담아 한 달 가까이 쓴 글을 바인더에 정리해 선물로 드렸다. 내 인생에서 가장 행복하게 백지 위에 쓴 글을 선물했다. 마음으로 드린 선물이라 그 어떤 선물보다 의미 있다고 생각했다.

 34년의 내 인생이 담긴 백지 위의 내 모습을 보았다. 원하던 경찰의 삶을 살고 있으면서도 꿈 넘어 꿈을 쫓던 내 모습을 만나게 되었다. "왜 경찰을 하는지?" 생각만 할 때와는 달리 여백을 채우면서 조금씩 내 진짜 마음을 알게 되었다. 내가 어떤 삶을 살고 싶은지에 대해서도 어떤 경찰이 되고 싶은지에 대해서도 명확해지고 있었다. 글을 쓰면서 퇴직 시점을 설정하게 되었고 내 꿈을 이루기 위해 의미 있는 10년을 보내자는 다짐도 하게 되었다. 무엇보다 꾸밈없는 내 모습을 아낌없이 보여주었다. 아프면 아프다고 좋으면 좋다고 표현했다. 정답도 없다. 내가 하고 싶은 말을 손으로 움직이며 여백을 채울 뿐이었다. 틀도 없다. 요령도 없다. 그냥 썼다. 34년 만에 꾸밈없는 글 쓰는 삶을 만났다. 지금부터 앞으로의 34년의 인생을 여백 위에 글을 쓴다면 내 인생은 어떨까? 환갑이 넘은 나이에도 여백을 채우며 사는 인생은 멋스러워 보였다. 기쁜 일이 있으면 슬픈 일도 생기기 마련이다. 모든 인생에는 굴곡이 있다. 내 인생도 굴곡이 있다. 어릴 적에는 평범한 삶을 살았다. 사춘기 시절 엄마의 죽음과 테러의 공포를 겪으며 내 인생이 최고로 힘들었다며 투덜거렸다. 지금까지 산 삶보다 앞으로 더 많은 어려움이 닥쳐올 수도 있는데도 말이다. 힘든 일이 생기면 백지 위에 내 삶을 쓰던 삶을 떠올리며 여백을 채우면 된다. 쓰다 보면 시간 가는 줄 모르고 쓸 때가 많았다. 친구들과 수다를 떨 때처럼 나도 모르게 막 글이 써졌다. 그 순간은 정말 집중력이 최고로 발휘되었다. 글쓰기 외에는 다른 어떤 것도 신경이 안 쓰였다. 오직 지금 이 순간에 집중하며 손을 바쁘게 움직였다. 마음으로 느끼며 내 감정에 충실했다.

두려움은 사라졌다. 내 모든 것을 숨김없이 글로 썼다. 원망, 미움, 상처, 치부, 아픔, 후회 모든 게 다 튀어 나왔다. 꽁꽁 숨겨둔 이야기를 풀어 헤치다 보면 이런 말을 해도 되나 하는 생각에 이르기도 했다. 계속 썼다. 중학교에 다니며 있었던 일이었다. 엄마가 아플 때였다. 엄마가 많이 아플 때 나는 학교를 옮겼다. 낯설었지만 초등학교를 같이 다닌 중국인 친구 테레사가 있어서 괜찮았다. 새로운 학교에서 한국인 친구들은 나를 대놓고 싫어했다. 내가 하는 행동들이 못 마땅했던 거 같다. 그 때는 들고 다니는 책가방에 화이트로 연예인 이름을 적는 게 유행이었다. 그런 행동들 하나하나 싫어했다. 때리고 한 행동은 없었지만 차별하고 헐뜯고 했다. 나를 싫어했던 아이들 중에 한 명이 내가 다니던 태권도 도장에 다니게 되었다. 그 친구는 흰 띠 나는 검정 띠. 그때부터 학교에서 차별이 덜해졌던 기억이 난다. 다른 사람에게 말해서 손해 볼 이야기는 늘 숨겨두었다. 그걸 다 끄집어내니 속이 후련했다.

직장에서 관계가 불편해지면 그 관계를 다시 회복하기까지 배로 힘이 든다. 내가 그 일을 절실히 느낀 계기가 있었다. 직장에서 '저 10년 있다 그만 둘 건데요.'하면서 대들었다. 오랜 시간동안 마음이 불편했다. 한 참이 지나 마음을 잘 풀었다. 기억하고 싶지 않은 이야기도 백지 위에 올려서 진짜 내 모습을 드려다 봤다. 힘들지만 도움이 되었다. 글을 쓰는 행위 자체에서 만족감이 찾아왔다. 내 마음이 편안해 졌다. 한 달 가까이 여백을 채우면서 가장 행복했다. 예전에는 글을 쓸 때마다 자기 검열을 했다. 이 부분은 사람들이 보면 쪽팔리니까 빼고, 이 부분은 별로야 하면서 제거했다. 여백을 채우는 글을 쓰면서 한 시간에 두 세장의 글을 신들린 사람처럼 막 썼다. 그 안에는 평소 내가 밝히고 싶지 않고 꺼려하는 이야기들로 가득했다. 내 감정은 그 반대였다. 꺼려하는 이야기들이 가득할수록 이상하게도 내 마음은 더 편안해졌다. 이야기를 거듭할

수록 거리낌이 없어졌다. 마음껏 쏟아낸 덕분에 내 감정에 충실할 수 있었다.

한국에 15년 동안 살면서 그 누구에게도 내가 미국에서 어떻게 살았는지 상세하게 말한 적이 없었다. 물어본 사람도 없었지만, 마음을 연 사람들에게도 하지 않았던 이유는 드러내고 싶지 않은 불편한 진실들이 많았다. 이민을 처음 갈 때의 나는 지극히 평범했다. 학교에서도 최상의 성적을 받으며 모범생에 가까웠다. 엄마가 돌아가시고 나서 변하기 시작했다. 사귀는 친구들도 노는 친구들이 많아졌다. 주로 공원에서 예전에 놀았다면 노는 곳은 당구장 노래방 술집으로 바뀌었다. 가족보다 친구를 더 많이 좋아했다. 엄마가 돌아가시고 나서 내 삶에서 친구를 가장 귀하게 여겼다. 친구 따라 강남 간 적이 있었다. 고등학교를 다니며 네일 가게에서 아르바이트한 적이 있었다. 보통 아르바이트를 그만 두려면 사람을 구할 시간을 주어야 하므로 미리 얘기해야 함에도 친구가 그만 둘 때 같이 그만두자는 소리에 그러자고 했다. 네일가게 주인 언니는 둘이 갑자기 그만둔다며 화를 내셨다. 그만큼 친구들을 좋아했다.

또 한 번은 친구가 집을 나간다고 했다. 호기심에 가방을 하나 챙겨서 같이 가출을 감행했다. 참 어리석었다. 주변에 친구를 잘 사귀어야 한다는 어른들의 말이 하나 틀린 게 없다는 걸 커서야 깨달았지만, 그때는 나를 희생해서라도 친구가 좋았다. 친구는 내 말을 다 들어주고 나를 위로해 준다고 믿었다. 어린 내가 가진 전부였다. 할머니가 옷장에 넣어 둔 돈도 훔쳐서 친구들과 노는데 썼다. 친구들이 학교 가지 말고 놀자고 하면 학교도 안 가고 놀았다. 놀다가 고모한테 걸려서 혼나고 그랬던 기억이 난다. 미국은 학교에 가지 않으면 집에 엽서를 보낸다. 완전 범죄를 꿈꾸며 사전에 엽서를 없앴는데 한 번은 없애지 못해 들통이 났다. 노는 무리와 어울리면 좋지 않은 사건에도 엮인다. 한 번은 한국인 동생이 중국인 친구가 돈을 갚지 않는다며 도와달라고 나를 찾아왔다. 태권도를 하는 무도인은 그러지 말았어야 했는데 무리를 지어 중국인 친구를 찾아가 돈을 갚으라고 했다. 어디서 나온 용기였는지. 무리의 힘을 믿었던 걸까. 상대방인 중국인 친구가 경찰을 불렀고 현장에 있던 전원은 수갑을 차고 경찰에 체포되었다. 경찰서에 가서 상황을 설명하고 집으로 돌아왔지만, 피의자가 된 기분은 끔찍했다.

경찰관으로 근무하면서 방황하는 청소년들을 보면 예전의 내 모습이 보였다. 도움을 주고 싶었다. 몇 번 도와주려다 애들한테 이용당한 적도 있었다. 그래도 돕고 싶었다. 지긋지긋한 청소년기를 보낸 내 삶도 변했다. 내가 변했다면 다른 사람의 삶도 변할 수 있다고 믿는다. 유치장에서 근무할 때 청소년인 남학생이 유치장에서 생활한 적이 있었다. 나는 빅뱅이 쓴 책을 읽으라고 주었다. 읽고 나서 느낀 감정을 맨 뒷장에 써서 달라고 했는데 반성하는 글이 적혀 있었다. 어른들의 끈질긴 관심이 그 아이를 변화 게 만들 수 있다고 믿는다. 방황하는 내 삶에 고모가 항상 있었다. 늘 호랑이처럼 나를 혼내고 보살펴 주었다. 내가 더 엇나가지 않고 잘 자란 것도 모두 고모가 내 곁에 있었기 때문이다. 지난 과거지만 부끄러운 부분도 나의 일부다. 진짜 내 모습을 찾기 위해서는 쪽팔리는 내 인생도 인정해줘야 한다. 받아들이고 내버려 두면 된다. 더 부끄러워할 필요도 없다. 내 삶의 일부인 부끄러운 기억들을 승화시켜 방황하는 청소년들에게 내 삶을 들려주고 그들에게 도움이 되면 된다.

여백을 채우는 글을 쓰면서 나의 모든 면을 드러냈다. 더 쪽팔릴 일도 없었다. 겉과 속이 같은 사람이었다. 상처를 드러내고 남는 공간에는 사랑으로 채우면 된다. 사랑으로 가득 찬 내면은 단단해진다. 소중한 나를 찾는 글쓰기 여정을 나만 알기에는 아까웠다. 주변 사람들은 글은 성공하고 나서 써야 한다는 등 나는 아직 때가 아닌 거 같다고 말하는 사람들에게 진짜 내 인생을 글쓰기

로 찾았다고 말해주고 싶었다. 나중은 없다. 지금, 이 순간뿐이다. 백지 위에 글
이 채워질수록 내가 들고 있던 삶의 무게도 내려놓았다. 글이 채워지면서 내가
가지고 있던 아픔의 크기는 작아졌다. 돈으로도 바꿀 수 없다. 내가 나를 진정
으로 사랑하는 마음을 갖게 해준 여백을 채우는 글쓰기. 어디 가서 이런 경험
을 얻을 수 있겠는가. 백지 위에 행복한 내 인생으로 가득 채워보자. 내일부터
가 아닌 지금부터가 시작이다.

미친 듯이 웃거나 눈물을 쏟거나

백지 위에 글을 썼다. 어떤 주제든 글로 이어갔다. 주제를 놓고 시작할 때도 있었지만 그냥 막 쓸데도 많았다. 내 마음 가는 대로 글을 쓰다 보면 내가 진정 하고 싶은 말이 나왔다. 노력한 것도 아이었는데 글을 쓰다 보면 내 삶을 들여 다 보게 되었다. 내가 어떤 분야에 관심이 있는지도 알게 되었다. 내가 누구를 좋아하고 싫어하는지도 보였다. 원하는 목표를 향해 달려가고 있다고 생각했 는데 내가 진짜 원하는 목표가 무엇인지도 새롭게 알게 되었다. 글을 쓰다 보 면 꼬리에 꼬리를 물고 이어가기 때문에 내 생각을 파고 들어갔다. 바쁜 일상 속에서 단 한 번도 이렇게 살아 본 적이 없었다. 나름대로 일정관리를 하면서 살았지만 내가 할 일을 기록하고 관리 한다고 해서 내 마음을 들여 다 보거나 나를 알아가는 과정을 경험해 보는 것은 아니었다. 하나뿐인 내 삶이라고 외쳤 지만 진정 내가 뭘 원하는지도 잘 모른 채 살았다. 식당에 가면 나는 메뉴를 고를 때 "아무거나"라고 말할 때가 많았다. 돈가스요. 해물 스파게티요. 이렇게 말하면 좋으련만. 뭘 먹든 아무거나 먹겠다는 말은 생각하기 싫다는 뜻이었다. 쳇바퀴 도는 삶을 살았다는 뜻이었다. 직장에서, 가정에서 내 역할을 충실히 하는 줄만 알았다. 남편과 다투면 나는 빨리 풀기를 바라는 성격이었고 남편은 시간이 지난 후에 풀기를 원했다. 늘 모든 걸 빨리하려고 했다. 어떨 때는 시간이 모든 걸 해결해 주기도 하는데 말이다.

글쓰기를 시작하면서 글이 막 써지는 날도 있었지만 잘 안 써지는 날도 있었다. 안 써지니까 내일 써야지 하면서 잘 안 써지는 날은 글쓰기를 미루게 되었다. 글쓰기를 내일로 미룬다고 해서 내가 원하는 글이 나온다는 보장도 없었다. 글은 기쁠 때나 슬플 때나 내 감정에 맞추는 게 아니라 매일 쓰는 게 중요하다. 모든 건 내 마음에서 출발한다. 내가 마음먹은 대로 실천하면 된다. 내 마음을 내려놓는 순간 무너진다. 내가 하려고 했던 일은 모두 물거품이 된다. 내가 처한 상황을 부정적으로 바라보지 말고 내 일상을 글로 쓰면 된다. 아이를 키우면서 직장 다니면서 글쓰기를 쉬고 싶은 날도 있었다. 쉬지 못하는 이유는 쉬고 난 다음 날 글쓰기가 배로 힘들기 때문이다. 어차피 글을 평생 쓸 건데 하루를 쉬면 내가 더 힘들어진다. 무엇이든 매일 실천할 때는 같은 마음으로 정성을 다하지만, 하루를 빠지면 게을러지고 나태한 마음이 찾아오기 마련이다. 그럴수록 백지 위에 나를 더 힘껏 던져야 한다. 내 상황에 더 집중하고 글을 써야 한다.

내 삶을 진지하게 들여다본 적이 없었다. 청소년기에는 시간 흘러가는 대로 보냈다. 20대를 바라보면서 본격적으로 경찰관에 도전했다. 30대에는 직장과 육아를 병행했다. 항상 바쁘게 보냈다. 놀면서 바쁘든 공부하면서 바쁘든 바빴다. 곰곰이 앉아서 내 인생을 들여다보려고 하지도 않았다. 그저 앞만 보고 달렸다. 살면서 작은 일에 상처를 곧잘 받았다. 마음속에 하나하나 차곡차곡 쌓아갔다. 풀지도 않은 채 그저 쌓아갔다. 쌓다가 넘치면 폭발했다. 화로 폭발했다. 가까운 사람에게 상처를 주었다. 소리를 질렀다. 화를 자주 냈다. 어지간히 쌓아두었다는 뜻이었다. 누구한테 미주알고주알 말하는 성격도 아니다 보니 속이 타들어 갈 때까지 마음속에 저장해 두었다. 자기검열 없는 백지 위에 글을 쓰는 행위는 내 마음속에 저장하기 전에 글로 모든 걸 털어내는 것이었다. 글을 쓰다 보면 너무 집중한 나머지 개인적인 일들이 막 쏟아져 나왔다. 엄마가 돌아가시고 나서 내가 많이 삐뚤어진 삶을 살긴 했지만, 세월이 많이 지났었다. 잘 생각나지 않을 것만 같던 이야기들도 글로 풀다 보니 막 나왔다. 마치 동시대에 내가 사는 것처럼 느껴졌다. 엄마의 모습이 내 눈앞에서 보이고 만지면 느낄 수 있는 것만 같았다. 엄마의 목소리, 행동이 하나하나 다 떠올랐다.

글을 쓰다 보면 그냥 나도 모르게 한없이 보고 싶고 서러워질 때가 있었다. 갑자기 보고 싶거나 감정에 복받쳐 울면서 글을 썼다. 엄마의 이야기를 할 때면 마음이 저린다. 엄마를 떠올리면 계속 엄마가 돌아가신 당일이 생각나기 때문이다. 비가 부슬부슬 내리는 날이었다. 새벽에 병원으로부터 전화를 받았다. 엄마가 방금 돌아가셨다는 전화였다. 가족들과 병원으로 달려갔다. 엄마는 평소 있던 병원 침대에 눈을 다소곳이 감고 계셨다. 평온해 보였다. 그냥 잠들어 있는 모습처럼 보였다. 금방이라도 일어나서 나에게 말할 것만 같았다. 이 상황이 거짓말 같았다. 나는 엄마를 붙잡고 한참을 울었다. 간호사 언니가 가족 중에 영어를 하는 사람이 나와 고모뿐이어서 나에게 말을 해주었다. 엄마가 계속 "미역, 미역, 미역"을 찾았단다. 내 이름을 미국사람들은 "미역"이라 발음했다. 엄마는 마지막 순간에 나를 애타게 찾으면서 홀로 먼 길을 가신 거였다. 너무 마음이 아팠다. 이 일을 어떤 말로 표현할 수 있겠는가. 가슴이 저렸다. 사랑하는 사람을 가슴에 묻는 일이 참 힘들었다. 안 꺼내 봐야지 하면서도 그리울 때면 추억들을 꺼낸다. 너무 보고 싶은 마음에 눈물로 그리워하는 마음을 표현하는 방법 외에는 내가 할 수 있는 게 아무것도 없었다. 엄마의 그리움과 나를 두고 간 원망을 누군가에게 단 한 번도 내뱉은 적이 없었다. 20년 가까이 나 혼자서만 그리워하고 슬퍼했다. 미친 듯이 통곡했다. 오열했다. 아빠에 대한 원망도 다 드러냈다. 내가 글을 쓴다고 해서 현실이 변하는 건 없겠지만 내 마음이 그 어느 때보다 평온했다. 미친 듯이 백지 위에 온 마음을 쏟고 나니 백지장처럼 편해졌다. 누군가에게 말을 하지 않고 나 스스로 글을 썼을 뿐인데 이런 기분 처음이었다.

34년의 내 인생이 주마등처럼 스쳐 지나갔다. 글을 쓰면서 필름처럼 되살아나는 맛이었다. 짜릿했다. 내가 내 이야기를 쓰면서 각 티슈를 끼고 미친 듯이 울었다. "엄마가 떠나기 전에 나한테 화를 내서 미웠어. 왜 그렇게 일찍 나를 두고 갔어. 나 혼자 두고 가면 나는 어떻게 하라고. 나 안 보고 싶어?" 하면서 미친 듯이 백지 위에 엄마가 나와 마주하고 있듯이 토해냈다. 글을 쓰면서 '과거의 나'는 치유가 되면서 점점 '현재의 나'와 '미래의 나'에 집중하는 모습을 보았다. 과거 이야기를 할 때는 한국 미국, 미국 한국을 오가면서 내 걱정거리들, 상처들을 다 끄집어냈다. 점점 소재가 떨어지자 내가 가고자 하는 길, 내 가치관, 내 재능을 어디에 쏟고 싶은지에 대한 생산적인 일에 집중하게 되었다. 미래를 상상하며 미친 듯이 웃기도 했다. 현재와 미래에 대한 글을 계속 쓰다 보면 삶의 여유가 있음이 느껴졌다. 글을 쓰면서 내가 이루고자 하는 목표들을 여러 방면에서 생각해보고 목표가 확정되면 잘게 쪼갠다. 책을 내고 싶어 브런치 북 프로젝트에 도전했다가 탈락했을 때는 다음번 브런치에 도전하자, 이 정도의 생각이 있었다. 글로 쓰면서 내 진심을 알게 되었다. 내가 글을 쓰고 싶은 이유는 나만의 행복이 아닌 다른 사람들을 위한 글을 쓰고 싶다는 것을 알게 되었다. 한 권의 책이 아닌 책을 계속해서 쓰고 싶다는 생각도 하게 되었다. 덕분에 퇴직 기간도 설정하게 되었다. 10권 이상의 책을 쓰겠다는 목표도 가지게 되었다. 내 꿈을 상상하며 미친 듯이 미소 지었다. 내 목표가 마음에 들었기 때문이다.

내 인생에서 되돌아가고 싶을 때를 꼽으라면 첫째, 엄마의 죽음을 맞이할 때다. 어렸지만 삐뚤어진 모습이 아닌 좋은 모습을 자주 보여 줬으면 하는 후회가 되었다. 마음먹기에 따라 다른데 내가 했던 선택이 옳지 않았다. 부모님이 계시지 않은 사람 중에도 훌륭하게 성장한 사람들도 많다. 다시 돌아갈 수만 있다면 그때로 돌아가 엄마 없이도 보란 듯이 잘 성장한 모습을 보여주고 싶다. 두 번째는 대학을 가는 것이다. 어릴 때는 내가 하고 싶은 꿈이 있으면 굳이 대학을 가지 않아도 된다고 생각했다. 이 주제에 대해 영어 말하기 대회에서 주제로 발표한 적도 있었다. 그만큼 대학을 안 가도 내가 하고 싶은 일을 하며 살 수 있다는 데 동의했다. 지금도 배움에서는 그 생각이 변함없지만, 사람을 사귀는 면에서는 반대다. 남편은 대학을 다녔고 나는 다니지 않았다. 내가 유일하게 부러운 건 대학 동기다. 남편 대학 동기들은 지금까지도 소통하며 지낸다. 경조사마다 서로 챙겨주고 마음을 나눈다. 모든 건 다 때가 있다는 생각이 들었다. 대학교육도 다 때가 있다는 생각이 들었다. 고등학생들이 나한테 찾아와 몇 번 물어본 적이 있었다. 공무원이 되는 게 목표인데 대학 안 가도 괜찮은지 물었다. 나는 갈 수 있으면 가라고 했다. 배움에도 인연에도 때가 있다고 생각했기 때문이다.

경찰공무원 시험에 합격했을 때 나는 너무 감격한 나머지 미친 듯이 서럽게 울었다. 나도 이제 드디어 공부하지 않아도 된다는 기쁨과 함께 상상만 하던 일을 하게 되었다는 사실이 꿈만 같았다. 경찰이 된 지 얼마 안 되었을 때 너무 부끄럽고 후회가 되어서 피눈물을 쏟은 적이 있었다. 부끄럽지만 내 과거 모습의 일부라고 생각한다. 아빠가 장사하셨고 엄마 없이 컸다고 용돈은 아낌없이 주신 편이었다. 그게 문제였다. 나는 돈을 아낄 줄 몰랐다. 주는 대로 다 소비했다. 모으는 법을 배운 적도 없었다. 문제는 직장인이 되어서 닥쳐왔다. 공무원이 되고 나니 여기저기서 신용카드를 만들라고 했다. 한두 개씩 가지고 있었는데 3년 동안 공부하면서 공부에만 몰두하다 보니 옷 한 벌 제대로 산 적이 없었다. 그 억누름에 합격하고서 신용카드로 풀었다. 사고 싶은 게 있으면 카드로 샀다. 나중에는 신용카드 값을 갚기 위해 은행에 가서 대출해야만 했다. 근 돈을 다 갚았지만, 그때 내가 왜 그랬을까 부끄러워서 미친 듯이 후회되었다. 글을 쓰면서 알게 되었다. 내가 과소비했던 일은 천 번 만 번 부끄러운 행동은 맞지만, 그 계기로 돈의 소중함을 알게 되었으니 잘 된 거라고 결론 짓게 되었다.

아무 탈 없는 평범한 인생이 가장 좋겠지만 내 인생에 만족한다. 힘든 일이 닥치면 이 또한 이유가 있겠지 하면서 멋지게 넘긴다. 미친 듯이 웃는 날도 미친 듯이 눈물 흘리는 날도 소중한 내 인생이다. 울든 웃든 매일 글을 쓰자. 쓰다 보면 내가 가고자 하는 길이 보인다. 일단 쓰자.

이것이 진짜 글쓰기다

모든 일상을 적다 보면 글이 된다. 직장에서 있었던 일, 아이를 키우는 이야기, 내 마음이 가는 이야기 모두 글이 된다. 나는 평범한 일상을 매일 쓴다. 일어나서 어떤 마음으로 하루를 시작하고 누구를 만나고 어떤 이야기를 나눴는지를 쓴다. 쓰다 보면 번뜩이는 아이디어가 떠오르기도 한다. 그럴 때면 따로 메모해둔다. 글을 쓰면서 하고 싶은 말이 많아졌다. 이것저것 쓰다 보니 소재도 풍부해졌다. 하고 싶은 말이 있으면 글로 적는 게 습관이 되어 버렸다. 크고 작든 어떤 소재든 관심과 눈길이 간다. 텔레비전을 보면서도 종이와 펜을 들고 있다. 여의치 않아 종이가 없으면 「카카오톡 나와 대화하기」 창에 메모해 둔다. 차곡차곡 쌓아둔 메모들은 좋은 글로 재탄생한다. 나는 하루 중에서 새벽을 선호한다. 남편과 딸이 자는 시간에 어두침침한 불을 켜두고 쓰는 글은 맛이 다르다. 글에 따라 미친 듯이 울다가 웃다가를 반복하는 내 모습이 웃기기도 하지만 그런 내가 좋다. 글에 집중하는 내가 좋다. 글을 쓰다 문득 집안을 둘러보았다. 딸아이의 장난감이 여기저기 있는 모습에 엄마 미소가 지어졌다. 이 공간에서 함께 생활할 수 있음에 새삼 감사해졌다. 내가 어떤 분야에 관심을 가지는지에 따라 내 생각은 자라고 확장된다. 내 경험과 배움은 내 삶이 된다. 일상에 관심을 두기 시작하면서 나의 이야깃거리와 내 삶은 풍부해졌다. 평범한 내 인생이 다르게 다가왔다. 나를 소중히 여기고 사랑해줄 때 내 글도 따뜻해진다. 모든 시작은 내 마음에서 시작된다. 내 글도 내 마음에서 시작된다. 그 마음만 가지고 손으로 일상을 쓰면 글이 된다.

글을 쓰다 보면 내가 원하지 않는 방향으로 흘러갈 때가 있었다. 내가 하려고 했던 이야기가 이게 아닌데 삼천포로 빠질 때가 있었다. 지우지 않고 계속 썼다. 쓰다 보면 내가 진짜 하고 싶은 이야기에 다다랐다. 글이란 게 말처럼 똑 부러지게 깔끔하게 한 문장으로 쓸 수 있으려면 얼마나 좋을까. 초보 작가인 나는 기술적인 면에서는 떨어지지만, 진정성 하나만큼은 최고라고 자부한다. 글을 쓰기 전에는 마음을 단단히 먹는다. 마음을 가다듬은 상태에서 편안하게 글을 쓴다. 주로 새벽에 쓰는데 가족들이 곤히 잠든 시간에 커피 한잔을 앞에 두고 쓰는 글맛은 최고다. 내 삶을 이야기하다 보니 내가 겪은 경험에 대해 많이 얘기하게 된다. 글을 쓰면서 제일 가까운 가족들을 다시 한번 들여다볼 수 있었다.

남편은 8년째 함께 살고 있다. 연애를 합하면 10년째 보고 있다. 누구보다 잘 알고 나에게 가장 소중한 존재라고 생각해왔다. 남편은 항상 나를 배려해준다. 그게 당연하다고 생각하면서 살아왔다. 남편이 없을 때 글을 쓰면서 남편의 다른 면을 바라볼 수 있었다. 남편은 몇 달 전부터 주말이면 서울로 출동을 갔고 3일에 한 번은 당직을 서다 보니 집에 없는 날이 많았다. 남편이 없는 날은 아침부터 분주하다. 직접 딸아이를 시대에 맡기고 출근을 해야 하기 때문이나. 하루는 분리수거 하는 수요일이었다. 딸 아이 옷을 입혀서 같이 내려가기만 하면 되는데 계속 울면서 보챘다. 상자와 잡동사니를 버려야 할 게 가득한데 아이는 울고 힘들었다. 늘 남편이 도와주던 음식물 쓰레기 버리기와 분리수거의 감사함이 밀려왔다. 글을 쓰면서 삶 곳곳에 남편의 흔적을 발견했다. 시어머니가 들으시면 좋아하시지 않을 수도 있겠지만, 남편은 늘 나를 아껴주고 배려해 주고 있었다. 당연하다고만 생각했지 마음으로 고맙다는 생각을 하지 못했다. 나는 최근에 부서를 옮겨 지구대에서 근무하고 있다. 경찰관은 야간근무를 자주 한다. 주로 내근 부서에서 근무했던 나는 다른 사람보다 야간근무를 적게 하였다. 남편은 내가 출산을 했을 당시 지구대로 자진해서 부서를 옮겼다. 지구대는 야간근무를 자주 하는 대신 낮에 집에 있는 시간이 다른 부서보다 많았다. 나 스스로 지구대에서 밤을 새우면서 근무를 해보기 전까지는 남편이 힘들게 야간근무하면서 육아를 도와준 점을 마음으로 잘 알지 못했다. 밤새워 일하고 온 남편에게 좀 더 잘 챙겨 주지 못함에 미안해졌다. 남편에게 받은 사랑이 얼마나 컸는지 그걸 내가 얼마나 당연히 여기고 살았는지 나를 돌아볼 수 있는 소중한 시간이었다. 남편의 빈자리를 통해 글을 쓰면서 몸소 체험했다.

시집을 가기 전에 남편 집에 방문한 적이 있었다. 나는 예쁘게 보이고 싶은 마음에 풀 메이크업을 한 채 깔끔한 정장을 입고 갔다. 어른들이 얼마나 당황하셨을까. 남편의 대학동창들과 함께 방문했는데 시어머니는 정말 편하게 맞아주셨다. 처음 보는 사이인데도 아들이 데려온 여자 친구를 정말 내 사람처럼 살갑게 맞아주셨다. 2년의 연애 끝에 결혼하고 8년째 살면서 시어머니가 베풀어주신 사랑을 당연하게 여겼다. 시집살이를 안 하니까 시집 잘 왔다고 막연히 생각했다. 글을 쓰면서 어머니가 보였다. 내 삶 속에 어머니가 어떤 모습으로 자리 잡고 계시는지 보였다. 어머니가 나에게 사랑을 베푸실 때 나는 그 반의반도 사랑을 드리지 못했다. 조금만 관심을 가지면 도울 수 있는데 일한다는 핑계로 제사를 도와드린 적도, 김장을 도와드린 적도 없었다. 어머니는 내 생일이면 늘 미역국을 끓여주신다. 나는 어머니 생신 때 직접 손수 해 드린 날보다 밖에 나가서 외식을 한 날이 많았다. 미안했다. 그 사랑이 느껴져서 더 미안했다. 글을 쓰면서 어머니의 큰 사랑이 느껴졌다. 늘 아낌없이 주셨는데 나는 주시는 무한 사랑을 받고만 있었다. 아무리 내리사랑이라지만 정도가 심했다. 어머니는 맞벌이 부부인 우리에게 돈 한 푼 받지 않고 손녀를 키워주신다. 두 어깨가 닳아 수술을 두 번이나 하시고도 자식 며느리 걱정에 밑반찬을 해서 주신다. 내가 어디 가서 이런 사랑을 받겠는가. 친정엄마가 돌아가시고 나서 제일 후회가 되었던 건 살아 계실 때 잘해주지 못한 거였다. 어머니께는 그런 후회 하지 않아야겠다고 다짐해본다.

친정 아빠는 술을 좋아하신다. 술을 드시지 않을 때는 정말 천사다. 늘 딸을 걱정해주고 사랑해 주신다. 어릴 적에는 엄마가 미국에서 돌아가시고 나서 아빠는 줄곧 혼자 사셨다. 나는 고모와 할머니와 미국에서 살았다. 아빠는 나에게 편지를 써서 팩스로 보내주셨다. 그만큼 정이 많으신 분이다. 엄마의 유골을 든 채 존 에프 케네디 공항에서 한국행 비행기를 타기 위해 걸어가는 뒷모습을 나는 잊을 수가 없다. 축 처진 어깨와 처량한 뒷모습. 너무 외로워 보였다. 늘 신문을 보시는 아빠는 어릴 때부터 나와 관련된 기사가 있으면 오려서 나에게 주시곤 했다. 자상했고 나를 아끼는 마음이 컸다. 아빠는 술을 먹으면 다른 사람으로 변한다. 화를 잘 참지 못한다. 누구도 말리지 못한다. 그런 아빠가 무서웠다. 내가 경찰관이 되어서도 술에 취해 다른 사람과 시비 되어 지구대 있다고 연락을 받은 적이 있었다. 그런 아빠가 부끄러웠다. 내 인생을 망칠

것만 같았다. 명절을 앞두고 아빠가 우리 집에 놀러 온 적이 있었다. 내가 어디 지구대에서 근무하냐고 묻는 아빠에게 몰라도 된다며 버럭 화를 낸 적이 있었다. 화낼 일도 아닌데 생각 없이 화를 냈다. 아빠는 그 말이 서운했는지 장문의 문자를 남기셨다. 글을 쓰면서 내가 왜 아빠를 미워했는지, 그날 왜 그렇게 화를 냈는지 알게 되었다. 엄마가 나에게 마지막 말을 남긴 게 생각났다. "미옥아 아무리 미워도 아빠는 아빠다. 아빠 말 잘 듣고 항상 건강해라." 고 하셨다. 통화를 했다. 아빠는 나에게 엄마와 똑같은 말을 했다. 나한테 서운하다고 했다. 아무리 미워도 아빠는 아빤데 그런 말을 어떻게 아빠에게 할 수 있냐고 했다. 그날 처음으로 아빠에게 내 마음속에 있는 말을 했다. 생각 없이 한 말은 미안하지만 나는 항상 아빠가 술 먹고 실수하는 모습이 싫었다고 했다. 아빠가 지구대에 올까 봐 나도 모르게 그렇게 말했는데 나에게 어릴 적 상처는 컸다며 처음으로 말을 똑 부러지게 했다. 글을 쓰면서 엄마의 마지막 말이 진심으로 와 닿았다. 내가 아무리 미워해도 아빠라는 사실은 변함없었다. 아빠의 단점도 내 아빠니까 내가 안고 가야 한다. 아빠가 너무 미웠다. 술을 먹는 아빠는 나에게 악마였다. 늘 아빠를 피신해 친척 집으로 도망가는 일은 상상도 하기 싫었다. 그래도 나이든 아빠를 보면 안쓰럽다. 엄마의 말처럼 내 몫이다. 아빠를 미워하는 마음은 내려놓고 남은 시간 사랑으로 채워가고 있다.

고모는 하늘에서 뿅 하고 나타난 구세주다. 내 삶에 어려움이 닥칠 때마다 늘 내 곁에 있어 주었다. 고모 입장에서 보면 딸도 아닌 나를 평생 보살펴 준 게 신기할 정도다. 이민 가기 전에 고모는 내가 살던 부산에 놀러 오면 미제 사탕과 장난감을 사주는 천사였다. 넉넉하지 않은 살림에 고모의 방문은 기다림 그 자체였다. 예쁜 옷도 사주고 맛있는 것도 먹는 날이었다. 엄마가 돌아가시고 고모와 할머니와 미국에서 살았다. 고모는 싱글인데도 나를 거두어 주었다. 정이 많았고 나를 무척 아꼈다. 친구 따라 가출했을 때도 나를 찾으러 돌아다녔고 결국엔 찾아냈던 고모였다. 내 방황 속에 고모는 항상 함께했다. 부모도 못 해준 정성을 나에게 쏟아 주었다. 그때는 몰랐다. 그 고마움을 전혀 몰랐다. 점점 나이든 고모를 볼 때면 피부로 느껴진다. 이제는 내가 사랑을 주어야 할 때라고 말이다. 어릴 때 내를 왜 키워줬는지 최근에 물어본 적이 있었다. 고모는 엄마 없는 내가 불쌍했다고 했다. 맞다. 많이 방황하고 힘들었다. 내 인생에 고모가 없었다면 어디까지 엇나갔을지 모르겠다. 이제부터라도 고모의 인생에 내가 행복이 되어 주어야겠다. 작년 고모 생일날 성인이 되어 처음으로 값비싼 선물과 손편지를 써서 줬다. 때로는 엄마처럼, 때로는 친구처럼, 때로는 원수처럼 싸우기도 하면서 지낸다. 고모가 잘 키워준 덕분에 지금의 내가 있다. 고모가 나에게 따뜻한 손길을 건네주었듯이 나도 사람들에게 따뜻한 글을 쓰는 경찰작가가 되고 싶다.

짧지만 굴곡 있던 내 삶을 돌아보면 어떤 글이든 쓰고 있었다. 그게 다이어리든 일기든 손편지든 말이다. 글은 내 친구였고 동반자였다. 글쓰기는 내 라이프 플래너다. 쓰면서 계속해서 체계화시킨다. 책을 내고 싶다는 막연한 목표에서 평생 글을 쓰는 작가로 살자는 당찬 목표를 갖기까지 나는 늘 쓰고 있었다. 쓰면서 내 목표가 확장되었다. 자기계발을 시작하던 6~7년 전의 내 연간계획을 살펴보면 내 목표가 진화하였음을 알 수 있다. 내 생각의 크기가 글쓰기의 실력만큼 바뀌었다는 사실에 놀랍다. 글쓰기는 내 삶을 바꾸었다. 다니던 직장에서 힘든 일이 닥쳐와도 두렵지 않다. 나에게 글쓰기의 힘이 있다. 살면서 헤쳐 나가야 할 선택의 갈림길에서 글쓰기는 늘 내 편에 서 줄 것이다. 내 생각을 가장 빨리 아는 길은 오직 글쓰기뿐이다. 하루 중 일상을 한 줄이라도 써보자. 그 한 줄이 희망의 한 줄기 빛이 되리라!

내가 행복한 삶

한국에서 지내면서 가장 좋았던 점은 '정 문화'였다. 특히 내가 사는 부산은 더 그랬다. 동네 시장을 가 봐도 아주머니들은 하나씩 더 끼워주신다. 미국에서 살면서 내 것만 소중히 여기며 내 앞날만을 걱정하며 살았다. 지금은 좋은 인연이 생기면 손편지부터 한다. 정성스레 내 마음을 담아 전한다. 상대방에게 원하는 게 있어서가 아니다. 주는 내 마음이 좋아서이다. 내가 다니던 경찰서에서는 서장님이 퇴직하시면 퇴임식에서 동영상을 보여주었다. 처음 경찰에 들어왔을 때부터 한 해 동안 근무하신 사진들을 엮어 동영상으로 보여주었다. 나는 퇴임식 영상을 보면서 나부터 해보자는 생각에 동료를 위해 한번 만들어 보겠다고 다짐했었다. 드디어 기회가 찾아 왔다. 같은 사무실에 근무하던 선배님이 승진해서 우리 부서를 떠나야 했다. 망설임 없이 동영상을 제작했다. 처음 만들어보는 거라 쉽지 않았다. 어설펐다. 실력은 부족했지만, 사진을 정리하고 글을 넣고 정성을 다했다. 첫 동영상 제작 이후 바인더를 만들어 그 안에 추억이 담긴 사진과 글을 선물했다. 그때부터 시작된 나만의 경찰 문화였다.

내가 근무했던 부서마다 폴라로이드 사진을 찍어 추억으로 남겼다. 2010년부터 찍은 사진이 수십 장이 되었다. 한 번에 여러 장을 찍어 동료가 부서를 떠날 때 한 해 동안 찍은 폴라로이드 사진 중에서 한 장을 넣어 정성스러운 글과 함께 선물했다. 나눌 때 행복은 배가 된다. 동료들과의 추억은 나만의 영원한 글감이다.

  알든 모르든 쓰는 삶을 살고 있었다. 쓰는 게 좋았다. 평생계획과 연간계획을 만들었다. 평생계획은 커피 한 잔 앞에 두고 글을 쓸 때처럼 반듯하게 앉아서 적으려니 도무지 생각나지 않았다. 아이를 출산한 지 7개월이 되는 때였다. 시간 관리하는 바인더를 배우고 있을 때였다. 다음번 수업시간까지 평생계획을 채워서 가야 했다. 감기로 아팠다. 링거를 몇 차례 맞는 기간 동안 병원 침대에서 누웠다가 앉았다가를 반복하면서 평생계획을 채웠다. 그 이후 시간을 더 활용해서 평생계획을 완성했다. 글쓰기도 정해진 시간에 쓰면 좋겠지만 나는 자투리 시간에 쓰는 글도 즐겼다. 번뜩이는 아이디어가 떠오를 때 핸드폰을 열어 신들린 사람처럼 글을 썼다. 짧은 토막 시간이었지만 집중도는 최고였다. 시간이 얼마 없음을 알기에 짧은 글로 내 마음을 표현하려니 글은 맛이 있었다. 지금까지도 마인드맵을 활용해서 연간계획을 짜고 월간, 주간계획을 실천하는 하루를 산다. 매일 빠지지 않는 계획 중의 하나가 글쓰기다. 균형 있는 삶을 살기 위해 5가지 영역으로 나눠 계획을 세운다. 자기계발, 일/직장, 가정/재정, 나눔/봉사, 신체/건강 중에서 글쓰기는 일/직장에 들어간다. 글쓰기는 경찰인 내 직업과 공동 1순위이다. 하루를 감사한 글로 시작할 때 나는 행복한 경찰 작가라며 마인드 세팅을 한다. 고등학교를 졸업하기 전부터 경찰을 꿈꾸며 달려왔다. 15년이라는 세월이 흘렀다. 경찰을 그만둘까 하는 마음도 있었지만 그 고비를 잘 넘겼다. 지금은 내가 그토록 좋아하는 경찰관으로 근무하면서 글을 쓴다. 20대에는 뭔가 새롭게 도전하고 싶은 게 생기면 직장을 그만두고 새로운 길을 가야 하는 줄만 알았다. 그래서 그만두려고만 생각했었다. 글을 쓰면서 경찰직을 그만두지 않고도 얼마든지 내가 좋아하는 글을 쓸 수 있다는 결론에 이르렀다. 평소 생각지도 못한 점을 깨닫게 해 주었다. 경찰관에게 도움이 되는 글을 내가 써보자! 경찰관을 위한 글을 쓴다면 동료들에게 용기와 희망을 줄 수 있지 않을까? 하는 생각이 들었다. 메모하기를 좋아해서 집안 곳곳에 메모지와 펜이 있고 외출복 주머니와 가방마다 종이와 펜을 넣고 다니던 습관 때문이었을까? 그 아이디어가 찾아 왔을 때 나는 바로 글로 남겼다. 2017년 베스트셀러 책을 출간한다. 하루에 같은 문장을 100번씩 써보기도 하고 심지어는 이메일 주소 비밀번호도 모두 바꿨다.

게으르기 위해 부지런한 삶을 좋아한다. 말 그대로 아무것도 하지 않는 날이 그리울 때가 있다. 그냥 차려주는 밥 먹고 원종일 원하는 텔레비전 드라마 실컷 보는 날 말이다. 싱글일 때는 늦게까지 친구들과 놀아도 다음날 챙겨야 할 가족이 없다 보니 늦게 일어나도 아무런 어려움이 없었다. 결혼하고 나서도 아이를 출산하기 전까지인 5년 동안은 싱글과 다름없는 삶을 살았다. 내가 놀고 싶으면 놀고 공부하고 싶으면 공부했다. 내 모든 삶은 출산을 한 날부터 180도 바뀌었다. 누구도 사전에 알려주지 않았다. 엄마는 이렇게 하는 거고 아이를 키울 때는 잠은 이렇게 재우고 이렇게 먹여야 하는지 전혀 몰랐다. 아이와 나, 둘이서 경험하면서 배워갔다. 한순간에 바뀐 내 인생이 싫었다. 3시간 이상 연달아서 푹 잠을 잤으면 소원이 없겠다는 소리를 입에 달고 살았다. 싱글일 때처럼 하루도 게으를 수도 없었다. 아이는 아침이 되면 깬다. 아이의 일상에 나를 맞춰야 한다. 내 시간이 줄어들고 있다고 투덜거렸다. 글을 쓰면서 진정한 행복을 발견하기 시작했다. 아이 때문에 나만의 생활이 없다며 글을 적었는데 일찍 일어나 새벽 시간에 내 시간을 가져보라는 해결책을 찾을 수 있었다. 마법의 선물을 주는 요술 램프 지니에게 말을 걸듯이 내가 쓴 글에 대한 피드백이 올 때마다 신기해서 더 많이 글을 썼다. 글을 쓸수록 소소한 일상이 주는 행복감이 나에게 어떤 의미인지 깊게 생각할 수 있었다. 매 순간 감사하기. 글을 쓰면서 나에게 주어진 환경이 얼마나 감사한 일인지 깨닫게 되었다. 아이를 키우며 몸은 힘들었지만, 아이를 통해 내가 얼마나 더 많이 웃는지 알게 되었다. 아이 사진을 볼 때마다 세상을 다 가진 얼굴을 하는 내 모습은 삶을 감사하고 있었다. 나는 슈퍼맘이었다. 지치지 않는 열정으로 똘똘 뭉친 엄마였다.

엄마가 된 후에 더 많은 것에 도전했다. 분명 아이를 키우는 것은 힘든 일이었지만 내 의지만큼은 확고했다. 2016년 도전한 목록들을 살펴봤다. 출산 후 몸짱 프로젝트, 중국어 아침 시간 7개월 수강, 바인더 재능기부 20명, 블로그 제작, 브런치 작가 활동, 어땅 작가 활동, 김승호 저자와 만남, 내 꿈 백일동안 백 번 쓰기, 꿈 포스터 제작, 브런치 프로젝트 #3 응모, 직장 내 업무 매뉴얼 제작, 어땅쇼 강연, 독서 연 50권, 백일 글쓰기 프로젝트. 도전을 통해서 내가 얻은 것은 자신감이었다. 모든 도전 뒤에는 글쓰기로 이어졌다. 가장 많이 쓴 해였다. 직장을 다니며 자기계발을 7년 넘게 해오고 있지만, 남편이 가장 많이 협조해준 한 해였다. 내 삶에 균형을 이루어가고 있었다. 아이 키우는 엄마도 일도 하면서 글 쓰는 삶을 살 수 있음을 증명했다. 단체 카톡방을 몇 개 운영하며 소통하며 지냈다. 아이 키우는 엄마들이 대부분이었다. 나의 역할은 열정 에너지를 주는 것이었다. 함께 편지 쓰기와 필사를 비롯하여 무엇이든 꾸준히 하는 사람을 볼 때면 흐뭇해졌다. 특히 일부는 나와 함께 감사의 글을 쓰며 하루를 시작한다. 내 삶의 변화는 내가 변하고자 마음먹은 그 순간부터 시작된다. 글쓰기보다 더 큰 자극제는 없다.

나는 드라마를 보면 잘 운다. 드라마에 나오는 주인공들의 삶이 마치 나의 이야기처럼 느껴졌기 때문이다. 특히 우는 장면이 나오면 100% 운다. 남편은 "또 눈 빨개진다"라며 놀려댄다. 예나 지금이나 드라마를 볼 때면 늘 그랬다. 글을 쓸 때도 나만의 단계가 있었다. 처음에는 막연히 글을 쓰다가도 이야기가 깊어지면 내용에 따라 울고 웃으면서 마무리는 중립으로 끝났다. 나 혼자만의 공간에서는 자유로우므로 행동의 제약을 받지 않아 내 감정에 더 솔직할 수 있었다. 울고 나면 내 눈은 항상 붓는다. 부어있는 내 눈은 드라마를 봤든지 글을 썼든지 둘 중에 하나다. 나는 하루에 글쓰기를 꼭 끝내야 하는 분량을 설정해 두었다. 마무리하지 못하면 설거지가 쌓이거나 집 안이 지저분해도 글을 마치고 나서야 후다닥 치운다. 나는 불량 엄마임이 틀림없다. 이런 나를 시어머니는 이해하지 못하신다. 그만큼 글쓰기가 좋다. 남편이 야근하는 날에는 보통 다음 날 아침 9시 반쯤 귀가한다. 딸이 보통 8시쯤 일어나는데 글쓰기가 마무리되지 않으면 10분이라도 딸아이가 놀 수 있게 만들어주고 나는 글을 마저 쓴다. 나는 '불량 엄마'다. 아이가 예전에 입던 옷을 보면 새삼 세월이 흘렀음이 느껴진다. 이번 명절에는 작년에 입었던 한복이 작다. 아이가 성장한 만큼 내 글도 성장했겠지. 평생 행복한 글을 쓰며 가족들과 건강하게 살다 가고 싶다. 글을 쓰면서 진정한 행복을 알게 되었다. 억만장자가 된다고 하더라도 글쓰기를 할 수 없다면 사양 하겠다. 나눌 수 있는 삶을 사는 지금의 내가 딱 좋다. 지금 행복하지 않으면 나중의 행복도 보장되지 않는다.

매일 아침 눈을 뜨면 무엇을 제일 먼저 하고 싶은가? 내 인생의 주인공인 '나'에 대한 글을 써보자. 부담가질 필요 없다. 한 줄로 시작하면 된다. 한 줄이 두 줄 되고 두 줄이 한 문단이 된다. 시작이 있으면 끝이 있는 법이다. 내가 행복한 삶, 내 일상을 지금 당장 적어보자.

내 삶의 소명을 찾다

　태어나서부터 자기가 갈 길은 정해져 있는 걸까? 내 인생에 대해 진지하게 생각하기 시작한 건 고등학교 시절부터다. 그 전까지는 친구들과 놀기 바빴다. 아르바이트도 했지만 뭔가 되고 싶거나 열심히 집중해서 한 일은 없었다. 경찰이 되고 싶다는 목표가 생긴 때부터 제복을 입은 내 모습을 수도 없이 상상했다. 작은 목표카드를 들고 다니면서 수시로 봤다. 종이에 적은 경찰이라는 목표를 이루었다. 내 목표는 거기까지였다. 경찰이 되어 지구대장, 주재관, 승진하고 싶다는 목표를 설정했지만 경찰이 된 순간 흐지부지되었다. 하는 업무에 밀려서 내 목표들은 바쁘지 않은 목표들로 둔갑해버렸다. 품고 있던 목표들이 완전히 사라지기 전 직장생활 4년 차에 시간 관리 도구인 바인더 사용법을 배웠다. 진지하게 내 평생계획을 다시 짜보고 한해를 계획하는 사람이 되었다. 올해 하고 싶은 일을 마인드맵으로 만들었다. 매년 상당 부분 내가 적은 목표를 달성했다. 종이에 적으니까 성과가 눈에 보였다. 그때부터 뭐든 더 열심히 적었다. 경찰에 처음 입문할 때 사람을 돕고 싶은 마음, 가치 있고 의미 있는 일에 대한 생각이 다시 찾아왔다. 그러던 중 글쓰기를 만났다. 온갖 글을 썼다. 하루를 시작하는 감사 글쓰기도 해보고 자기성찰을 돕는 필사도 해봤다. 글을 쓸수록 내 생각의 크기도 함께 자랐다. 글을 쓰면서 다양한 경험을 체험했고 귀한 인연을 만났다. 실천하는 글 쓰는 삶을 살았다. 수도 없이 나에게 물었다. "미옥아, 너는 왜 경찰 하니? 어떤 경찰이 되고 싶니? 내일 죽는다면 지금 무엇을 하고 싶니?" 바로 바로 답변을 줄 때도 있었지만 그렇지 않을 때도 있었다. 확실한 건 내가 그 생각을 놓지 않고 끊임없이 글을 썼을 때 항상 답은 찾아왔다.

직장생활 10년 동안 일에 미쳐본 적도 있었고 자기계발 한답시고 서울을 자주 오가기도 했다. 그 어떤 일도 글쓰기만큼 꾸준하고 열정적으로 한 것은 없었다. 밥을 건너뛰어도 잠을 줄여도 글 쓰는 삶이 좋았다. 허투루 보내는 시간이 없었다. 어떤 소재의 글을 쓸까 라든지 글쓰기 목표를 끊임없이 생각했다. 일상에서 내가 하는 모든 것은 글로 이어졌다. 만나는 사람, 보는 것, 듣는 것, 깨달은 것, 배운 것 모두가 내 글감이었다. 내 감정에 따라 내용은 천차만별 변했다. 나는 욕심이 많다. 하고 싶은 일도 많고 도전하고 싶은 것도 많다. 이 모든 게 내가 쓰는 글의 주제로 바뀌는 걸 보면 신기하다. 평범하게 쓴 글이 누군가에게 힘이 되어준다는 사실은 글쓰기에 더 많은 가치를 부여하고 열심히 하게 해준다. 삶의 무게에 지쳐 무너진 사람에게 다시 일어 설 수 있게 하는 글을 써보고 싶었다. 남편에게는 불운의 친구가 한 명 있다. 그 친구는 사건 사고를 몰고 다니는 사람이었다. 삼재도 아닌데 남들이 평생 겪기 힘들 법한 일을 자주 겪었다. 음주운전을 하다가 사고가 났는데 주차 중에 상대방이 신고해 뺑소

니범으로 몰리기도 하고 술을 먹는 자리에서 상대방이 술에 약을 타서 돈을 훔쳐가는 마취 강도도 당했다. 최근에는 부인을 잃었다. 불행은 거기서 끝나지 않았다. 지인에게 복부에 폭행을 당했는데 열 받아서 뺨 한 대 되받아 친 게 잘못되어 상대방은 뇌진탕 진단을 받고 치료 중이라고 한다. 불운의 친구에게 책 한 권 선물해 주었다. 책 표지에 이렇게 적혀 있었다. "누구나 인생에서 무너지는 날이 있습니다. 인생의 사막 한가운데서 그대로 주저앉거나 한없이 추락하고 좌절하고 싶을 때"라고 적힌 글귀를 보고 그만 눈물바다가 되어 버렸다. 남편의 친구를 보면서 나도 사람을 다시 일으켜 세울 수 있는 글을 쓰고 싶다는 생각을 하게 되었다.

글을 쓰는 작가로 인생을 살아간다면 어떨까 생각해 봤다. 삶의 끝자락, 죽음의 순간에서 생각해봤다. 내 묘비명을 만든다면 혹은 내가 내일 죽는다면 나는 무엇을 하고 싶은가? 오직 글쓰기였다. 처음에는 경찰을 그만두고 글을 써야만 하는 줄 알았다. 글을 쓰면서 내 진심을 알게 되었다. 좋아하는 게 한 개가 아니라 여러 개일 수도 있다는 내면의 말을 듣게 되었다. 쓸 수 있는데 왜 그렇게 어렵게만 생각했던 걸까. 오늘도 틈만 나면 글을 쓰고 글쓰기 관련 생각을 한다. 길을 걸어갈 때도 언제나 내 손에는 종이와 펜이 있다. 나는 준비된 작가다. 글을 쓰면서 여러 가지 상상을 하게 되었다. 나만의 글 쓰는 공간이 있었으면 좋겠다는 생각을 했다. 지금은 딱히 나만의 장소가 없다. 컴퓨터는 거실에 있어서 거실에서 쓰거나 종이로 쓸 때는 어디든지 앉으면 그게 내 자리였다. 또 하나 갖고 싶은 것 중의 하나가 사옥이다. 글 쓰는 작가들이 소통할 수 있는 공간이 있었으면 해서이다. 나를 통해 글쓰기의 꿈을 이룬 사람이 있기를 소망한다.

내 삶에 포기란 없다. 포기만 하지 않으면 무엇이든 이루어진다는 비밀을 잘 알고 있기 때문이다. 글을 쓰면서 나에 대한 신뢰가 확고해졌다. 나에 대한 믿음은 더욱 단단해졌다. 집안 곳곳에는 내가 지켜야 할 글귀들로 가득하다. 글에도 힘이 있다. 글로 남기면 눈에 보인다. 눈에 보이면 상상하게 된다. 이미지가 떠오른다. 때로는 인터넷을 활용해 이미지를 찾아보기도 한다. 내가 적은 글을 눈으로 자꾸 보면서 이미 이룬 내 모습을 상상한다. 그 상상은 곧 현실이 된다. 언제? 내가 포기하지 않는 한 이루어진다. 글쓰기를 평생 하고 싶다는 소망도 글을 쓰면서 찾게 되었다. 언제까지 글을 쓸까? 어떤 글이 좋을까 이런저런 물음에 스스로 답하는 과정에서 번뜩하면서 찾아왔다. 평생 쓰자! 덕분에 더 많이 상상하고 매일 글 쓰는 실천하는 삶을 살고 있다. 역시 눈에 보이는 목표는 실천이 빨라진다.

글을 쓰며 모은 수입은 귀한 곳에 쓰여야 한다. 귀하게 쓴 글처럼 가치 있게 써야 한다는 게 내 생각이다. 카이스트 배상민 교수님처럼 남다른 생각을 하는 사람이고 싶다. 더 많은 사람이 글쓰기를 통해 행복해질 수 있도록 문화를 만드는데 동참하고 싶다. 생각의 크기를 키우는 데 글쓰기만큼 좋은 도구는 없다. 단순하게 책을 내고 싶다는 생각에서 매일 글을 쓰는 삶을 살면서 소명을 찾았고 이제는 글쓰기 문화까지 바꾸겠다고 덤벼들고 있지 않은가! 이게 바로 내가 그렇게 찾고 싶어 했던 가치 있고 의미 있는 일이었다. 나의 작은 실천이 세상을 아름답고 행복하게 하는 데 동참할 수 있어 감사하다. 글은 혼자 쓰지만 절대 혼자가 아니다. 내 글은 나를 표현하는 또 다른 나다. 내 육체가 사라져도 세상에 내 글은 남아 있다. 수 천 년 전 성현들의 말씀이 동시대에 남아서 사람들에게 여전히 좋은 영향을 미치는 이유와도 같다. 나는 지금 나만의 역사를 쓰고 있다.

어릴 적 꿈은 가수였다. 재능이 있다기보다는 노래 부르고 춤추는 것을 좋아했다. 미국에서 살 때는 초등학교 학예전에서 HOT의 「캔디」 춤도 추고 발레 동작과 함께 「Man In Black」 공연도 했다. 피아노와 클라리넷도 배웠다. 한국에 있는 고등학교에서는 과감하게 백지영의 「데시」 춤도 췄다. 고등학교 때부터 경찰의 꿈을 꾸면서 사람을 돕자는 생각을 가지게 되었다. 내가 어떤 일을 할 수 있는지 잘 몰랐지만 옳다고 생각하는 길을 선택했고 그 길을 걸어갔다. 엄마가 돌아가시고 다시 한국으로 돌아왔을 때 나에게 한 다짐이 있었다. 반드시 성공해서 다시 뉴욕에 돌아가겠다고 말했다. 엄마 없이 컸지만 잘 컸다고 보여주겠다고 다짐했었다. 2013년 초겨울에 10년 만에 뉴욕을 다시 방문하게 되었다. 남편과 시어머니, 시삼촌과 함께 떠난 여행이었다. 나에게 한 다짐은 아직 때가 아님을 알 수 있었다. 브루클린 다리를 걸으며 다음번에 올 때는 반드시 나와 한 약속을 지키겠다며 다짐했다. 10년 후에 다시 뉴욕을 찾을 때는 웃으면서 내 삶의 소명을 찾아 잘살고 있다고 소리칠 것이다. 뉴욕아 고맙다! 글 쓰는 삶을 만나 내가 하고 싶은 일을 하며 누구보다 행복하게 살고 있다고 말해줄 것이다. 늘 뉴욕에서 잃은 것만 생각했다. 아니었다. 뉴욕에서의 내가 있었기에 지금의 내가 있다. 내가 겪은 시련은 나를 더 단단하게 끈기 있는 사람으로 만들어 주었다. 내가 가진 아픔의 크기만큼 나는 더 성장했고 강해졌다. 불행의 씨앗 뒤에는 늘 성공이 숨어있는 법이다. 행운이 찾아와도 너무 기뻐하지 말고 불행이 찾아와도 너무 슬퍼하지 말자.

　나만 잘살면 행복할까? 다른 사람의 삶의 이야기를 내 삶에 적용하며 실천하는 삶을 살았던 이유도 모두 내가 잘 되기 위해서였다. 직장에서 성과를 내서 인정을 받든 내가 자격증을 따든 내가 잘 되기 위함이었다. 그렇다고 누가 나에게 삿대질을 하거나 뭐라고 하는 사람은 없었다. 직장에서 나를 시기하는 사람이 있었다. 그와 관련해 지인에게 상담한 적이 있었다. 이외의 반응이 돌아왔다. 나를 시기하는 사람에게 모든 걸 나눠 주라고 했다. 나를 싫어하는 사람에게도 다 주라는 말이 역설처럼 들렸다. 그래도 설득력 있는 답변이었다. 내가 다 주고 그 사람들과 심지어 함께하라고 했다. 동료들과 경쟁하지 말고 모든 것을 퍼주라고 했다. 나의 경쟁 상대는 오로지 나라고 했다. 그 상담을 나눈 후부터 생각이 변했다. 조언대로 나는 그 동료에게 내 마음을 모두 주었다. 거짓말처럼 우리 사이는 짧은 시간에 좋아졌다. 동료의 존재 자체에 감사했다. 일상을 보내며 인연에 감사하기 시작하면서 내 마음속에 누군가를 미워하는 마음을 간직할 수가 없게 되었다. 나를 뒤에서 험담하는 동료에게 꽃을 선물한 적이 있었다. 대단한 발전이었다. 나눠 주는 삶을 살면서 「그럼에도 불구하고」 라는 시를 알게 되었다. 내가 하는 생각이 모두 그 시안에 담겨 있었다.

그때부터 나눠 주는 삶을 본격적으로 살게 되었다. 글을 쓰면서 나눔을 더욱 귀히 여기게 되었다. 친한 동생과 사이가 틀어진 일이 있었다. 그 친구는 마음 없는 사람처럼 내가 모든 사람에게 잘 해주는 게 이해가 되지 않는다고 했다. 이해가 안 될 법도 한 게 그 친구와 처음 만날 때와 1년 사이에 너무 다른 삶을 살고 있으니 말이다. 내가 변했듯이 사람은 변할 수 있다고 나는 믿는다. 글을 쓰지 않던 내가 글을 쓰면서 내 꿈을 찾아가고 있듯이 의지만 있으면 분명 글을 쓸 수 있다. 의지가 있는 사람들에게는 늘 기회가 찾아오기 마련이다.

언제 죽을지 모르는 삶을 살지만, 나에게는 명확한 중점 목표가 있다. 두 번의 죽음을 겪은 덕에 죽음에 대해 자주 생각하는 편이다. 죽음은 곧 삶을 의미한다. 삶은 내가 하고 싶은 게 있을 때 즐겁고 행복하다. 내가 하고 싶고 즐겁고 행복한 일은 나를 통해서 찾아야 한다. 그 어떤 것 중에서 나를 가장 빨리 확실하게 찾는 방법은 글쓰기뿐이었다. 글을 쓰면서 나와 대화하는 시간을 통해 내 삶을 되돌아볼 수도 있었고 현재의 나, 미래의 나도 바라볼 수 있었다. 글은 세상에 남는다. 사라지지 않는다. 내 머릿속에 든 생각을 글로 풀면 내가 원하는 것을 알아내어 실천으로 옮길 수 있다. 조금만 관심을 가지고 실천하면 된다. 어떤 글이든 나를 표현하는 글을 단 한 줄이라도 지금 당장 써보자. 한 줄로 시작한 글쓰기가 지금은 내 삶의 소명이 되었다. 글쓰기 없는 세상은 내가 없는 세상이다. 내 삶이 녹아진 글쓰기를 오늘 당장 시작해보자.

글을 쓰며 만난 인연들

평범한 일상이 완전히 바뀌었다. 평소 글을 쓰지 않던 나는 글을 쓰며 하루를 시작한다. 글은 종이에 쓰는 글과 컴퓨터로 타이핑할 때의 맛이 다르다. 컴퓨터로 타자를 칠 때는 내 생각을 빠르게 옮길 수 있는 장점이 있다. 종이에 적는 글은 느리지만 한 자 한 자 정성스레 적으면서 내 생각을 깊게 할 수 있는 장점이 있다. 두 가지 다 해보길 권한다. 자기에게 맞는 게 있다면 좀 더 그 방법으로 글을 쓰면 된다. 하루 중에 글을 쓴다면 새벽이나 아침 시간을 추천한다. 저자도 아침, 점심, 저녁 모두 다 써봤지만 새벽 시간에 쓰는 글이 더 집중할 수 있었고 짧은 시간에 비해 만족 되었다. 글은 내가 행복하기 위해서 쓰는 것인데 글 쓰는 시간 때문에 만족하지 않는다면 글 쓰는 시간을 나에게 맞게 바꿔 써보는 것도 하나의 방법이다. 꼭 새벽 시간만이 정답이 아니라는 말이다.

경찰관이다 보니 내가 만나는 사람들은 주로 경찰관이 대부분이다. 퇴근 후에도 소주 한잔 하는 사람들도 물론 동료들이 많다. 큰 주기로 보면 자기계발을 시작하기 전까지는 주로 같은 직업군에 있는 사람들을 만났다. 강연을 들으며 다른 지방에 있는 사람들과 소통하기 시작하면서부터 다양한 직업군을 만나게 되었다. 보험회사에 다니시는 분부터 대학생, 시청 공무원, 사업 하시는 분들까지 다양한 만남의 연속이었다. 글을 쓰면서 달라진 점이 있다면 직업을 갖고 있으면서도 작가로 활동하는 분들을 많이 만났다. 자기 분야에서 바쁘게 일을 하면서도 책을 집필하는 분들과 만남은 나에게 신선한 충격으로 다가왔다. 인생 멘토가 되어 달라고 들이댄 김승호 대표님도 「스노우폭스」를 운영하시는 최고경영자이시면서 책을 여러 권 내신 작가다. 뭔가를 하고 싶은 게 있으면 반대에도 무릎 쓰고 저질러버리는 습성이 있다. 남편은 제일 못마땅해하지만 나는 내가 가진 장점이라고 자부한다. 김승호 대표님을 만나 그분의 생각을 들어보고 싶다는 생각만을 가지고 그분의 책을 필사했다. 필사한 책을 우연히 보시게 되어 연락이 왔고 만나게 되었다. 작가가 되고 싶다고 김승호 대표님과 만난 자리에서 말씀을 드렸다. 여러 가지 조언을 해주셨다. 나만의 캐릭터를 찾으라고 하신 말이 가장 기억에 남는다. 지금은 매일 카톡 하는 사이라고 말할 정도로 편안한 경찰 제자가 되었다.

나의 관심사는 내가 만나는 사람을 보면 알 수 있다. 당신은 오늘 점심은 누구와 하였는가? 보통 점심 을 누구와 하였는지 보면 내 인맥을 알 수 있다. 글을 쓰면서부터 내가 만나는 사람들은 작가였다. 일하든 안 하든 상관없이 글 쓰는 사람들이었다. 나는 그 사람들 사이에서 황 작가라 불린다. 아직 책을 내지도 않았지만, 책을 쓰고 있는 사람도 작가라고 생각하는 사람들이었다. 경찰만이 나의 관심사였을 때는 내 주변에는 경찰관뿐이었다. 자기계발에 관심을 가지면서 아침을 일찍 여는 사람들과 에너지 넘치는 사람들로 가득해졌다. 이제는 글 쓰는 작가로 가득하다. 내가 어떤 분야에 관심을 가지는지에 따라 나의 인맥은 변화한다. 글 쓰는 사람들의 공통점은 작가가 되고 싶어 하는 마음이 있다는 것이다. 어떤 이는 그 마음을 실천으로 옮겨 책을 낸 사람들이다. 나도 그랬다. 퇴직할 때쯤 자서전 한 권 정도 내는 게 바람직하다고 생각했다. 글쓰기는 성공한 다음에 쓰는 줄만 알았다. 신임 경찰관일 때도 책을 내고 싶다는 마음만 가진 채 세월을 그냥 보냈다. 외사촌 언니에게 글을 써보라고 권유를 한 적이 있었다. 돌아오는 답은 늘 듣던 이야기였다. 아직 때가 이르다고 했다. 좀 더 성공하면 글을 쓰겠다고 했다. 나도 그랬다. 성공하고 나서 글을 쓰겠다는 생각이 바뀌게 된 계기도 매일 글을 꾸준히 쓰면서부터였다. 글을 쓰는 사람들과의 소통도 한몫했다. 소통하는 작가중에 베스트셀러 작가도 있지만 평범한 사람이 대부분이다. 집에서 아이를 키우며 작가가 된 사람도 있고 직장생활을 하며 시간을 쪼개어 글을 쓰는 사람도 많다. 글을 어렵게 생각할수록 더 멀게만 느껴졌다. 쉽게 생각하고 누구나 다 할 수 있다는 생각을 거듭할수록 글은 나처럼 평범한 사람이 쓰는 거라고 말하게 되었다. 직장에서는 '황 부장'으로 불리며 직장 밖에서는 '황 작가'로, 집에서는 '예빈 어멈'으로 불리는 3개의 인생을 살고 있다. 국어도 배운 적이 없는 내가 글을 쓰는데 누구나 글 쓰는 삶을 살 수 있다고 믿는다. 오래전 경찰공무원을 공부하며 국가 원수에서 원수의 뜻도 제대로 모르던 내가 지금 글을 쓴다. 마음 하나면 충분하다. 종이와 펜만 있으면 오케이! 나도 누군가에게 글 쓰는 삶을 선물해 주고 싶다. 나의 글로 인해 단 한 사람이라도 행복한 삶을 살 수 있다면 그보다 더 행복한 일이 어디 있겠는가.

강연장에서 저자의 강연을 들을 때면 책을 낸 작가의 모습으로 무대 위에서 강연하는 내 모습을 상상한다. 나도 할 수 있을까? 가까운 미래에 나도 사람들에게 글 쓰는 작가의 강연하는 모습을 담아 본다. 매일 글 쓰는 실천을 할수록 글쓰기와 관련된 인연들이 찾아왔다. 출간계획서 2개를 받아 책을 내보겠다며 혼자서 목차를 쓰고 지우던 시절부터 온라인 카페와 블로그 활동을 하며 글쓰기와 책 쓰기를 병행하는 삶을 사는 지금까지 만난 인연들을 말하라면 밤을 새워야 한다. 글을 쓰면서 한 분 한 분과 만남이 소중하다는 걸 느꼈다. 그냥 스쳐 지나갈 법한 인연도 계속 만남으로 이어갔다.

고등학교 3학년 때의 담임을 찾아간 적이 있었다. 한 참 글을 쓰고 있을 때였다. 정말 오랜만에 뵈러 갔다. 모교에 교감 선생님으로 계셨다. 학교를 졸업하고 보낸 세월만큼 선생님의 얼굴에도 주름이 가득했지만 하시는 말씀마다 교과서 내용처럼 피가 되고 살이 되는 주옥같은 말을 많이 해주셨다. 당시 나의 고민은 글을 쓰며 만난 사람들과의 관계였다. 만나는 사람 중에 마음이 맞고 좋은 사람들이 있는 반면에 그렇지 않은 사람도 있었다. 블로그나 지인의 소개로 글을 쓰며 알게 된 사람들을 만나면서 나의 시간을 무례하게 뺏는 사람들이 있었다. 어떻게 대처해야 할지를 잘 몰랐다. 본의 아니게 서운하게 대처한 분도 있었다. 모교의 담임선생님은 그런데도 불구하고 내가 나누고 베풀어야 한다고 말해주셨다.

얼마 전 지인에게 들은 말과 일맥상통하는 이야기였다. 관계에 있어서 甲이 되려면 내가 져야 한다고 했다. 이기려고 하면 똑같은 사람밖에 안 된다고 했다. 한 가지 사실을 깨우쳤다. 인생을 살면서 우리는 모든 관계에 엉켜있다. 사회생활을 하다 보면 일은 아무리 힘들어도 참아 낼 수 있지만, 사람과의 관계가 힘들면 버티기가 힘들다. 사회 초년생들은 그럴 때마다 이 직장은 나와 맞지 않는다며 떠나려고 한다. 나도 그런 적이 있었다. 사람과의 관계가 힘들 땐 내 경험상 글로 푸는 게 가장 좋았다. 친한 사람에게 털어놓으면 당시는 마음이 편할지 모르지만 세상에 비밀은 없다. 내 입에서 나온 말은 내가 불편해하는 상대방의 귀에까지 전해지는 대는 만 하루도 안 걸린다. 누구나 겪어 봤을 사람에 대한 험담은 끝이 없다. 험담을 즐기는 사람에게는 험담만이 되돌아올 수밖에 없다. 나도 험담을 많이 했었다. 누가 이랬고 저랬는데 싫다며 즐겨 말했다. 좋지 않은 에너지는 나를 더 지치게 했다. 글을 쓰면서 깨달았다. 관계개선에 있어서 글만큼 좋은 게 없다는 사실을. 나도 싫은 상사가 있었다. 상사가 하는 말에 상처받고 아파했다. 글을 쓰면서 내 마음을 중립에 둘 수 있었다. 그분은 그냥 나를 좋아하지 않는 부류의 사람이라고 여길 수 있게 되었다. 내 마음이 흔들리지 않고 자리를 잘 잡으니 만나는 사람에 대한 두려움이 사라졌다. 나에게 상처를 주는 사람들의 아픔도 견딜 만했다. 글로 풀면서 그 사람에 대한 상처를 같이 풀 수 있었다.

내 삶에 글쓰기는 연결고리 역할을 톡톡히 해주었다. 사람만큼 중요한 가치도 없다. 소중한 인연을 연결해 주는 데는 항상 글쓰기가 있었다. 매일 글을 쓰고 있었기에 사람들은 나를 글 쓰는 작가로 불러 주었다. 글쓰기는 내 삶을 이끌어주는 특별한 메신저이다. 글을 쓰며 실패와 좌절도 맛보았지만, 그 덕분에 여러 사람과의 인연을 만날 수 있었다. 실패의 절망보다 사람과의 인연의 힘이 더 크다. 내가 힘이 들 때 곁에 있어 준 사람은 단연 내 사람이다. 글을 쓰며 일상에 찾아온 힘겨운 일을 버텨내는 힘을 준 것도 내 곁에서 용기를 준 사람들 때문이었다. 새로운 만남으로 이어지는 인연들과 소중한 추억을 글쓰기와 이어가야 한다. 소중한 사람들과 추억이 담긴 글을 세상에 남겨보자. 단 한 줄이라도 지금, 이 순간 남기자.

제4장
글 쓰는 경찰

힘들고 어려운 직업

경찰 흉장을 찬지도 10년이 되었다. 막내였던 나는 이제는 후배들과 선배들 사이에서 허리 역할을 하는 중간이 되었다. 중간이 하는 일은 늘 티가 안 난다. 눈에 잘 보이지 않는 일을 도맡아 하지만 크게 빛이 바래는 업무가 없다. 글쓰기에 이어 책 쓰기를 시작한 시점에 나에게는 큰 변화가 있었다. 부서이동이 있었다. 10년 전 지구대에서 근무한 이후로 다시 지구대 근무를 시작하게 되었다. 하루 12시간 근무를 한다. 저녁 11시 전에 잠들어 4시에 기상했던 나는 바뀐 근무 스케줄에 적응해야 했다. 하루 12시간 야간근무를 하고 나면 다음 날이 되어도 회복이 잘 안 되었다. 아이를 돌보면서도 누울 자리만 보였다. 너무 피곤한 날은 시댁에 딸아이를 맡기고 오후 내내 자 버리기도 했다. 12시간 야간근무를 하면서 눈 뜨고 있기도 힘든데 신고 출동을 가야 했다. 2시간 근무가 끝나면 다른 순찰차로 바꿔 타고 예방 순찰도 돌고 신고접수도 처리한다. 순찰차를 탄 2명의 경찰관은 접수한 사건을 현장에서 완벽하게 처리해야 한다. 신고처리 외에도 부수적으로 처리해야 할 일들이 참 많다.

밤새워 일하기도 힘이 드는데 경찰관 월급을 누가 주냐며 윽박지르는 사람들을 만나면 회의가 든다. 그런 신고는 급하게 경찰의 도움을 요청하는 다른 시민의 신고에 지장을 준다. 불필요한 에너지를 소모한 날은 심적으로 정말 힘이 든다. 이런 소모를 다 하면서까지 경찰 일을 계속해야 할까? 라는 생각도 들었다. 나이 어린 사람이 나이 많으신 선배 경찰관에게 욕을 하는 모습을 볼 때면 정말 억장이 무너진다. 쉬운 직업이 아니다. 제복을 입고 순찰차를 탄다. 시민의 안전과 범죄 예방을 위한 순찰을 돌고 위험한 상황이 닥치면 재빨리 현장으로 출동해서 문제를 해결해주는 일을 지구대 경찰관이 한다. 내가 그 일을 하고 있다. 10년 전, 지구대에 첫 발령을 받아 여경 필요 없다며 출근하지 말라던 팀장님 밑에서 민원인이 소리 지르는데도 아무 소리도 못 하던 어리바리 황순경이 아니었다. 나는 글 쓰는 경찰이다. 근무가 마치면 글로 내 마음을 달래기도 하고 나의 부족한 점을 회상해보기도 한다. 마음이 울적한 일은 글로 정리하면 마음이 풀리기도 한다.

경찰관으로 근무하며 가장 힘들었을 때는 변사현장에 출동하는 일이었다. 아직 최근에는 목격하지 않았지만 10년 전 변사 사건 현장에 간 기억은 고스란히 남아 있다. 죽음의 현장에 나와야 하는 직업이다. 가족들의 아픔을 지켜봐야 한다. 나 또한 가족을 잃은 경험이 있기에 그 마음을 누구보다 잘 안다. 때로는 울지 말아야지 하면서도 눈물이 날 때가 있었다. 딱한 사정을 보면 더욱 그렇다. 폭력사건 현장에 가면 남자가 아닌 나는 상대적으로 긴장한다. 특히 여러 명이 싸우는 현장은 여자경찰관과 함께 현장에 간 남자 직원은 더 신경이 쓰이리라 생각된다. 경찰관이면 남자 여자 없이 똑같이 일해야 한다고 생각한다. 현장에서 나는 여자라는 생각을 버린다. 똑같이 대처해야 한다. 체력은 필수다. 운동은 매일 해야 한다. 운동하지 않으면 내가 제일 먼저 안다. 체력이 부족하면 야간근무도 버티기 힘들다. 남편도 같은 일을 한다. 부부 경찰인 우리는 같은 날 야간 근무가 있는 날이면 딸아이를 시어머니께 맡긴다. 늘 어머니께 미안하다. 몸이 편찮으실 때도 둘 다 근무라서 아이를 맡겨야 할 때면 정말 마음이 편치 않다.

　유치장에서 근무할 때의 일이다. 검찰청으로 이감되기 전에 경찰서 유치장에 머무를 때가 있다. 유치장 안에서 근무하는 나 또한 밖으로 내 마음대로 나갈 수 없었다. 밖에서 문을 열어 주지 않는 이상 갇힌 삶을 살았다. 유치인과 나와 다른 점은 유치장 안에서 행동이 자유롭다는 것이었다. 인생의 뒤편으로 보내질 사람들과 잠깐 생활한 경험은 특별한 경험이었다. 여자 유치인이 오면 유치장에 들어가기 전에 여자 경찰관이 수색한다. 위험한 물건을 소지하고 있는지 확인을 해야 한다. 유치인의 귀중품과 돈은 따로 받아 보관해 둔다. 유치인이 주로 하는 일은 텔레비전을 보는 게 거의 다. 가족이나 지인이 면회를 오면 경찰관 입회하에 대화를 나눈다. 유치장 안에 있는 유치인이 걱정돼 펑펑 우시는 분들부터 욕설하는 가족까지 참 다양하다. 유치장 안에서 근무를 하는 동안 휴대폰을 들고 들어갈 수가 없다. 화장실도 유치장 안에 있는 곳을 사용한다. 유일하게 밖에 나갈 수 있는 시간은 밥 먹는 시간과 출퇴근 시간이었다. 근무하는 나도 불편한데 낯선 곳에 온 유치인의 마음은 어떨까? 나쁜 짓은 하지 말아야 한다는 생각과 여러 가지 생각이 교차했다. 내가 바라본 유치인의 삶은 좋지 않았다. 힘이 들어도 세상 밖이 좋다. 마음껏 돌아다니고 제약 없는 삶이 최고다. 어린 학생이 유치장에서 생활하게 되었다. 심심해하던 남학생에게 책을 한 권 주었다. 내가 출퇴근 때 읽던 책이었다. 책 맨 뒷장에 책을 읽고 난 소감을 적어달라고 부탁했는데 반성하는 글이 적혀 있었다. 유치장은 내가 한 잘못의 심판을 받는 곳 같았다. 반성의 시간을 가지라고 행동의 제약을 두는 곳처럼 느껴졌다. 나는 뭘 잘못해서 여기서 근무를 하는 거지? 라는 엉뚱한 생각이 들었지만 짧지만 유치장 내에서 근무하는 동안 충분히 내 삶을 되돌아볼 수 있었다.

고객 만족을 넘어 감동을 주는 경찰이 존재하는 시대다. 고객은 두 종류가 있다. 내부고객과 외부 고객. 외부 고객은 현장에서 만나는 국민이다. 국민이 위험한 순간에 도움을 주고 위험한 일이 발생하지 않도록 사전에 범죄 예방을 하는 것이 경찰의 역할이다. 경찰관이 국민에게 친절한 서비스와 만족하는 고객 서비스를 전해 주기 위해서는 내부고객 만족이 우선 되어야 한다. 경찰관이 행복해야 국민도 행복하다. 경찰관의 근무여건이나 환경 개선 등은 내가 할 수 있는 일이 아니었다. "그럼 내가 할 수 있는 일이 뭘까?"에서 출발했다. 글을 쓰며 나의 행복을 찾았듯이 글 쓰는 경찰이 많아졌으면 좋겠다고 생각했다. 이건 내가 할 수 있는 일이었다. 매년 책을 내면서 글 쓰는 실천하는 삶을 보여준다면 분명 나를 통해 글을 쓰고 싶은 경찰관이 있겠다는 생각이 들었다. 야간근무를 하며 잠이 부족한 상태에서 육아하며 시간을 쪼개고 쪼개서 글쓰기를 이어갔다. 분명 글 쓰는 경찰관은 늘어날 거라는 믿음으로 글을 썼다. 행복한 글쓰기는 바로 이런 게 아닐까.

출근하면 제복을 입고 수갑과 권총 등 경찰 장구를 몸에 지니고 근무를 시작한다. 죽은 사람을 잡아가는 사람은 저승사자이고 산사람을 잡아가는 사람은 경찰이라며 팔자가 샌 사람들이 하는 일이라며 말을 한다. 그래도 나는 경찰인 내가 좋다. 사람을 도울 때 느끼는 그 감정이 좋다. 911테러 현장에서 구조의 도움이 필요한 사람의 생명을 구하는 경찰관과 소방관을 보면서 의미 있고 가치 있는 일을 막연히 하고 싶어 했던 고등학생의 나는 지금 그 일을 하고 있다. 그토록 갈망하던 직업을 가진 채 살고 있다. 내가 경찰을 하는 이유를 잊지 말아야 한다. 그걸 잊는 순간 나는 이 직을 떠나야 한다. 일하다 보면 경찰관 사망 소식을 가끔 접한다. 함께 일하던 동료와의 이별은 내 가족을 잃은 것처럼 마음이 아프다. 형사과에서 근무하셨던 선배님 한 분이 몇 년 전 돌아가신 일이 있었다. 돌아가시기 전날 나에게 전화가 왔었다. 어제 통화를 했던 분이 이 세상에 없다고 생각하니 믿어지지 않았다. 남의 일이 아니었다. 과로로 쓰러진 선배님을 보면서 많은 생각이 들었다. 동료의 가족이 돌아가셔서 찾아가는 장례식장도 마음이 무겁긴 마찬가지다. 사람을 돕는 직업이지만 내 동료를 돕지 못한 마음에 참 아프다. 경찰관은 퇴직한 후에도 평균 수명이 70세도 안 된다. 소방관 다음으로 평균 수명이 낮다. 잦은 야간근무와 스트레스의 원인이 그 이유이다. 직장 게시판에 부고의 글이 올라오면 심장이 쿵쿵 뛴다. 부디 내가 아는 사람이 아니길 바라며 문서를 열어본다. 10년 동안 아직은 장례식장보다 동료의 결혼식이나 돌잔치 참석 횟수가 많은 편이었다. 나이가 들면서 점점 그 반대가 되는 삶을 살게 되겠지만 내 곁에 함께 근무하는 동료에게 힘이 되어 주고 싶다. 사과 한 쪽을 먹어도 함께 나눠 먹고 힘든 상황은 함께 헤쳐 나가는 삶을 살길 바란다. 나만 행복한 세상은 재미없다. 내 동료가 행복하면 나도 행복하다. 또 하나의 경찰 가족이다. 내 얼굴에 주름살이 늘고 흰머리가 하나씩 늘어갈 때마다 힘이 되어준 동료들을 도우며 사는 삶이 멋진 삶이다. 어렵게 생각할 필요도 없다. 내 가족이라고 생각하고 정답게 대하고 아낌없이 주면 된다. 힘든 근무 환경 속에서 동료애만큼 힘이 되어 주는 건 없었다.

9년 전쯤 일이다. 어리바리 황 순경 시절 지구대에서 112신고를 접수 받았다. 범인이 칼을 들고 있다는 신고였다. 나와 같이 현장으로 가고 있던 선배님은 운전하시고 나는 신고자와 통화를 했다. 무전기에 대고 말을 하기만 하면 평소보다 사투리가 더 튀어나왔던 나는 신고자와 통화 한 내용을 사투리로 무전기에 대고 상황실에 전파하고 있었다. 칼을 들고 있다는 말을 들은 상황실에서는 신고처리를 하고 있지 않은 순찰차는 지원을 가라는 무전을 바로 내렸다. 현장에 도착해 순찰차에서 내렸다. 선배님은 트렁크를 여시고는 방패와 봉을 챙기셨다. 지하로 내려가려는 순간 3대의 순찰차가 도착했다. 우리가 걱정되었던 모양이다. 장비를 챙겨서 현장으로 내려갔다. 생각하던 심각한 상황은 다행히 아니었다. 마무리하고 건물 밖으로 나오는데 순찰차 한 대가 재빨리 도착했다. 최 반장님이 차에서 내리더니 오다가 교통사고 난 차를 처리하고 오느라고 늦었다며 다친 데 없냐고 물으셨다. 현장에서는 나와 함께 근무하는 동료가 내 빽이다. 가슴이 먹먹했다.

현장에서 근무하다 보면 다치는 일도 더러 있었다. 폭력현장에서 싸움을 말리다가 손목을 삐끗한 적도 있었고 날아오는 휴대폰이나 물건을 아슬아슬하게 피한 적도 있었다. 음주단속을 하는 경찰관에게 단속 안 되려고 도망가는 차와 아찔한 상황도 가끔 목격했다. 내 몸은 내 것이 아니다. 항시 조심해야 한다. 늘 위험한 순간은 도사리고 있지만 잘 대처해야 한다. 한 해 두 해 경험이 쌓이면서 융통성이 쌓인 모양이다. 대처능력도 좋아지고 순발력도 생겼다. 경찰관은 연예인이다. 제복을 입은 공인으로서 시민들의 다양한 도움 요청에 재빨리 도움을 드려야 한다. 여러 가지 일에 능해야 한다. 10년이라는 세월 동안 5개의 부서에서 일했다. 업무도 배웠지만, 사람과의 관계 면에서 많은 성장이 있었다. 직업 특성상 사람 만나는 게 일이었다. 인간관계를 두려워하지 말자. 만나는 사람들을 모두 내 가족처럼 대하도록 노력해보자. 대가 없이 나누는 삶은 인생에 풍요를 가져다준다.

글 쓰는 경찰, 이게 내 직업이다. 글 쓰는 경찰이 많아지는 세상을 꿈꾼다. 한 줄이라도 글쓰기를 시작하길 바란다. 내 마음을 편하게 해주고 마음을 중립에 둘 수 있는 길은 오직 글쓰기다. 글쓰기를 통해 상처와 아픔을 치유하고 새로운 삶을 살아갈 경찰관들의 삶을 기대해본다. 단 한 명의 경찰관이라도 행복한 글 쓰는 삶을 위해서 나는 오늘도 글을 쓴다. 힘들고 어려운 직업인 만큼 글쓰기로 내 삶을 특별하게 만들어보자. 지금 당장 한 줄의 글쓰기로 내 삶의 변화를 시작해보자.

상처와 아픔을 안고
살아가는 사람들

경찰관이라는 직업은 상처와 아픔이 많은 사람을 자주 만난다. 내가 도움을 줄 수 없을 때도 있었다. 상처를 입은 사람들의 말을 공감하며 들어 주는 것이 전부일 때도 있었다. 제복을 입은 경찰은 내가 가진 상처보다 사람들의 아픔을 알아주고 품어줄 수 있는 바다 같은 넓은 마음을 가져야 한다. 저마다 사연이 다 있다. 내가 근무하는 곳은 경사진 곳이 많고 주택들이 옹기종기 붙어 있다. 원룸도 많다. 양옆에 주차된 차로 인해 아주 좁은 도로가 대부분이다. 차가 반대쪽에서 오면 한쪽으로 바짝 붙어야 통행이 가능할 정도다. 열약해 보이지만 이곳이 내가 생활하는 공간이다. 이곳에 사는 주민들의 안전을 위해 밤낮으로 일한다. 범죄 예방을 위해 순찰을 돌고 주민들의 불편을 해결해 주기 위해 112 신고 사건을 처리한다. 경찰은 보통 사람들이 쉬는 휴일이나 공휴일, 명절 같은 날에는 일해야 해서 가족들과 보내지 못할 때가 많았다. 장손 며느리인 나는 집안 행사에 참석하지 못할 때가 많다. 직업 특성상 가족들의 이해가 있어 지금까지 잘 지내고 있음에 감사하다.

가정폭력전담경찰관으로 근무할 때의 일이다. 내가 하는 일은 매일 아침 상담일지를 기록해가며 전화 상담을 하는 것부터 일과가 시작된다. 하루에 수십 통의 전화 상담이 진행된다. 필요하면 집에 방문하거나 경찰서에서 만나 필요한 상담을 이어간다. 2년 가까이 가정폭력전담경찰관으로 근무하면서 정성을 다했다. 내 일처럼 한 마디 한 마디에 귀를 기울였다. 10명의 피해자가 있다면 9명은 처벌을 원치 않았다. 경찰관에게 하소연하는 것만으로도 만족한다고 했다. 자식이 있다는 이유로, 불쌍하다는 이유로 폭력을 행사하는 남편을 떠나지 못했다. 나이가 많으신 분이 많았다. 자식 같은 나에게 속에 있는 말을 꺼내시면서 목 놓아 우시기도 했다. 나를 경찰관으로 받아들여 주신 것이다. 개인적인 가정사를 경찰관에게 털어놓기가 쉽지 않다. 처음 상담하게 되면 보통 한 시간은 기본이다. 여러 사람과 통화하다 보면 헷갈릴 수 있으니 상담일지에 꼼꼼하게 잘 기록해 두어야 한다. 전문 상담이 계속해서 필요한 분은 상담소에 연계해 드리기도 하고 알코올 치료가 필요한 남편도 설득해서 해당 기관에 연계해 치료를 이어가는 방법으로 근본적인 해결을 위해 노력했다. 제일 기억에 남는 사건이 있었다. 폭력을 당하는 어머니의 딸아이가 경찰관의 꿈을 가지고 있었다. 그 아이에게 뭔가 도움을 주고 싶었다. 명예 경찰소년단원에서 활동할 수 있게 도와주고 집에도 몇 차례 방문해 만나기도 했다. 가정의 아픔으로 인해 한 아이의 꿈이 꺾어지지 않기를 진심으로 바랐다. 한번은 필리핀 국적인 외국인 여성이 한국인 남편과 살고 있었는데 계속되는 폭행으로 경찰에 도움을 요청한 사건이었다. 한국말이 서툴러 영어로 소통하면서 상담을 하게 되었다. 공장에 다니며 아들이 하나 있다는 사실을 알게 되었다. 나이 차이도 크게 나는 남편이 술만 먹으면 행패를 부리고 폭행을 하였다. 관내 다문화시설에 연계해 도움을 받을 수 있게 해드렸다. 폭력으로 마음의 상처를 입은 사람들은 그 아픔을 안고 살아간다. 폭력을 행사한 당사자보다 더 큰 피해를 본다. 경찰은 국민의 마음까지도 치료해 주어야 한다.

상처와 아픔은 다양하다. 가족을 잃은 아픔, 빚으로 인한 상처, 가족의 폭력 행사, 학교폭력, 성폭력. 법집행을 하는 경찰이지만 사람들을 만날 때 법은 최후의 선택이다. 법의 잣대를 대기 전에 해결할 수 있는 건 해결하고 안 될 경우에 법을 집행하는 게 순리에 맞다. 모든 일에 법부터 갖다 댄다면 삭막한 세상이 되어 버린다. 그렇다고 법을 집행하지 않겠다는 말이 아니다. 모든 일에 똑같은 정답은 없다. 상황판단을 잘해서 그에 맞는 답을 내려야 한다.

친한 동생 중에 아픔이 많은 친구가 있다. 이 친구의 아픔은 불합격의 아픔이었다. 5년 넘게 경찰 공부를 했다. 주변에 군대 가는 사람을 보더니 갑자기 군대에 가겠다고 했다. 5년 가까이 하던 공부가 아까워 말렸지만 소용없었다. 이미 공군으로 가기로 마음먹었던 터라 마음이 바뀌지 않았다. 그 친구는 공군에 입대했다. 군대에서 지금의 남편을 만나 잘 사는 줄 알았다. 결혼하고 아이를 출산하고 느닷없이 군대를 제대하고 경찰 공부를 다시 시작하고 있단다. 20대도 아닌 30대 중반으로 접어드는 나이에 다시 예전 모습으로 돌아온 동생이 이해가 되지 않았다. 아이를 키우면서 공부하기는 좀처럼 쉽지 않다. 공부만 해도 합격하기 힘든데 아이를 키우면서 피나는 노력 없이는 불가능한 도전이었다. 공부를 그만두라고 했다. 잔인하게 말했다. 동생은 펑펑 울었다. 내가 봐온 동생의 일상은 수험생이라고 하기에는 형편없었다. 차라리 아이만을 잘 키우는 게 낫겠다는 생각에서 큰맘 먹고 얘기했다. 결론적으로 말하자면 절실하게 잘 공부하고 있다. 불합격의 아픔을 안고 살아가고 있지만, 제복을 입고 중앙경찰학교에서 모습을 상상하며 열심히 공부 중이다. 예전에 같이 공부하던 지인 중에도 비슷한 환경에서 공부하던 사람이 있었다. 두 아이를 출산하고 어느 정도 키우다 어린이집에 보낸 시간을 활용해서 공부했는데 경찰에 합격했다. 합격한 언니를 보면서 군대 제대를 하고 경찰 공부를 다시 시작한 동생은 자신감을 가졌다.

아픔을 곱씹으며 우울해하며 지내는 사람도 있지만 아프지만 아픔을 딛고 일어나려는 사람도 있다. 후자의 삶을 사는 사람들은 눈빛이 다르다. 내가 가진 상처는 털어내고 싶다고 해서 바로 털어 내지지 않는다. 억지로 털어내려 하지 않아도 때가 되면 저절로 치유된다. 그때까지 내가 해야 할 일에 몰두하며 지내다 보면 어느새 아픔은 잊힐 것이다. 제일 좋은 방법은 글을 써보는 거다. 내 마음속에 응어리로 가득 찼던 일을 세월에 맡기지 말고 푸는 방법은 글을 쓰면 된다. 내 아픔은 무엇인지, 어디서 찾아 왔는지 계속 써보는 거다. 어떨 때 아픈지 누구 때문에 아픈지 내 속마음을 들여다보며 글을 쓰다 보면 내 진심을 알게 된다. 시간이 필요한 것인지 마음가짐으로 한 방에 날려 보낼 수 있는 아픔인지 분간이 가능해진다.

나는 내 아픔을 글로 써보면서 내 상처가 치유 가능하다고 판단했다. 엄마에 대한 원망과 죽음의 공포는 늘 나를 괴롭혔다고 생각했지만, 그 반대였다. 나는 누구보다 강한 사람이었다. 내가 아는 것보다 큰 사람이었다. 글을 쓰면서 깨달았다. 내가 가진 아픔은 제때 풀지 못해서 쌓여서 고인 것이었다. 상처는 제때 풀어줘야 한다. 쌓이면 더 아프다. 마음속에 담아두기보다 글로서 내 마음을 전부 오픈시키는 방법이 좋다. 다 비워 낼 때 내 마음은 평온해진다. 비워둔 곳에 좋은 일 행복한 일로 가득 채우면 된다. 글을 쓰며 나의 상처와 아픔을 덜어냈고 지금 내가 가지고 있는 건 행복, 사랑, 감사함으로 가득하다.

내가 가진 상처가 제일 힘들고 아프다고 생각하기 마련이다. 나도 그랬다. 초등학교 6학년 때 엄마가 아프다는 이유로 친구 중에서 내가 가장 불행하다고 생각했다. 엄마가 병원에서 항암 치료를 받으며 병과 싸우고 있을 때 한국이 친구들 사이에서 왕따 취급을 받을 때였다. 나를 보면 손가락질하고 째려보는 행위 자체가 상처였다. 이유도 황당했다. 그냥 내가 싫단다. 내가 하는 모든 게 싫단다. 미국인 담임선생님은 학교폭력에 대해서 모르고 계셨지만, 엄마가 아프다는 사실은 알고 계셨다. 수업시간에 아무런 이유 없이 눈물을 흘리는 나를 챙겨 주셨다. 수업 중간에라도 어느 때라도 학교 상담 선생님과 상담할 수 있게 배려해 주셨다. 그 선생님의 이름은 미스 패노(Ms. Panno). 나의 상처를 지나쳐 버리지 않고 챙겨주신 선생님이 성인이 다 된 지금도 기억 속에 남아 있다. 나도 미스 패노처럼 내가 만나는 사람 중에 상처를 입은 사람들에게 마음으로 다가간다면 진심은 통하리라 믿는다.

엄마의 죽음은 나에게 많은 영향을 미쳤다. 어린아이가 죽음을 자주 생각해 보는 결과를 안겨주었다. 저 세상은 어떨까? 죽는 순간에는 아플까? 죽으면 내 생각은 어디로 갈까? 이런 이상한 질문을 나에게 자주 했다. 우울했다. 내가 찍은 사진을 보면 알 수 있다. 내 입꼬리는 내려가 있었다. 검은색 옷을 주로 입었다. 어두운색 옷을 입고 입꼬리가 처진 사람이 나였다. 술도 일찍 배웠다. 술을 먹으면 멍한 상태가 좋아 자주 먹었다. 내가 닥친 현실을 잠시나마 잊을 수 있어 좋았다. 그렇다고 내가 가진 상처가 사라지지도 않았다. 더 골이 깊어졌다. 글을 쓰면서 내가 가진 모든 상처를 건드렸다. 다시 불러내서 나에게 묻고 답하는 방식이 이어졌다. 최대한 솔직하게 드러내니 그 당시의 아픔이 되살아 나는 것만 같았다. 내 입밖에 왕따를 당했다는 이야기를 한 번도 한 적이 없었다. 글로 여러 번 풀어내고 나니 아무렇지도 않았다. '과거의 나'로 인정해 버리니 부끄럽지도 쪽팔리지도 않았다. 자기검열을 하면서 쓴 글이 아니다 보니 내 감정에 충실할 수 있었다. 상처는 모두 밖으로 드러내야 한다. 들어낼수록 치유도 빠르다. 남들의 시선이 두려워 가둬 둘수록 진정한 내 감정에 충실하지 못한다. 타인에게 비치는 삶을 살 게 될 뿐이다. 진정한 나는 모든 것을 인정하는 나이다. 부끄러운 나의 모습도 나의 일부다. 그것을 인정하는 순간 나에게는 평온이 찾아왔다. 글쓰기의 힘은 위대했다.

글을 쓰며 내가 가진 상처와 아픔을 스스로 치유했다. 사람들에게 나는 이렇게 아프다'라고 털어놓았을 때보다 치유는 빨랐다. 내가 나를 사랑하는 방법 중에 글쓰기만큼 좋은 방법은 없었다. 내가 만나는 사람들에게 아플수록 글을 써보라고 권하고 싶다. 단 한 줄이라도 말이다. 내가 가진 상처를 줄이는 데 이만한 약도 없다.

함께하는 가족들

가족은 내가 살아 숨 쉬고 열심히 일하는 이유다. 남편이자 우리 집 가장은 책임감으로 두 어깨가 무겁다고 한다. 결혼 전에는 자기 하나만 건사하면 되었는데 결혼 후에는 아내에 처자식까지 생기니 마음가짐이 다르다고 했다. 나는 고민이 생기면 제일 먼저 남편과 의논한다. 가장 든든한 내 편이지만 남편은 조건 없는 내 편은 아니다. 아니면 아니라고 말해준다. 내 마음 편하여지라고 위해준다고 하는 말보다 쓰지만, 객관적인 눈으로 바라봐주는 남편이 좋을 때가 더 많다. 나는 결혼한 후에도 내가 하고 싶은 것을 거의 다 하면서 살았다. 돌이켜 보면 남편은 늘 나를 배려해 준다고 본인이 하고 싶은 일이 있어도 하고 싶다는 말도 꺼내지도 못하면서 살았다. 유일하게 주짓수를 한동안 배우러 다녔는데 그것마저도 내가 출산을 하면서 못 가게 되었다.

최근에 남편에게 하고 싶은 게 있냐고 물은 적이 있었다. 기타를 배우고 싶단다. 남편은 지금도 망설이고 있다. 가장은 자기가 하고 싶은 것보다 가족이 필요한 게 뭔지를 먼저 생각한다. 제일 가까운 사이가 부부지만 남편은 나보다 한 참 어른이다.

남편의 배려로 새벽 시간은 오직 내 시간이다. 남편이 집에 있는 날은 딸아이가 자다가 뒤척이거나 잠에서 깨면 나를 부르는 대신 직접 해결한다. 남편의 배려 덕에 1년 넘게 집중하며 새벽 시간에 글을 쓰고 있다. 남편과 내가 일을 갈 때면 시어머니가 딸을 맡아 돌봐주신다. 가족의 사랑은 말하지 않아도 마음으로 안다. 내가 얼마나 사랑받고 있는지 안다. 시어머니께 애살스럽게 하면 좋으련만. 나는 그런 성격의 소유자가 되지 못한다. "어머니~~"하면서 콧소리를 내면서 드라마에서 나올법한 장면 연출이 안 된다. 내가 택한 방법은 자주 말하기다. 애살스럽게 안 되면 말이라도 계속하자! 나만의 대체 방법이 되었다.

가족이라는 울타리 안에서 나는 아내이자 엄마다. 부족하지만 그게 내 역할이다. 결혼은 일찍 했지만, 딸을 늦게 가졌다. 5년 만에 가져 6년 만에 찾아온 아이는 우리에게 선물 그 이상이었다. 모든 게 신기했다. 서툴렀지만 웃음과 행복을 주는 아이의 존재는 내 전부가 되었다. 출근해서도 마음 상하는 일이 있어도 아이 사진 한 장만으로도 다시 기분이 좋아지기도 했다. 아이는 나에게 애틋했다. 임신 21주차에 교통사고를 당해 반복되는 입원과 약물치료로 마음 졸이며 낳은 아이였기에 더 애착이 가는 줄 모르겠다. 임신 기간 절반 이상을 누워서 지냈다. 시어머니가 차려 주시는 밥상을 받아먹으며 요양하며 지냈다. 그런 아이가 지금은 20개월이 되어 곧 있으면 어린이집에 간다. 아이 곁에서 글을 쓰면 나를 따라 종이에 색연필로 낙서하기도 한다. 남편과 나는 아이의 말 한마디에 울고 웃는다. 집을 둘러보면 장난감에 책에 절반은 아이 물건으로 가득하다. 새삼 내가 지금 행복하다는 생각이 절로 든다.

직장에 가면 동료는 또 다른 가족이다. 집에서 가족과 지내는 시간만큼이나 함께 보내는 시간이 많다. 내가 소속한 지구대 우리 팀에는 9명이 함께 근무한다. 나이도 천차만별이다. 쉰이 넘으신 선배님부터 이십 대 중반인 신임경찰관까지 연령 때도 다양하다. 하루 12시간씩 근무하면서 서로에 대해 알아가고 있다. 무엇을 좋아하는지 어떤 취미를 가졌는지 서서히 알아 가는 재미도 있다. 등산을 즐기시는 팀장님을 비롯하여 조경에 조예가 깊으신 부 팀장님, 낚시를 즐기시는 선배님, 다년간의 교통부서 경험으로 교통전문가인 선배님도 계시고 사격 마스터로 활동하시는 선배님 그리고 젊고 패기 넘치는 후배 2명과 근무한다. 모든 외국인은 내 몫이다. 부족한 부분이 있으면 서로 도우면서 가족처럼 근무한다.

나에게 가족이란 의미는 특별하다. 엄마가 돌아가신 후 정상적인 가정이 아닌 고모와 할머니 품에서 컸다. 엄마가 살아 계실 때는 학교 행사에 일한다고 바빠서 오시지 못해도 괜찮았다. 엄마가 이 세상에 계시지 않을 때는 나와 다른 친구들의 삶을 비교하기 시작했다. 왜 친구들의 삶과 다르게 살아야 하냐고 원망했었고 나도 사랑받고 평범한 가정에서 살고 싶다는 생각을 수도 없이 했다. 낯선 땅 미국에서 가족에 대한 집착은 엄청났다. 26살에 결혼을 빨리한 이유도 제대로 된 가정을 꾸리고 싶은 욕심도 있었다. 어릴 때 받지 못한 가족에 대한 사랑을 늦게나마 느껴보고 싶었다. 사랑하는 사람을 한 명만 이 세상에서 제거해보자. 다시는 그 사람을 보지도 못하고 만지지도 못하고 말을 걸 수도 없다. 어떤가? 마음이 아프지 않은가? 내 기분이 그랬다. 엄마가 아플 때도 엄마가 내 곁에서 사라진다는 생각을 단 한 번도 한 적이 없었다. 엄마라는 존재가 갑자기 사라졌을 때의 그 고통은 뭐라고 표현해야 할까? 하늘이 무너졌다고 해야 할까. 너무 아팠다. 낯선 땅 뉴욕에서 때로는 친구처럼 전적으로 의지하던 엄마가 사라졌을 때의 느낌. 내가 가진 모든 것을 잃은 기분이었다. 아무렇지 않은 척 잊고 지낼 수가 없었다. 뭘 해도 힘이 나지 않았다. 엄마를 그리워하면서 세월만 보냈다. 한국으로 돌아와 15년을 보내면서 가족이라는 울타리는 탄탄해졌다. 엄마는 안 계시지만 엄마의 빈자리에 고모와 시어머니가 계신다. 정이 많고 든든한 가족이 생긴 한국에서의 삶이 나는 더 좋다. 글을 쓰면서 가족에 대한 고마움을 더 깊이 알아 갈 수 있었다. 내 곁에 있는 가까운 사람일수록 잘 못 챙기기 마련이다. 내 분신인 가족에게 더 잘해야 한다.

가족을 떠올리면 내 입가에는 미소가 머문다. 행복한 추억들이 떠오르기 때문이다. 예전의 암울한 기억들은 글로 치유했다. 내 마음속에는 딸아이가 활짝 웃는 모습과 가족들과 맛있는 음식을 먹으며 웃고 떠드는 모습들로 가득하다. 그렇게 좋은 가족들과도 다투기도 한다. 부부싸움은 칼로 물 베기라지만 그분은 찾아오신다. 서로에 대해 누구보다 더 잘 알기에 아픔을 주는 법도 잘 안다. 화가 나면 서로 싫어하는 부분을 건드린다. 잔인하다. 가족과 다투면 상처가 깊어진다. 살면서 다투지 않고 사는 방법은 없다. 가끔 다투지 않고 사는 사람도 있다고 하지만 우리 집은 그렇지 않다. 다툼의 횟수를 줄이는데 좋은 방법은 솔직한 마음을 표현하면 좋다. 나는 내 기분을 솔직하게 표현하는 편이다. 기분 나쁘면 나쁘다, 좋으면 좋다고 말한다. 때로는 내 마음을 글로 표현한다. 이게 더 먹힐 때가 있다.

어릴 때 부모님과 여행을 다닌 적이 거의 없었다. 아빠는 장사하셨고 엄마도 일하셨다. 간 곳이라고는 어린이 대공원이나 큰집이 있는 서울 근처뿐이었다. 시어머니, 남편, 시삼촌과 뉴욕 여행을 다녀왔다. 10년 만에 뉴욕을 다시 방문했다. 존 에프 케네디 공항에 도착했을 때의 느낌은 또 달랐다. 1994년 이민 가방 6개 들고 뉴욕에 처음 왔을 때가 떠올랐다. 그때는 초등학생인 어린아이였던 내가 어느덧 성인이 되어 결혼하고 온 것이다. 감회가 새로웠다.

맨해튼에 있는 호텔에 묵었다. 일주일 여행 중에 주식은 거의 빵이었다. 어머니를 모시고 매번 빵을 먹고 지하철을 주로 타고 이동했다. 추운 겨울이었다. 1월. 힘들다고 투덜거리실 법도 한데 어머니는 힘들다는 말 한마디도 하지 않으셨다. 어머니가 가방에 챙겨 오신 더덕 반찬과 우리가 챙겨온 사리 곰탕과 다른 컵라면을 아침마다 먹었다. 집이 아닌 곳에서 먹는 라면 맛은 꿀맛이었다. 남편과 함께 친정엄마와 살던 곳도 둘러보고 아플 때 있던 병원에도 가봤다. 내가 다니던 초 중 고등학교를 모두 방문했다. 변함이 없었다. 한국처럼 바쁠 거 없이 평온했다. 가족들과 함께 브루클린으로 이동해서 맨해튼 방면을 향해 브루클린 다리를 걸었다. 다리를 걸으며 나는 십 년 후에 더 좋은 모습으로 뉴욕에 다시 오겠다며 다짐했다. 9·11 테러 현장에도 가봤다. 끔찍한 기억이 되살아났다. 9·11 기념관 안에 들어갔다. 목숨을 잃은 사람들의 이름이 새겨져 있었다. 한참 동안 멍하니 바라보고 있었다. 뉴욕 곳곳을 둘러보면서 시간이 날 때마다 내 느낌을 글로 남겨두었다. 뉴욕이 그립다는 내 말에 남편이 어머니께 말씀드려 갑자기 가게 된 뉴욕 여행에서 어머니와 더 친해질 수 있었다. 어머니가 건강하실 때 여행을 자주 다니고 싶다. 어머니뿐만 아니라 한 번도 같이 여행을 다녀온 적이 없는 아빠와도 추억을 쌓고 싶다. 친정엄마가 하늘나라로 떠날 때 사랑한다는 말을 하지 못했다. 나는 딸아이에게 하루에도 수십 번 사랑한다고 말하지만, 아빠나 어머니에게는 잘하지 못했다. 습관을 들여야겠다. 딸에게 툭툭 튀어나오듯이 내 가족들에게 내 마음을 사랑한다고 표현하면서 살아야겠다. 한 번의 후회로 족하다.

나는 유언장을 미리 써두었다. 사랑하는 가족들을 위해 혹시 모를 상황에 대비하고 싶었다. 엄마가 떠났을 때 엄마가 쓴 글이 있었다면 얼마나 좋겠냐는 생각을 한 적이 있었다. 엄마와 함께하지 못해도 엄마가 쓴 글을 읽으면 위로가 될 거 같았기 때문이다. 매년 유언장을 업데이트할 생각이다. 어색하지만 내 사랑을 표현하는 하나의 방법이라고 생각한다. 기회가 된다면 가족을 위한 책을 한 권 남기고 싶다. 내가 떠난 후에도 내 글은 남아 있으니 내가 보고 싶으면 글을 읽을 수 있게 해주고 싶다. 가족들을 위해 세상에 남기는 글을 쓸 생각을 하니 가슴이 벅차다.

명절이나 특별한 날에는 가족이 더 생각난다. 함께 하지 못하는 가족도 있다. 예전에 같은 부서에서 함께 가족처럼 지냈던 동료들에게는 전화 한 통이나 문자로 안부를 전한다. 나는 수십 장의 폴라로이드 사진을 간직하고 있다. 사람들을 만나며 5년 넘게 기념할 때마다 사진을 찍었다. 그 사진만 봐도 그때 어떤 대화를 나누었는지 추억들이 떠오른다. 내 보물 1호다. 나는 폴라로이드 사진기를 지금도 들고 다닌다. 죽을 때까지 추억들을 사진 속에 담고 싶다.

가족들의 소중함과 애틋함을 글로 쓴다. 함께하는 가족들도 함께하지 못하는 가족들도 나에게는 똑같이 소중하다. 글을 쓰다 보면 더 그리워진다. 고마움으로 이어져 가족들에게 사소한 것도 잘하게 된다. 가족들에게 아픔이 있는 사람이라면 치유의 글쓰기를 해보길 바란다. 분명 상처를 찾아내 비우게 될 것이다. 글을 쓰며 찾은 행복을 내 가족부터 함께 나눴으면 좋겠다. 글쓰기는 소소한 일상을 위대하게 만들어준다. 작은 일에도 크게 의미 부여를 하게 해준다. 늘 함께하는 가족에게도 새삼 고마운 마음을 갖게 해준다. 나를 되돌아보는 시간은 오직 글쓰기다. 단 한 줄이라도 글을 쓰자. 가족과 나누는 일상을 사랑의 글로 남겨두자.

현장에서 만나는
수많은 상처들

지구대에 출근하면 근무복으로 옷을 갈아입는다. 수갑과 삼단봉 등 경찰장구가 든 조끼를 입고 지구대 1층으로 내려간다. 무전기와 총을 차면 모든 준비를 마친다. 정해진 근무시간표에 따라 해당 순찰차를 탄다. 출근할 때는 마음가짐을 단정히 한다. 야간근무일 때는 낮에 낮잠도 좀 자두어야 새벽에 견딜만하다. 112 신고 출동을 간다. 신고 내용도 다양하다. 술에 취한 사람이 누워 있다는 신고부터 시작해서 물건을 도둑맞았다, 물건을 분실했다, 도로에 물건이 떨어져 있다 등 다양하다. 술에 취한 사람을 상대하기가 가장 어렵다. 대화가 잘 안 된다. 무작정 욕설부터 하는 분도 계신다. 막상 얘기를 나누다 보면 몸이 좋지 않은데도 속상해서 술을 먹었다든지 개인마다 아픔이 다 있다. 순찰차 한 대당 2명의 경찰관이 승차한다. 2명의 요원은 모든 신고 현장에서 완벽하게 처리를 해야 한다. 책에서 배운 이론이나 매뉴얼을 적용하기가 힘이 들 때가 많다. 현장은 실전이다. 매 순간 변한다. 아차 하고 방심하면 다치기도 한다. 늘 위험에 노출된 특성상 긴장해서 근무해야 한다.

나에게는 직업병이 있다. 사람을 관찰하는 습관과 길을 걸을 때 늘 뒤를 돌아보는 습관이 있다. 사람을 만나면 자세히 관찰한다. 어떤 말씨를 쓰는지, 옷은 어떻게 입고 생김새는 어떤지 들여 다 본다. 이런 습관이 도움이 될 때도 있지만 그 반대일 때도 있다. 너무 오래 빤히 쳐다봐서 부담스럽다는 반응이 오기도 한다. 경찰서나 지구대에 찾아오시는 분들은 순수하게 피해를 보아서 찾아오시는 분들도 계시지만 범죄 피의자도 있다. 죄명에 따라 다르겠지만, 유치장에 구금되는 사람도 있다. 현장에서 체포하게 되면 지구대로 동행하는데 사안에 따라 수갑을 채운다. 매일 들고 다니는 수갑이지만 누군가의 손에 채워지는 수갑은 씁쓸하다. 기쁘고 좋은 일보다는 범죄현장, 긴박한 현장들과 함께한다. 좋든 싫든 그게 경찰관인 내 직업이다. 받아들여야 한다.

경찰은 다양한 부서에서 근무해 볼 수 있는 장점이 있다. 한 부서에 근무하다 다른 부서로 옮길 수 있다. 부서마다 만나는 사람도 천차만별이다. 어딜 가나 힘든 일은 있다. 쉬운 곳은 없다. 내가 있는 곳이 최고라고 생각하고 적응해야 한다. 옮긴 부서에서 잘 적응하지 못하면 내가 제일 힘들다. 적응력이 빨라야 내가 편하다. 업무도 동료와의 관계도 나에게 달렸다. 모든 건 내 마음에서 출발한다. 내가 만나는 사람들에게 뭐든 도움을 줄 수 있는 게 없을까 생각한다. 항상 도와줄 길이 보였다. 부산 관광경찰대원으로 근무할 적에 센터에 외국인 관광객이 찾아 온 적이 있었다. 부산에 여행 온 크루즈 관광객이었다. 4개월 동안 크루즈를 타고 세계를 돌며 여행 중이었다. 남포동에서 햄버거를 먹고 있는데 틀니가 부러져 치료를 도와달라는 요청이었다. 틀니가 없으면 2달 남은 여행 일정에 무리가 있다고 하는 말에 꼭 도와주고 싶었다. 마음속으로 치료할 수 있는 치과를 꼭 찾아주겠다고 단단히 마음먹었더니 잘 안 풀릴 거 같은 일도 풀렸다. 여러 군데 치과에 전화해서 물어봤는데 한국에서 만든 틀니가 아니다 보니 선뜻 나서서 해주겠다는 곳이 없었다. 전화를 건 곳 중의 한 곳을 방문했다. 의사가 틀니를 확인했고 안 된다는 말을 듣고 다시 센터로 돌아왔다. 실망한 관광객의 얼굴을 보았다. 마음이 좋지 않았다. 다시 치과에 전화했고 찾아가 사정했다. 딱한 사정을 듣고 치과에서는 마음을 바꾼 것이었다. 기적적으로 무료로 틀니 치료 후에 부산 여행을 마치고 크루즈를 타고 떠났다. 힘든 여행이 되었을 텐데 경찰의 도움으로 잘 치료해주어 무사히 부산 여행을 마칠 수 있었다며 페이스북 친구까지 요청해왔다.

아이를 잃어버렸다며 울면서 찾아온 어머니가 계셨다. 남포동은 특히 주말에는 유동인구가 많아 도로에 사람이 북적북적한다. 아이의 인상착의와 정보를 재빨리 묻고 어머니께 아이를 어디서 놓쳤는지 상세히 물어보았다. 시간이 얼마 지나지 않았고 치안센터 바로 옆에서 발생하였다는 말을 듣고 멀리 가지 않았을 거라는 판단이 들어 동료에게 무전으로 전파를 부탁하고 밖으로 뛰어나가 어머니와 함께 주변을 돌아보며 찾아보았다. 5분도 안 되는 시간 안에 아이를 찾았다. 누군가 혼자 있는 아이를 발견하여 치안센터로 데리고 오고 있었다. 아이의 어머니는 아이를 부둥켜안고 우는데 얼마나 가슴이 철렁했을지 상상이 되었다. 도움이 필요한 사람에게 힘이 되어 줄 수 있어 감사했다.

식당을 운영하시는 분이 식당 앞에 세워둔 오토바이를 도난당하였다. 범인은 청소년이었다. 청소년 여러 명이 오토바이를 훔쳐 타고 다녔다. 배달을 가야 하는데 오토바이가 없어서 장사를 하지 못한다는 식당주인 아저씨의 말이 안타까웠다. 오토바이를 훔친 학생들은 미안함보다는 부모님께 연락한다는 사실에 더 걱정했다. 장사를 하지 못하면 생계에 지장이 있다고 말하는 어르신의 말씀이 아직도 귀에 아른거린다.

가정폭력 전담경찰관은 직접 가정폭력 현장에 출동하는 경찰관이 아니라 관내 발생한 가정폭력 사건을 모두 관리한다. 전날 발생한 가정폭력 사건을 정리해서 한 분 한 분과 전화 상담을 한다. 심각한 가정은 따로 빼서 별도로 관리한다. 심각한 가정은 위촉된 전문가들을 모시고 간담회를 열어 사건별 토론을 통해 맞춤식 관리를 이어가기도 한다. 간담회 결과를 바탕으로 피해자와 가해자에게 필요한 조치를 돕는다. 3년 전까지 내가 근무할 때는 그랬다. 특별관리가 필요한 가정은 현장으로 들어갔다. 댁에 방문해서 얼굴을 마주 보며 도움을 드릴 수 있는 일을 찾아 나섰다. 알코올 중독이 있는 가해자는 병원 치료를 받게 권유하거나 피해자가 전문 상담을 원할 경우 관련 기관에 연계해 드리기도 했다. 가정폭력은 가정 문제라서 경찰관에게 말하기를 꺼리셨다. 처음에 전화를 걸면 다 꺼리신다. 마음을 먼저 열고 다가가면 10이면 10 모두 마음을 열어 주셨다. 나이가 많으신 어머님들은 자식들 걱정에 처벌보다는 본인이 참는 게 낫다고 하시는 분도 많이 계셨다. 상담하다 보면 자주 신고 되는 가정이 있다. 가정문제를 경찰관이 중재해서 해결하기가 참 어렵다. 민감한 부분이다. 피해를 보신 분의 의사에 따라 상담이든 치료든 적극적으로 돕는 게 내가 할 수 있는 최선이었다. 전화기를 붙들고 서럽게 우시는 분들도 계셨다. 얼마나 힘들면 저렇게 우실까 하는 생각에 마음이 무너지기도 했다. 경찰이 피해자의 마음까지도 치료해 줄 수 있다면 얼마나 좋을까? 라는 생각을 자주 했다. 온 가정이 화목했으면 하는 바람이 가장 컸다.

현장은 변수가 많다. 긴장해서 근무해야 한다. 판단력도 빨라야 한다. 사명감 없이는 밤낮으로 위험이 도사리는 현장에서 열정적으로 근무하기가 쉽지 않다. 10년째 경찰관으로 근무하고 있지만 늘 새롭다. 만나는 사람도 다양하고 상황에 따라 다양한 대처능력이 필요하다. 현장에서 범인의 칼에 맞아 상처를 입은 동료도 있었고 범인을 체포하는 과정에서 다치는 동료도 있었다. 그런데도 불구하고 돕고 싶었다. 도움을 드릴 수 있는 부분은 도와서 가지고 있는 상처를 줄일 수 있게 돕고 싶었다.

어떤 신고는 경찰이 도와줄 수 없는 부분임을 알면서도 답답한 심정에 이야기보따리를 푸신다. 내가 해결해 줄 수 없는 일도 들어 줄 수는 있다. 내가 들어준다고 해서 모든 상처가 사라지진 않겠지만, 마음의 위로가 되길 바라는 마음에 열심히 듣는다. 나는 과연 잘하는 걸까? 사람들에게 힘이 되어 주는 경찰관일까? 글을 쓰면서 나를 많이 돌아보게 되었다. 10년째 일을 하면서 내가 도운 일은 무엇일까? 더 많은 도움을 주기 위해 나는 경찰관으로서 어떤 노력을 해야 할까? 스스로 묻고 답하는 과정에서 내가 원하는 모습을 찾아가고 있었다. 사람을 상대하는 직업은 쉽지 않다. 말 한마디에 상처받기도 한다. 말조심해야 한다. 무심코 던진 말에 상처받는 사람이 생길 수도 있다. 현장에서 만난 무수히 많은 사람은 저마다 사연이 있었다. 내 아픔보다 더 큰 시련을 겪는 사람들 앞에서 나는 한없이 작아졌다.

글을 쓰며 내 행복을 찾았듯이 상처 입은 사람들이 글을 통해 스스로 치유해 나갔으면 하는 바람이다. 내 삶에 관심을 가지고 감정에 충실하면서 쓴 글은 나를 일으켜 세워 준다. 아픔을 훌훌 털고 일어날 수 있게 돕는다. 시도해 보지 않아 어색할 뿐이지 누구나 글을 쓰면 마음에 평온은 찾아온다. 단 한 줄이라도 글을 쓰기 시작한다면 내 삶에 변화는 찾아올 것이다. 지금 당장 펜을 들어 글을 써보자.

경찰이 글을 써야 하는 이유

제복 경찰과 사복 경찰. 소속한 부서에 따라 복장이 달라진다. 만나는 사람도 다양하다. 피해자부터 참고인, 피의자, 자살 기도자, 비행 청소년 등등. 직업 특성상 범죄 현장이나 범인 체포 과정에서 위험한 순간들이 도사리고 있다. 긴장 속에서 근무해서 그런지 아니면 눈빛 때문인지 사복을 입고 있어도 경찰관 티가 나는 사람도 많다. 다양한 사람을 만날 수 있듯이 경찰관도 다양하다. 제각각의 집안 사정도 다르고 근무환경도 다르다. 스트레스의 크기도, 업무량도 천차만별이다. 바쁜 일상 속에서 가정에서의 역할, 직장에서의 역할에 충실해야 한다. 범인을 체포한다든지 수사를 한다든지 평범한 직장인의 일상과는 다른 삶을 산다. 위험한 순간에도 몸을 사리지 않고 도와야 하는 직업이다. 때로는 그 용기로 인해 누군가의 가정은 부모를 잃는다. 남의 일이 아니다. 뉴스에서도 접하는 흔한 이야기다. 내 주변에도 있는 일이다.

경찰관이 되고 싶어 힘들게 공부해서 들어오는 젊은이들도 많다. 경찰이라는 꿈을 이루고 나면 그다음은 뭘까? 내 꿈도 딱 경찰까지였다. 승진, 지구대장, 주재관 등 목표들이 있었지만 이런 목표들은 경찰이 된 후에 내 삶에 어떤 변화도 주지 못했다. 결론적으로 글쓰기를 시작하면서 '꿈 넘어 꿈'을 생각하게 되었다. 경찰이라는 꿈을 이룬 시점에 내가 앞으로 해야 할 일은 무엇인지 글쓰기를 통해 나를 돌아보고 미래를 계획 할 수 있었다. 저자의 강연을 찾아다니며 책을 읽고 공부했던 행동들은 내 삶의 변화를 맞이하고 싶어 했던 몸부림이었다. 무언가를 배울 때는 내가 잘하고 있는 줄만 알았다. 직장을 다니며 배우는 삶을 살고 있다 보니 바쁘게 지냈고 바쁘니까 잘하고 있다는 식이었다. 글을 쓰기 전까지는 몰랐다. 내가 좋아하는 게 무엇인지. 한 번도 앉아서 깊게 고민해 본 적도 없었다. 어쩌면 바쁘게만 살았지 앙코 없는 찐빵이었다. 내가 무엇을 하고 싶은지조차도 모른 채 달려갔던 삶속에 만족이 있었을까? 제복을 입은 경찰이었지만 그 삶 외에는 아는 게 별로 없었다.

동료 경찰에게 물어봤다. 열정으로 똘똘 뭉친 신임경찰관도 경찰 조직 내에서 자기가 하고 싶은 게 무엇인지 물으면 명확하게 답을 잘하지 못했다. 왜 그럴까? 한 번도 앉아서 깊게 고민해 본 적이 없기 때문이다. 사무실에서 하는 일이 바쁘다는 말과 퇴근 후에도 할 일이 너무 많다는 변명이 돌아왔다. 식당에 가면 음식을 주문할 때처럼 내가 하고 싶은 것을 왜 똑 부러지게 말하지 못할까? 하고 싶은 게 없으면 하루를 알차게 보낼 생각도 안 든다. 목표가 있어야 시간을 아끼게 된다. 하고 싶은 일이 없으면 시간이 흘러가는 대로 내 삶을 맡기게 된다. 경험을 통해 알게 되었다. 경찰 후배 몇 명에게 시간 관리하는 바인더를 가르쳐 준 적이 있었다. 특별한 목표가 없던 후배에게 연간 계획을 만들어 보게 했다. 올해 하고 싶은 게 있는지 적어보게 했다. 처음에는 아주 힘들어

했다. 생각해 본 적이 없으니 당연했다. 며칠에 걸쳐 5가지 분야(일, 가정, 건강, 나눔, 자기계발)에 골고루 기록하게 했다. 한 달에 책 한 권도 읽지 않던 후배는 일주일에 한 권씩 읽기까지 했다. 목표가 있는 삶은 사람을 변화하게 한다는 사실을 후배를 통해 알게 되었다. 여기까지 변화한 사람은 훌륭하다. 아예 생각하기 자체를 싫어하는 사람도 많다. 종이에 적는 거 자체에 거부 반응을 일으킨다. 귀찮다, 나는 못한다고 먼저 선을 그어 버린다.

한해를 계획하지 않는 사람의 수는 많다. 한해를 계획하기 위해서는 생각을 해야 한다. 문제는 내가 진짜 원하는 것인지 아주 짧게 생각한다는 것이다. 머리로 짧은 시간에 생각해서 종이에 적기 때문에 깊게 생각했다고 보기 어려웠다. 글쓰기를 하기 전까지는 짧게 생각해서 목표를 설정해 달성하는 방식을 취했다. 글을 쓰면서 나에게 묻고 답하는 방법을 반복하면서 내가 세웠던 목표들이 내가 진짜 행복해하는 일이 아닌 것도 있음에 놀라웠다. 하루 중에 나를 위한 시간을 늘려 가는 데는 단연 글쓰기가 최고였다. 경찰 동료들에게 나를 위한 시간을 보내고 있냐고 물어보면 운동을 하거나 독서를 하거나 취미활동을 한다는 답변은 돌아와도 글을 쓴다는 사람은 드물었다. 그만큼 나를 위해 생각하는 시간이 부족하다는 말이었다. 어쩌면 지금 생활에 만족하기 때문에 변화를 생각하고 싶지 않은 이유일 수도 있다.

글을 쓰면서 경찰은 한국의 대학과 같다는 생각을 했다. 고3 수험생은 좋은 대학에 가기 위해 고등학교 생활을 힘차게 해 나간다. 경찰 공무원시험에 합격하려면 공부를 열심히 해야 하는 이유와도 같다. 대학에 입학하고 경찰공무원으로 취직하고 나면 목표 달성은 끝나게 된다. 더 이상의 노력을 하지 않는 사람이 많다. 대학생이 되면 고등학생 때 공부하느라 못 논거 다 논다고 바쁘고 공무원이 되면 결혼을 하고 가정을 꾸리면서 목표와 멀어진 삶을 살게 된다.

평생 직업은 없다. 공무원이라고 해서 배움을 멈추면 도태된다. 경찰이 된 순간부터가 시작이다. 이제 시작인데 사람들은 출발선에 멈춰서는 때가 많다. 일하면서 배우려면 배로 더 힘들지만 멈추면 안 된다. 성장이 멈추는 순간 내가 원하는 삶이 무엇인지에 대한 생각은 온대 간 대 없고 삶에 이끌려 살게 된다.

글을 쓰는 삶을 살고 싶다는 생각을 하게 된 것도 글쓰기를 하면서부터였다. 매일 글을 쓰며 나와 대화하는 시간을 가지며 내가 무엇을 하고 싶은지, 어디에 재능이 있는지 묻고 답하면서 알게 되었다. 단순히 머릿속으로 생각해서 얻은 목표보다는 구체적이고 체계화된 형태였다. 글이 가진 힘은 컸다. 글을 쓰면서 내가 진정 원하는 목표도 찾을 수 있었고 내 마음도 치유할 수 있었다. 어릴 적부터 가지고 있던 원망과 울분도 글을 쓰며 풀었다. 아픔과 고통을 글로 풀며 세상 밖으로 덜어내고 나니 그 공간에는 감사하고 좋은 일들로 채워지기 시작했다. 글을 쓰면서 내 마음을 계속 들여다보면서 더 깊게 알게 되었다. 현장에서 아픔이 있는 사람들을 만날 때마다 마음을 달래주고 싶고 치유해주고 싶다는 생각을 했었는데 이거다 싶었다. 사람들에게 글을 쓰게 하자! 글로 마음속에 담아둔 웅어리를 풀게 하자. 실천으로 보여주자고 마음을 먹었다. "그래! 매년 책을 내자! 글쓰기를 통해 내 삶이 변했다는 것을 책을 내는 실천으로 보여주면 용기 내서 실천하는 경찰관도 있을 테고 국민도 있을 거야." 내 모든 구체적인 목표는 글을 쓰면서 결론에 이르게 되었다.

퇴직한 선배님을 살펴보면 계급이 높으신 분들을 제외하고는 장사를 하시거나 경비원으로 일하시거나 아니며 퇴직 후 전혀 일하시지 않는 분들이 많이 계셨다. 등산이나 낚시하고 다니시고 손자를 키워주시곤 하셨다. 100세 시대를 살고 있다. 60세에 퇴직을 한다고 해도 40년이나 더 살아야 한다. 노는 것도 하루 이틀이다. 일하지 않고 집에서 보내기도 만만치 않다. 경찰관으로 퇴직하고 나서도 누구보다 멋지게 원하는 삶을 살았으면 좋겠다. 힘들게 야간근무를 하며 자식들 공부시켰는데 퇴직하고 나서 10년 내 돌아가시는 선배님들이 많았다. 왜 왜 왜? 국가를 위해 봉사하고 가정을 위해 열심히 일한 나에게 돌아오는 대가는 죽음과 건강상 장애라는 말인가. 글을 써야 한다. 경찰관 개개인이 글을 써서 내 삶을 돌아보고 내가 좋아하는 일을 찾아야 한다. 퇴직 전에 내가 좋아하는 일을 찾아서 돈벌이로 연결할 수 있는지도 고민해봐야 한다. 남의 일이 아니다. 우리가 처한 현실이다. 운동도 누구보다 열심히 해야 한다. 경찰관 평균 수명은 70세도 안 된다. 자기관리를 해야 한다는 말이다. 내 삶을 누구도 대신 살아주지 않는다. 소중한 내 가족들과 오랫동안 행복하려면 내가 부지런히 움직이고 생각해야 한다. 직장 게시판에 부고 소식은 남의 일이 아니다. 나와 내 동료의 소식이 될 수도 있다. 현직에 있을 때 배움을 통해 성장해야 한다. 어떤 길을 내가 원하는지 찾는 가장 좋은 방법이 나와 대화를 시도하는 것인데 그게 바로 글쓰기다.

매년 정년 퇴임이나 명예퇴직을 하시는 선배님들이 계신다. 그 숫자보다 더 많은 신임경찰관이 임용된다. 신임경찰관들은 열정이 대단하다. 젊고 패기 넘친다. 업무도 빨리 배운다. 젊어서 그런지 체력도 좋다. 나처럼 10년 정도 근무하다 보면 절반 이상은 삶에 이끌려 산다. 경찰관 중에 한 달에 책 한 권도 읽지 않는 사람도 많다. 그 문제는 경찰관만의 문제는 아닐 것이다. 퇴직하는 선배님들은 30년 넘게 근무하시면 각종 노하우를 다 가지고 계신다. 현장에서의 경험은 책에서 보는 이론과 달리 살아있는 현장 이야기 그 자체다. 그런 이야기는 퇴직과 동시에 사라진다. 안타까운 현실이다. 현장 이야기를 갓 들어온 신임경찰관이 접하게 된다면 더 많이 성장할 수 있을 텐데 하는 아쉬움이 들기 때문이다. 내가 신임경찰관일 때 선배님들의 현장 이야기가 녹아 있는 책을 찾왔던 이유이다. 나의 역할은 경찰관들이 글을 쓸 수 있게 돕는 것이다. 글을 쓰면서 내가 원하는 진짜 삶을 찾고 내가 가지고 있는 아픔과 상처를 글로 풀며 훨훨 털어 버리게 돕는 것이다. 그게 내가 할 일이다. 경찰이 행복하면 국민도 행복해진다. 한 번 경찰은 영원한 경찰이다. 퇴직한 후에도 경찰이라는 직업을 영광스럽게 여길 수 있도록 멋진 삶을 이어가야 한다. 신임경찰관부터 퇴직을 앞둔 선배님들까지 전 경찰이 행복한 그 날까지 나는 글 쓰는 삶을 실천할 것이다.

경찰의 어깨는 무겁다. 현장에서의 실수가 위험한 상황으로 이어지기도 한다. 억눌린 스트레스는 글로 풀어야 한다. 돈이 드는 것도 아니고 특별한 장소가 필요한 것도 아니다. 약간의 시간을 내서 내 삶을 돌아보고 미리 준비해야 한다. 내 가족을 위해 그리고 현장에서 기다리는 국민들을 위해. 나는 대한민국 경찰이기 때문이다.

글을 쓰며 얻은 것들

경찰이 글을 쓴다고 하면 전문작가도 아닌데 글을 쓰냐는 반응도 있었다. 그럴 때마다 경찰관이라서 더 글을 써야 한다고 하면 의아해한다. 글 쓰는 삶을 살고 있었다. 일기를 어릴 때부터 써왔고 손편지를 좋아했고 메모하기를 좋아했다. 블로그를 배우면서 내 생각을 짧게나마 글로 정리하게 되었다. 한 달 가까이 백지 위에 내 모든 것을 쓰면서 글쓰기에 빠져들었다. 글을 쓰면서 지금까지 써왔던 글은 자기 검열된 글을 썼다는 사실을 깨달았다. 나름대로 솔직하게 썼다고 생각했지만 다른 사람이 봤을 때 적당한 선에서 글을 써왔다. 한 달 가까이 자기 검열 없는 글을 쓰면서 나와 내 주변을 진지하게 돌아볼 수 있었다. 늘 가까이에서 생활하는 가족은 가족이니까 뭐든 당연하게 생각했다. 글을 쓰면서 남편의 존재에 대해 다시 한번 깊게 생각해 볼 수 있었다. 글을 썼다고 해서 하루아침에 내 행동이 다른 사람처럼 뿅 하고 변하진 않았지만 깊게 들여다보고 관찰할 수 있었다. 직장에 다니면서 아이를 키우는 건 쉬운 일은 아니다. 그 와중에 글 쓰는 삶도 내 선택이었다. 내가 하고자 하는 마음만 있으면 어떻게 해서든 시간은 마련한다. 귀찮다고 여기면 한도 끝도 없다. 늘 우선순위에서 밀려 버린다. 중요하지도 않은 긴급한 일에 우선순위를 빼앗긴다. 그 습관은 강력하다. 나도 모르는 사이에 내 생활 전반에 묻어난다. 돌이킬 수 없게 된다.

내 진심을 알게 되었다. 가족들이 잠들어 있는 새벽 시간에 나만의 시간을 가지면서 내가 진짜 무엇을 하며 살고 싶은지 나에게 묻고 답하는 시간을 통해서 내 안에 있는 진정한 나와 대화하는 시간을 가졌다. 행운이었다. 6개월 만에 내가 글쓰기를 좋아한다는 사실을 알게 되었다. 글쓰기는 일과 중에 최고 우선순위가 되어 버렸다. 일어나서 가장 먼저 글을 쓰면서 하루를 시작한다. 내가 좋아하는 일을 제일 먼저 하는 일만큼 기쁜 일도 없다.

직장 생활을 하면 사람과의 관계에 대한 고민을 많이 하게 된다. 나도 모르게 사람들이 나를 생각하는 시선에 신경 쓰기도 하고 상사에게 싫은 소리를 들을 때면 맘이 상하기도 한다. 주로 뒷말로 엉켜진 내 맘을 푸는 경우가 대부분일 것이다. 나도 그랬다. 나와 맞지 않는 사람이 있으면 친한 직원과 그 사람이 없는 자리에서 험담했다. 세상에 비밀은 없다는 사실을 배웠다. 내 입에서 나간 말은 절대 듣지 말아야 할 상대방에게까지 가는 데 만 하루도 안 걸렸다. 험담하면 시간도 잘 간다. 남 흉을 보기 시작하면 즐기는 단계까지 가게 된다. 불편한 진실은 나도 그 뒷말의 대상이 언젠가는 된다는 사실이다. 나와 함께 다른 사람을 헐뜯었던 사람이 나에 대해 험담을 하게 된다는 말이다. 10년 가까이 직장생활을 하면서 늘 이 부분이 불편했다. 일상에서 내가 가진 것에 감사하기 시작하면서 험담을 하지 않게 되었다. 나를 싫어하는 사람에게 꽃을 선물

하는 넓은 마음을 가질 수 있었다. 예전 같으면 뒷말로 이어졌던 일은 모두 글로 썼다. 상대방에게 원하는 것이 무엇인지 앞으로 어떻게 대할 건지도 모두 글로 쓰다 보니 다른 사람에게 뒷말 할 필요가 없어졌다. 이미 상처받는 내 마음은 글로 풀었기 때문이다. 내 마음을 스스로 잘 사용하게 되었다. 다른 사람의 말에 치우침이 덜해졌다. 말보다는 글로 푸는 방법이 더 현실적이었고 현명했다.

글의 힘은 아주 크다. 작은 목표가 하나 생기면 글로 쓰다 보면 그 목표가 아주 구체적으로 변해 있었다. 책을 내고 싶다는 생각에 이어 베스트셀러 작가가 되어 돈을 많이 벌자는 목표도 생기게 되었다. 계속해서 글을 쓰면서 가치 있고 의미 있는 일을 하는 작가가 되자는 생각으로 바뀌었다. 사람들에게 도움을 주는 일을 하자고 목표를 변경했다. 브런치 북 프로젝트에 글을 응모해서 탈락했지만, 그 이후로 퇴직하기 전까지 10권 이상의 책을 내자는 목표로 재설정하게 되었다. 그 이후 검열 없는 글쓰기를 통해 진정한 글 쓰는 행복을 알게 되었다. 경찰관이 행복했으면 좋겠다는 생각을 거듭하면서 경찰관이 일상에서 글을 쓰게 할 방법이 뭘까 고민했다. 매년 책을 내어 단 한 사람이라도 글쓰기를 통해 원하는 삶을 살아가길 바란다. 경찰의 글쓰기 문화가 바뀌기를 기대한다.

글을 쓰면서 눈에 보이는 가장 큰 변화는 내 주변 사람들이었다. 내 휴대폰에 저장된 사람들의 이름 뒤에는 작가님이라는 명칭이 붙은 사람들이 많았다. 신기한 일이다. 내 주변에는 경찰관만 가득했는데 경찰관의 수만큼 늘고 있는 작가님들과의 관계는 내 삶에 활력을 불어 일으켜 준다. 강연의 기회도 찾아왔다. 학교에 다니며 학교폭력 예방 강의를 하고 어린이집에 방문해서 성폭력 예방 강의를 한 것 말고는 사람들 앞에서 강연한 적이 없었다. 작년 겨울 내 삶에 첫 강연이 있었다. 나의 주제는 '열정을 지속할 때 꼭 필요한 2가지' 였다. 장소도 서울 강남이었다. 50명 가까이 와주셨는데 난생처음으로 사람들 앞에서 내 삶을 이야기했다. 강연에 이어 작가의 삶을 살고 있다. 글쓰기가 1년 동안 나에게 너무 많은 것을 선물로 주었다.

새로운 삶을 살고 있다. 경찰관의 길이 오직 나의 길이라고 생각했다. 다른 직업은 쳐 다도 보지 않았다. 20대에는 하고 싶은 일이 있으면 이 직장을 그만 두고 해야 한다는 생각이 컸다. 지금은 생각이 다르다. 경찰관이 좋지만 평생 해야 한다고 못 박아 두지는 않는다. 떠날 수도 있다고 생각한다. 평생직장이 아니라고 생각할수록 많은 것을 달리 생각해 볼 수 있었다. 언제든지 매달 나오는 월급이 나오지 않을 수 있다고 생각하면 배우며 성장하는 삶을 선택할 수 밖에 없다. 다른 일에 도전하려면 새로운 일을 배워야 한다. 안일한 마음은 배움에 도움이 되지 않는다. 직장을 떠날 수도 있다는 열린 마음은 새로운 일에 관심을 끌게 해준다. 글을 쓰면서 더욱 구체화 시킬 수 있다. 막연한 것이 글쓰기를 통해 내가 좋아하는 무언가로 재탄생하게 된다. 한 마디로 도전하는 삶을 살게 된다. 글을 쓰면 하고 싶은 게 늘어나게 된다. 에너지가 생긴다. 당연하다고 여기는 일상에 대한 감사함도 찾아온다. 내가 현재 있는 지금의 위치를 정확하게 바라볼 수 있다. 늦었다고 생각할 때가 가장 빠른 법이다. 지금의 내 생활에 만족하자. 내 주변 사람에게, 내 동료에게, 현직 경찰관에게 나아가 대한민국 국민이 행복한 글쓰기를 할 수 있도록 돕자 꿈은 이루어진다. 포기하지 않는 이상 이루어진다.

최근에 친한 동생에게서 편지가 왔다. 1년 동안 글을 쓰면서 변한 삶이 놀랍다는 말과 함께 꾸준히 성장할 수 있게 도와줘서 고맙다는 말을 했다. 동생의 편지를 읽으면서 내 삶이 주마등처럼 스쳐 지나갔다. 책을 내겠다고 출간계획서 목차를 지우고 새로 쓰던 내 모습부터 새벽마다 나를 위한 글쓰기에 집중하는 모습까지 전부 다 떠올랐다. 글을 쓰기 전의 삶과 지금의 글 쓰는 삶 중에서 선택하라면 나는 후자인 글 쓰는 삶을 선택할 것이다. 글을 쓰면서 한 단계 한 단계 밟고 있었다. 나는 피부로 느끼지 못했지만, 글을 쓰는 동안 좋은 인연과 기회가 찾아와 주었다. 어느덧 책을 내기도 전에 나는 '황 작가'라고 불리고 있었다.

자기검열이 없는 글을 쓰면서 성장했다. 날것의 있는 그대로의 모습으로 사람들과 소통했다. 나의 있는 그대로의 모습은 '진정성'이라는 단어로 표현하고 싶다. 1년 동안의 글쓰기가 이렇게 많은 것을 나에게 주었는데 5년, 10년 후의 내 모습이 기대된다. 나는 글 쓰는 경찰이다. 대한민국 경찰관이 행복한 글을 쓰는 데 돕고싶다.

행복한 글쓰기는 내 삶의 전부가 되어 버렸다. 내가 매일 글을 쓰는 이유는 나의 행복을 넘어서 경찰관이 행복한 삶을 찾고 나아가 행복한 글 쓰는 대한민국을 원하기 때문이다.

나에게 찾아온 변화

변화는 내가 노력할 때 찾아온다. 아무것도 하지 않으면 변화는 없다. 나는 변하고 싶었다. 내 삶을 바꿔보고 싶었다. 엄마가 없는 삶을 투덜거리며 시간 낭비하면서 살아왔다. 내 삶에서 무언가 진지하게 노력해서 이룬 것은 없었다. 내 삶을 돌아보면 내가 변하겠다고 마음먹었던 순간부터 변화는 찾아왔다. 경찰이 되겠다고 학원에 가서 상담을 받고 공부를 시작했을 때 변화는 시작되었다. 내가 변하고 있는지 그 당시는 알지 못하였다. 매일 조금씩 실천하는 노력이 더해져 지금의 내 모습으로 변하게 되었다.

내가 하는 생각은 변화에 큰 영향을 미친다. 먼저 어떤 생각을 하면서 살았는지 살펴봤다. 경찰 공부를 할 때는 제복을 입은 내 모습을 상상했다. 경찰관으로 임용되어서는 승진에 대한 생각으로 가득 찼다. 자기계발을 시작하면서 내 삶을 고민하기 시작했다. 왜 이 일을 하는지 근본적인 문제들에 대해서 깊게 생각했다. 책을 내고 싶다는 생각은 돈을 많이 벌어 좋은 집에 살자고 싶다는 생각을 하게 해주었다. 지금은 가치 있고 의미 있는 일을 최우선으로 생각하기에 매년 책을 출간하여 글 쓰는 경찰의 삶을 살고 있다. 15년 동안 내가 가지고 있던 생각은 꾸준히 성장했다. 어떻게 성장할 수 있었을까? 내가 하는 말, 행동, 습관에 따라 차이가 있었다. 평소 당신은 긍정적인 말을 하는 사람인지 살펴보자. 나는 생각만 하는 사람인지 행동으로 옮기는 사람인지, 꾸준히 하는 습관은 있는지 살펴보자. 나를 위한 시간은 점점 줄어들고 있었다. 반면에 내가 하고 싶은 일을 예전보다 더 열심히 하고 있었고 규칙적이면서도 체계적으로 하고 있다. 말, 행동, 습관의 힘이었다. 내가 주로 하는 말은 에너지 넘치는 긍정적인 말이다. 도전하는 삶을 즐긴다. 아침형 인간과 같은 매일 실천하는 습관이 있다. 사소하지만 평소 하는 말, 행동과 습관으로 내 삶은 변화하고 있었다. 15년 전의 내 생각의 크기와 비교하면 놀랍다.

변화는 내 의지에서 찾아온다. 나는 변하고 싶은 의지가 있었다. 경찰을 꼭 하고 싶었다. 나의 선택이었고 내가 그 길을 향해 끝없이 노력했다. 포기하지 않고 달린 끝에 나는 글 쓰는 경찰로 살고 있다. 내가 가진 열정은 지금껏 도전하고 실천해온 결과물이다. 매번 포기하고 싶은 순간이 찾아오면 조금만 더 조금만 더 하면서 버텼다. 노력과 실천의 결과물은 매번 값지다. 아무나 누릴 수는 없지만 노력하면 누구나 누릴 수 있는 게 변화다. 내 주변에는 변화된 삶을 사는 사람들이 제법 있다. 아이를 키우면서도 목표를 향해 공부하는 사람도 있고 나와 같이 작가의 꿈을 꾸고 있는 친구도 있다. 확실한 건 그들도 실천하는 삶을 살고 있다는 것이다. 한순간에 만들어지는 변화는 없다. 계속 가꾸어야 변화도 아름다운 법이다. 나에게 찾아올 변화를 기대하며 내 생각의 크기를 키워보자.

사람들과 대화를 해보면 대부분의 사람은 살면서 하고 싶은 게 많다. 직장 선배님들께 자주 묻는 말 중의 하나가 퇴직 후의 삶이다. 퇴직 후에 무엇을 하며 살고 싶은지 물으면 어떤 분은 땅을 사서 집을 짓고 시골에서 농사짓고 사시겠다고 하신다. 어떤 농사를 지을 건지 땅을 몇 평이나 살 건지 명확한 목표와 구체적인 계획을 하는 사람은 드물었다. 종이에 적은 사람은 더더욱 없었다. 내가 가지고 있는 생각은 보통 생각에서 끝이 날 때가 많다. 하루에도 수만 가지 생각으로 가득 차 있다. 내가 가진 생각을 행동과 실천으로 옮기기 가장 좋은 방법은 종이에 써두는 것이다. 종이에 쓰면 물리적인 힘을 가진다. 내 두 눈으로 볼 수 있어 실천하고 싶은 욕구가 불타오른다. 늘 그랬다. 메모하고 기록하기를 좋아했다. 내 손을 쳐다보고 있으면 오른손 세 번째 손가락은 어릴 때부터 굳은 살이 많이 박혀있었다. 그만큼 연필이나 볼펜 잡기를 좋아했다는 뜻이었다. 정리하자면, 나에게 찾아온 변화는 생각의 크기를 키워 종이에 정리한 후에 말과 행동과 좋은 습관으로 내 운명은 바뀌었다.

종이에 정리한 부분을 좀 더 이야기 나눠보자. 경찰 공부를 할 때는 수첩을 사서 하루에 공부해야 할 분량을 정해 장수를 일일이 적었다. 그게 끝나면 집에 갔다. 늦어지면 밤늦게라도 다 마치고 집에 갔다. 누가 가르쳐 준 것도 아니었다. 수첩에 줄을 긋고 그냥 박스를 쳐서 적었다. 다 했으면 체크 표시를 했다. 직장에 다니면서 수첩에 메모는 하고 다녔지만 적어둔 종이가 여기저기 흩어지면 잘 찾지 못하였다. 꼼꼼해 지고 싶었다. 성과도 내보고 싶었다. 바인더 사용법을 배운 후 여기저기 흩어진 자료들이 한곳에 모이기 시작했다. 조금씩 성과도 나기 시작했다. 새롭게 연간계획을 짜기 시작했다. 올해 무엇을 하고 싶은지 생각한 후에 종이에 적었다. 연간 계획에 적은 것은 12번을 나누어 월간 계획에 적었다. 또 월간 계획 중에 일주일을 나누어 내가 할 것을 적기 때문에 대부분 목표를 이룬다. 몇 년째 종이에 적으며 이루는 삶을 살면서 성과를 냈다. 바인더 심화 과정을 이수하고 나서 다른 사람에게 가르쳐줄 수 있을 정도가 되었다. 1년 넘게 바인더 무료 재능기부를 하고 있다. 2016년 연간계획에 책 출간이라는 목표를 적었고 2017년 연간계획에도 베스트셀러 책 출간이라는 목표를 적었다. 한 해 동안 나에게 찾아온 변화는 바로 글쓰기였다.

새벽은 나와 보내는 유일한 시간이다. 글 쓰는 사람이 늘 유념해야 할 말은 어떤 글을 쓸 것인지, 몇 시간을 쓸 것인지가 아니라 매일 글을 쓰고 있는지?나 자신에게 묻는 것이다. 새벽을 글쓰기로 시작하면서 나에게 이런 질문을 할 수 있어 행복했다. 새벽 4시부터 7시까지는 온전히 내 시간이었다. 말이 4시지, 처음부터 쉽지 않았다. 새벽에 일어나서 내 삶을 즐기는 데까지는 좋았는데 하루가 피곤했다. 잠깐 눈 붙일 사이도 없이 12시간 근무를 하고 오면 기절하기 일쑤였다. 그런데도 4시를 지키는 이유는 나에게는 정말 그 시간뿐이기 때문이다. 아이를 키우는 엄마는 나만의 시간을 가지기가 힘들다. 일하는 시간에는 시댁에 아이를 맡기지만 쉬는 날에는 어머니도 쉬셔야 한다. 급한 볼일이 아니면 되도록 육아를 쉬게 해드려야 한다. 아이와 보내는 시간은 좋지만, 나만의 시간이 없는 점이 늘 불편한 진실이었다. 몸은 피곤해도 4시에 일어나는 습관이 만족감을 주었다. 출근하기 전 3시간은 글 쓰는 습관을 만들어주었다.

같이 4시를 지키던 동생이 있었다. 공무원 시험에 탈락하고 다음 시험을 준비하고 있었다. 동생은 4시를 못 지키다가 최근에 다시 복귀했다. 의지의 문제였다. 내가 마음먹고 하겠다고 생각했다면 그냥 하면 된다. 못 일어났다면 내 목표 대신 잠을 선택했다는 이유밖에 되지 않는다. 그 선택에 대한 책임도 본인 몫이다. 후회하던 지 일어나던지 둘 중 하나다. 다행인 점은, 우리 몸은 3주 이상 같은 시간에 같은 일을 반복하면 습관으로 정착된다. 알람을 깜빡하고 맞추지 않은 날도 몸이 기억해서 그 시간에 일어나는 걸 보면 신기할 정도다. 계속 습관으로 이어온 데는 함께하는 사람들과의 힘도 크다. 새벽을 함께 여는 사람들은 활력이 넘친다. 혼자 하는 변화보다 함께하는 변화는 더 멀리 갈 수 있다.

글쓰기를 하면서 내 속마음을 들여다볼 수 있었다. 자기검열 없는 글을 마음껏 쓰면서 알게 되었다. 내가 평생 하고 싶은 일이 글쓰기라는 사실을 글을 쓰면서 찾았다. 경찰만이 내 운명이라고 생각했던 나에게는 엄청난 일이었다. 내 생각을 글로 푸는 연습을 하면서 그 행위 자체를 즐겼다. 글을 쓰면 내 마음이 편안해졌고 차분해졌다. 그 시간만큼은 온전히 내 글에 집중했다. 너무 피곤해서 글을 쓸까를 망설이다가도 막상 쓰기 시작하면 신들린 사람처럼 막 써 내려가는 나를 보고는 감탄한 적도 있었다. 그렇게 할 말이 많으냐고 묻는 사람도 있었다. 말을 많이 하는 사람이 있듯이 글도 많이 쓰는 사람이 있다며 웃으며 넘겼다.

불과 1년 사이에 내 글은 성장했다. 내 마음대로 글을 썼는데 자신감을 얻었다. 많이 쓰면 필력은 는다는 말에 공감이 갔다. 글 쓰는 요령이나 기술보다는 매일 쓰는 힘이 얼마나 큰지 짧은 시간에 느낄 수 있었다. 생각하는 시간보다 손부터 먼저 나가는 글쓰기를 한다. 글 쓰는 양도 시간도 늘렸다. 하루 3~4시간은 말 그대로 글을 썼다. 생각하는 시간보다 글 쓰는 시간이 많아졌다. 좋은 스승은 불필요한 절차를 줄여준다. 시간 낭비를 하지 않고 바른길로 갈 수 있게 도와주는 게 스승이다. 나는 1년 만에 글쓰기 스승을 만났다. 행운이었다. 글 쓰는 경찰의 진정한 변화는 지금부터 시작이다.

삶의 변화는 늘 있었다. 차이는 내가 행복한 지이다. 경찰을 선택했고 그 삶에 만족한다. 결혼해서 아이를 키우는 삶도 만족한다. 글 쓰는 삶도 만족한다.

선택의 순간에서 모든 기준은 '나의 행복'이었다. 만족하지 않는 삶도 있었다. 불편한 인간관계가 생길 때마다 힘들어했다. 목표로 했던 일이 잘 풀리지 않을 때, 가족을 잃었을 때 행복하지 않았다. 불행이 닥치면 꼬깃꼬깃 접어서 내 마음속 깊숙한 곳에 넣어 두었다. 아무도 건드리지 못하게 말이다. 필요할 때 하나씩 꺼내어 곱씹으면서 괴로워했다. 술을 먹으면 팔자타령을 하며 서럽게 울었다. 그렇다고 내 현실은 달라질 거 하나 없었다. 글 쓰는 삶을 시작할 때 나는 케케묵은 불행들을 도마 위로 다 끄집어냈다. 아팠다. 마음이 시렸다. 그래도 수면 위로 들어내니 뭔지 모를 찾아오는 편안함이 있었다. 한 번 드러내기가 어렵지 계속 드러내다 보니 거리낌도 덜 했다.

글로 푸는 삶을 체험했다. 대만족이었다. 누구에게 말하지 않고도 내 마음을 치유할 방법을 배운 것이다. 쉽지는 않았다. 글이 한 자 한 자 터져 나올 때마다 미친 듯이 울거나 껄껄껄 흐느꼈다. 주마등처럼 장면 장면들이 스쳐 지나갔다. 너무 오래 돼서 잊을 법한 기억들 같았는데 너무 현실감 있게 느껴졌다. 침을 꼴깍꼴깍 삼키며 계속 손을 움직였다. 머리는 과거에 가 있고 손만 이승에 있는 셈이었다. 모든 불행을 비우면서 그 안에 행복과 내 앞날의 좋은 일들로 채울 수 있었다. 비우지 않으면 채워지지도 않는 법이다. 글을 쓰며 스스로 풀기를 추천한다. 내 모든 아픔과 상처를 비워서 새로운 삶을 찾기를 바란다. 선택의 갈림길에서 생각할 것은 나의 행복이다. 내가 행복하려면 모든 아픔을 반드시 비워야 한다.

생각은 곧 운명이다. 내 생각을 글로 써라. 운명이 달라질 것이다. 운명은 내가 만들어 가는 것이다. 행복한 글을 쓰면 행복이 찾아온다. 행복한 글쓰기는 내 운명을 바꿀 수 있다! 지금 당장 행복한 글을 쓰자!

제5장
글 쓰는 대한민국

모든 사람이
글 쓰는 세상이 되길

글쓰기는 누가 해야 할까? 평범한 사람보다 성공한 사람이 글쓰기를 해야 한다고 생각했다. 경찰에서도 계급이 어느 정도 되어야 글을 써야 한다는 생각에 늘 언젠가는 글을 써야지 하면서 미루었다. 나와는 상관없는 일이라고 여겼다. 지인이 건네준 출간계획서는 글쓰기의 출발점이 되었다. 먼 미래의 일이라고 생각했던 글쓰기가 잠깐의 생각 전환으로 바뀐 것이다.

글은 왜 써야 할까 생각해봤다. 글을 쓰면서 가장 이른 시간에 '나'를 알아 갈 수 있었다. 사람들은 너무 바쁘게 산다. 엄마인 여자는 더 바쁘다. 직장 다니는 엄마인 여자는 더 바쁘다. 바쁜 삶 속에서 잊고 지낸 '나'라는 사람을 글을 쓰면서 찾아갔다. 글을 쓰면서 내 삶의 주인공은 우리 가정이 아닌 '나'라는 사실을 인지했고 바쁘다는 핑계로 너무 생각을 안 하며 사는 모습을 발견하게 되었다. 글을 쓸수록 내 주변이 보였다. 바쁘게만 사는 사람들. 그 안에서 내 모습이 보였다. 바쁘다고 하지만 진정한 나를 위한 시간을 갖는 사람은 거의 없었다. 직장에서는 성과를 내야 하고 사람들과 소통해야 하고 강연을 듣고 공부하고 가족을 위해 식사 준비도 하고 집도 치워야 하고 할 게 너무나 많다. 평범한 사람일수록, 바쁜 사람일수록 더 글을 써야 한다는 생각에 이르렀다. 평범한 사람이 행복해지는 방법은 오직 글쓰기라는 사실에 마음을 굳히게 되었다.

글은 어떻게 써야 할까? 글쓰기를 배워보려고 여러 군데 알아보았다. 가격이 엄청 비쌌다. 직장인이 감당할 수 있는 비용이 아니었다. 글쓰기 책을 여러 권 읽어보는 것으로 만족하며 혼자서 글을 썼다. 내 일상과 생각을 썼다. 무식하면 용감하다고. 그러다 막노동꾼이 쓴 책을 만났다. 책을 덮고 나서 저자가 던지는 메시지가 핏빛처럼 선명했다. '닥치고 써라.' 마음에 들었다. 돈이 드는 것도 아니었다. 쓰기는 썼지만, 많이 매일 쓰지는 않았다. '매일 많이' 라는 말은 쉽지만, 실천은 어렵다. 나도 글쓰기 스승을 따라 하루에 4시간씩 써보겠다고 일주일 설치다 심하게 감기몸살을 앓았다. 5년 넘게 매일 4시간 글을 쓰고 있는 스승이 나의 글쓰기 롤 모델이 되었다. 글은 요령과 기술보다 많이 매일 쓰는 게 최고라는 걸 몸소 배웠다. 글쓰기가 고민이 될수록 매일 많이 쓰라는 팁만 알고 있으면 두려울 게 없었다. 하루 3시간 10년 투자하면 1만 시간이 되어 전문가가 되듯이 글쓰기 전문가가 되고 싶다면 새겨둘 팁이었다.

친한 동생에게 하루에 감사한 3가지를 글로 써보라고 추천해 준 적이 있었다. 단 5분이면 충분했다. 동생은 내 권유로 1년 가까이 매일 아침에 일어나 자기 삶을 돌아보는 5분 글쓰기를 하고 있다. 동생이 최근에 보내준 편지 일부분을 공개한다.

"그동안 내가 사는 대로 살아오던 내 인생이 송두리째 바뀌는 일생일대의 변화를 맞이했어. 내면의 내가 변화하고 중심을 잡을수록 언니에게 감사한 마음이 점점 커지고 있어. 게다가 지금의 언니를 보면 나도 같이 타오르고 싶을 정도로 열정이 대단해. 함께 하지 못했던 지난 시간이 아까운 만큼, 더 열심히 따라갈게. 1년 남짓 지나는 동안 언니에게 너무너무 고맙다는 말을 꼭 하고 싶었어."

동생은 아침에 일어나서 「나를 위한 시간 5분」을 가지면서 변화하기 시작했다. 나를 돌아보는 시간을 가지면서 있는 그대로의 모습을 본 것이다. 남이 하는 잔소리는 듣기 싫어 넘겨 버렸는데 글을 쓰면서 자기 자신이 얼마나 초라한지 깨달았다고 했다. 누가 시킨 것도 아닌데 계속해서 나를 위한 글쓰기를 계속하고 있다.

글쓰기를 하라고 권유를 해보면 모든 사람이 하는 답은 비슷하다. "에이 귀찮게 그걸 뭐 하려 해. 나중에 성공하면 해볼게. 다른 거 하기도 바쁜데, 글은 아무나 쓰나." 주변을 잘 살펴보면 나처럼 평범한 사람이 글을 쓴다. 평범한 소재를 가지고 평범한 사람이 글을 쓴다. 그 말은 즉 나처럼 평범한 사람이 글을 써야 공감이 된다는 말이다. 나와 비슷한 환경에 있는 사람의 말에 귀 기울여지고 나와 같은 꿈을 가진 사람에게 더 관심이 가기 마련이다. 어렵게 생각하지 말자. 세상에는 나처럼 문안하고 평범한 사람들이 글을 쓴다. 나도 글을 쓸 수 있다고 생각을 바꾸자. 글은 지금 써야 한다. 나중에 성공하고 나서 쓴다는 말은 안 쓰겠다는 말과 같다.

글을 쓰면서 글에는 어떤 장점이 있을까 살펴봤다. 첫째, 글쓰기는 내 생각을 정리할 수 있다. 목표든 힘든 인간관계든 글로 적으면 내가 원하는 결론을 내기까지 내 생각을 정리할 수 있다. 둘째, 나라는 사람을 글로 남길 수 있다. 내가 죽고 없어져도 내가 남긴 글은 세상에 남는다. 셋째, 감사한 마음을 실천할 수 있다. 글쓰기는 내면을 움직이는 행위다. 매일 감사하는 일을 글로 쓸수록 내 마음은 감사함으로 가득해진다. 감사하는 삶을 살수록 글쓰기는 더 풍요로워진다. 넷째, 일상을 특별하게 만들 수 있다. 매일 허겁지겁 일어나서 출근하는 삶보다 아침에 글을 쓰면 똑같은 일상도 새롭게 느껴진다. 내면의 나와 대화하는 시간을 통해 여유 넘치는 아침을 맞이할 수 있다. 다섯째, 작가가 될 수 있다. 글쓰기는 책 쓰기로 이어질 수 있다. 내가 행복한 글쓰기에 이어 독자가 행복한 책 쓰기의 삶으로의 전환이 가능하다. 여섯째, 마음이 평온해진다. 성질나는 일이 있어도 글을 쓰면 언제 그랬냐는 듯이 모든 나쁜 감정이 풀려버린다.

글의 힘은 크다. 책을 내고 싶다는 생각을 8년째 가지고 있었다. 생각만 하고 있을 때는 아무런 변화가 찾아오지 않았다. 평범한 사람이 글을 써야 평범한 독자가 글을 읽고 공감하며 용기를 얻을 수 있다는 생각을 하기 시작했다. 매일 글을 쓰면서 나뿐 만이 아닌 경찰, 나아가 대한민국이 글 쓰는 세상이 되길 바란다. 5분 글쓰기를 통해 삶이 바뀌었다고 말하는 동생처럼 내 글을 읽고 단 한 명의 삶이 바뀌기를 바란다. 글 쓰는 경찰의 삶을 살면서 수도 없이 상상한다. '글쓰기 날'을 만들어 전 국민이 그 날만큼은 마음껏 글 쓰는 날이 있었으면 좋겠다는 상상을 한다. 주변 사람들과 글쓰기 모임을 만들어 매일 행복한 글을 쓰는 삶을 그린다.

친정 아빠는 나에게 편지를 자주 써주셨다. 줄 노트에 정성스레 글을 적어 팩스로 보내주셨다. 할머니, 고모 안부부터 A4 반장도 안 되는 종이지만 마음이 묻어났다. 아빠도 그 글을 쓸 때는 사랑하는 딸을 떠올리며 행복한 글을 썼을 테다. 전화로는 무뚝뚝한 사이도 글로 주고받을 때는 마음을 주고받을 수도 있다. 아빠가 딸에게 보내는 마음 따뜻한 행복한 글처럼 모든 사람이 행복한 글을 쓰는 세상에서 살고 싶다. 아빠가 나에게 써준 글은 이 세상에 단 하나뿐인 글이다. 아빠가 먼 훗날 내 곁을 떠나도 글은 남아 있다. 아빠의 글을 보면서 문득 이런 생각이 들었다. 엄마가 돌아가셔서 엄마를 보지도 못하지만 나에게 남겨준 글이 있었더라면 참 좋겠다는 생각을 했다. 엄마가 그리울 때마다 엄마의 글을 꺼내 마음을 들여다볼 수 있다면 얼마나 좋을까. 우리 딸아이가 태어나기 전부터 정성스레 육아일지를 썼던 것도 아이에게 내 마음을 남겨주고 싶었다. 엄마가 갑자기 내 곁을 떠난 후 방황하는 청소년기를 보냈지만, 혹시 내가 갑자기 이 세상을 떠나게 되면 우리 아이가 나보다는 덜 아파하길 바라는 마음도 있었다. 유서를 미리 써둔 것도 그 이유다. 사랑하는 가족과 천년만년 함께 보낼 수 있다면 얼마나 좋겠는가. 불행은 예고 없이 닥쳐온다. 내가 진정으로 원하는 삶이 무엇인지 사랑하는 가족들을 위해 내가 해줄 수 있는 게 무엇인지 미리 찾아보고 준비해 두어야 한다. 글쓰기는 그것을 찾게 해주었다. 자꾸만 뒤로 미룰 게 아니라 지금부터 준비해 나가야 한다. 현재 있는 직장에서 퇴직 후의 삶을 잘 설계해 두어야 한다. 갑자기 닥칠 불행에 대비해 가족들을 위한 안전장치를 해두어야 한다. 글쓰기를 통해 차근차근 내가 원하는 것이 무엇인지 찾아보자.

내가 행복해야 내 가족도 내 주변도 행복하다. 내가 행복한 글쓰기를 해보자. 바쁘다면 단 5분이라도 시간을 내어 보자. 종이와 펜이면 충분하다. 쓰고자 하는 내 마음만 있으면 할 수 있다. 대한민국에 사는 모든 사람이 행복한 글을 쓰는 그 날까지 글 쓰는 경찰은 오늘도 펜을 든다.

행복한 글쓰기

행복한 삶은 어디서 찾아올까? 우리가 매일 바쁘게 사는 것도 행복해지기 위해 사는 게 아닐까? 자신이 좋아하는 일을 할 때 우리는 행복하다고 표현한다. 생각하기 나름이다. 멀리 있는 성공을 이루었을 때 행복한 사람도 있지만 소소한 일상에서 행복을 찾아 나가는 게 진정한 행복이라고 말하는 사람도 있다. 평범한 일상에서 나만의 특별함을 찾아보자.

직장인의 하루를 살펴보자. 아침에 일어나서 출근해서 열심히 일한 후에 퇴근한다. 사람들과 모임에 참석하거나 가정으로 돌아가 가족과 시간을 보낸다. 지친 일상에 사람들과 함께하며 기댈 곳을 찾는다. 글쓰기는 우리들의 평범한 일상에 특별함을 더해준다. 아무리 사소한 일도 글로 쓰면 행복을 더할 수 있다. 하루 중에 있었던 나의 일상을 글로 써보자. 글을 쓰는 과정에서 느끼는 행복을 마음껏 느껴 보자. 내가 살아 있음에, 가족들과 행복한 시간을 보낼 수 있음에 새삼 감사해진다. 평범한 내가 글을 쓰면서 특별해진다. 행복은 멀리 있는 게 아니라 내가 보내는 평범한 일상에 있음을 깨닫게 된다.

새벽 4시에 일어나서 글을 쓴다. 떠오르는 감정을 종이에 적을 때도 있고 컴퓨터 앞에 앉아 타자를 치기도 한다. 글을 쓰는 순간 모든 집중력은 글에 쏟아진다. 피곤하거나 전날 좋지 않은 일이 있어도 글 쓰는 시간만큼은 행복한 내 시간이다. 글은 솔직하다. 내 감정에 충실할 때 나에게 더없이 만족감을 준다. 꾸밈이나 검열을 하게 되면 나에게 주는 행복의 크기도 절감된다. 내 삶을 글로 쓸 때 나만의 글로 탄생한다. 내 삶은 내가 제일 잘 안다. 누가 대신 써 줄 수도 없다. 내 삶을 돌아보는 행위가 글쓰기다. 불편한 진실도 기꺼이 얘길 할 수 있어야 한다. 내가 나를 인정할 때 행복이 찾아온다. 나의 이야기를 물 흐르는 대로 감정에 충실한 채 이야기 해 본다. 말이 아닌 글로 한다. 단, 조건은 진정성 있는 이야기를 전제로 한다. 시작은 오늘 일상에 관해 이야기 하다가도 얼마 지나지 않아 먼 과거 이야기로 이어지기도 한다. 삼천포로 빠지는 이야기가 때로는 내가 진짜 이야기 하고 싶은 말이다. 내가 상처받은 부분은 수면 위로 드러내 치유해 준다. 꼭 그래야 한다. 괜찮겠지 하면서 놔둘수록 그 상처는 점점 곪아간다. 더 깊숙이 내면으로 들어가 버린다. 꼭꼭 숨어서 찾기 힘들 수도 있다. 나쁜 감정은 제때 풀어주어야 한다. 푸는 방법도 여러 가지가 있겠지만 나와 대화하는 글쓰기로 푸는 방법이 가장 빠른 길이었다.

바쁜 일상에서 매일 나와 대화하는 길을 오직 글쓰기뿐이었다. 글을 쓰면 내 마음을 알게 된다. 사람들은 글쓰기는 평범한 사람이 하는 게 아니라는 생각을 하고 있었다. 특별한 사람만이 해야 할일이라고 단정해버렸다. 직장 선배님께 내가 쓴 글을 보여 드리며 글을 한 번 써보지 않겠냐고 물은 적이 있었다. 글쓰기를 권해 드린 이유도 실천하는 삶을 살고 싶은데 잘 안된다고 하셨기 때문이었다. 매번 수만 가지 생각에서 끝이 나버린다고 하셨다. 종이에 쓰면 글은 힘을 가지게 된다고 생각만 하지 말고 종이에 적어보라고 권해드렸다. 평소 메모를 좋아하시지만 늘 휴대폰 안에 메모 기능에 저장해 두어 다시 볼 일은 거의 없다고 하셨다. 그 선배님께 작은 노트를 한 권 선물해 드렸다. 그 안에 내가 가지고 있는 생각을 글로 담아 보라고 했다. 선배님은 흔쾌히 해보겠다고 하셨다.

동료들에게 퇴직 후의 삶을 물어보면 하고 싶은 일이 가득하다고 말하는 사람부터 아직 생각해 본 적이 없다는 사람까지 다양했다. 물론 하고 싶은 일을 글로 써본 사람은 거의 없었다. 늘 머릿속으로 생각만 하고 있다가 생각으로 끝나는 게 대부분이었다. 돌이켜 보면 생각만으로는 실천으로 이어지기는 힘들다. 어제 했던 생각이 오늘까지 이어지지도 않을뿐더러 또 다른 생각이 중요한 생각들을 덮어버리기 때문이다. 중요한 생각은 종이에 적어 풀어야 한다. 내가 진짜 하고 싶은 일인지 나에게 물어본 다음에 구체적인 계획을 짜야 한다. 종이에 글로 적으면서부터 시작된다. 내가 사랑하는 경찰 동료들이 행복한 글쓰기로 진정의 삶을 찾아가길 바란다. 가족과 국민을 위해 사명감을 가지고 일하는 경찰관 개개인의 인생이 행복했으면 한다. 한 가정의 가장은 두 어깨가 무겁다. 내가 하고 싶은 일을 다 해보지 못하고 사는 사람이 대부분이다. 그런데도 글을 쓰면서 내가 하고 싶은 일도 찾아서 하나씩 해보길 바란다. 가장이기 이전에 내가 하고 싶은 일은 무엇이었는지 살펴보고 직장에서 스트레스 받는 일은 없었는지, 내 마음이 불편한 적이 없었는지 나에게 꼼꼼하게 물어보자. 나를 돌아보는 시간은 필요한 시간이다. 그 어떤 요령과 기술도 필요 없다. 매일 시간을 내서 글을 쓰면 된다. 여백에 손이 가는 대로 글을 채워나가면 그뿐이다. 생각보다 손이 먼저 나가는 글을 채워보자. 내가 쓰고 있는 글은 내 삶 자체다. 하나뿐인 내 삶이 기록된 나의 이야기다.

주변에 글을 쓰는 사람들이 많아졌지만 여전히 글을 쓰지 않는 사람들로 가득하다. 내 역할은 마치 한쪽 편에 글을 쓰지 않는 사람들을 반대편에 있는 매일 글 쓰는 사람들이 있는 곳으로 옮기는 작업을 하는 사람처럼 느껴졌다. 매일 글을 쓰는 사람들은 활력이 넘친다. 이야기를 해보면 알 수 있다. 굳이 목소리를 듣지 않아도 글에서 느껴진다. 보이지 않아도 글에는 그 사람의 마음을 느낄 수 있다. 글쓰기를 하면서 확실해 진 건, 나처럼 평범한 사람일수록 글을 써야 한다는 사실이다. 평범할수록 내 인생을 돌아보고 내 생각을 키워야 한다. 내 생각을 글에 담으면 어마어마한 일이 벌어진다. 에너지가 샘솟는다. 하고 싶은 욕구가 생긴다. 생각만으로 귀찮다고 여기던 사람도 글을 쓰면 선명해진 생각과 실천으로 다른 삶을 살게 된다. 서점에 가보면 평범한 사람이 쓴 글이 많다. 평범한 주부가 육아 책을 내고 직장인이 책을 낸다. 굳이 책을 내지 않아도 글을 쓰면 마음이 평온해진다. 돈은 내가 죽고 나면 의미가 없다. 더 쓸 수도 없다. 글은 내가 죽어도 세상에 남는다. 내 글로 인해 내 가족의 행복을 찾기도 하고 나를 전혀 모르는 사람이 삶의 용기를 내기도 한다. 당신이 쓰는 글이 그런 글이다. 제일 중요한 건, 내 삶에 행복이라는 만족이 찾아온다. 내가 소속한 일터에서, 가정에서 진정한 나를 발견하게 된다.

결혼을 앞두고 있었던 일이었다. 경찰청 공식 블로그 「폴 인 러브」에 소속된 기자분께 연락이 왔다. 경찰 합격 수기를 써달라고 하셨다. 블로그에 실을 예정이라고 하셨다. 공무원 학원가에서 오직 경찰만을 생각하며 공부했던 내 삶이 떠올랐다. 얼마나 절실하게 공부했는지 잊고 지냈는데 합격 수기를 써달라는 한 마디에 지난 일상이 주마등처럼 스쳐 지나갔다. 글을 잘 쓰고 싶었다. 경찰을 꿈꾸는 분들께 희망과 용기를 주고 싶었다. "911테러 현장 보고 여자 경찰 꿈을 키웠어요."라는 타이틀로 진솔한 글을 썼다. 오직 한 마음으로 썼다.

공부할 때 썼던 기본서도 들여다보고 기록해둔 메모지나 수첩도 찾아봤다. 어떻게 시험을 준비했는지 합격 노하우, 힘들었던 점, 앞으로의 계획, 수험생들에게 남기는 한마디로 글을 쓰며 마무리했다. 공부 막바지에 마무리를 어떻게 했는지, 단권화 작업까지 상세하게 썼다. 도움이 되고 싶었다. 글을 쓰는 동안 행복했다. 내가 이룬 꿈을 이야기하면서 꿈을 향해 도전하는 사람들을 응원하고 있는 내 모습이 꿈만 같았다. 내 글이 여러 블로그에서 인용되는 걸 보면서 경찰을 꿈꾸는 분들에게 도움이 될 수 있어 행복했다.

나만의 특별한 추억은 행복한 글쓰기 소재가 된다. 대구 아침마당에서 연락이 왔다. 벌써 오래전 일이다. 여러 직업군에서 7전 8기로 취업에 성공한 분들을 모시고 얘기를 나누는 자리였다. 결혼 전이었다. 지금의 남편과 함께 정복을 챙겨서 대구로 향했다. 난생처음 텔레비전에 출연하는 부푼 마음에 얼마나 연습을 했는지 모른다. 나는 공식적인 자리에만 서면 표준말이 튀어나온다. 참 신기할 따름이다. 지금은 편하게 사투리를 쓰고, 예전에는 불편한 표준말을 썼다. 보는 사람도 얼마나 불편했을지 생각하면 아주 난감하다. 텔레비전으로 비칠 내 모습을 생각하면 더 끔찍하다. 녹화 전에 리허설을 하는데 다른 출연진들은 하나같이 말을 잘하였다. 내 차례가 되자 말을 하긴 했는데 어떤 말을 했는지조차 기억나지 않는다. 남편의 말을 빌리자면 불편한 표준말을 썼단다. 살면서 찾아오는 특별한 경험은 평범한 일상에 활력소를 불어 넣어준다. 글을 쓰면 내가 겪은 모든 일이 특별한 이야기로 재탄생한다. 영화에 출연하는 주인공의 삶처럼 내 인생은 충분히 특별하다. 주인공으로 사는 인생은 행복하다. 굴곡 있는 삶이 더 매력적으로 다가온다.

글을 쓰면서 나의 가치는 돈이 아님을 알게 되었다. 베스트셀러 작가가 되어 좋은 집과 좋은 차를 타자는 생각을 안 해본 건 아니었지만 글을 쓰면서 내가 진정 행복한 길을 찾았다. 올해는 경찰이 된 지 십 년째 되는 해이다. 앞으로의 10년을 어떻게 보낼지 작년부터 많이 생각해왔다. 생각에 이어 글로 쓰면서 내 감정에 솔직해질 수 있었다. 내가 진짜 무엇을 원하는지 찾아보았다. 글을 쓰면서 나의 행복을 찾는 과정이 새로웠다. 처음에는 내 상처를 다 뱉어냈다. 아빠에 대한 원망, 뉴욕에서 모든 걸 잃었다는 생각, 이민 1.5세대의 어정쩡한 삶을 모두 다 뱉고 나니 내가 가고 싶은 길이 보였다. 나를 위한 글도 좋지만 다른 사람에게 동기부여가 되고 힘이 되는 글을 쓰고 싶었다. 책을 내고 싶은 목표도 그래서 생겼다. 나를 통해 글 쓰는 사람이 생겼으면 좋겠다는 생각도 글을 쓰면서 갖게 되었다. 나만 알기에는 아까웠다. 글쓰기를 통해 사람들이 행복을 찾는 삶을 생각하면 잠을 줄여서 쓰는 글도 하나도 힘들지 않았다. 환하게 웃으면서 글을 쓴다. 나만 행복한 세상이 아닌 대한민국 모든 국민이 행복한 글쓰기를 하는 그 날까지 나의 글쓰기 사랑은 계속된다.

나는 대한민국 경찰이다. 대한민국 경찰이기 이전에 황미옥이라는 한 사람이다. 내 삶은 내가 만들어 간다. 나의 행복도 내가 만들어 간다. 행복한 글쓰기는 내 삶 모든 곳에 녹아 있다. 일과를 글을 쓰면서 시작하는 습관이 이미 내 삶이 되어 버렸다. 글 쓰는 삶은 또 다른 삶을 살게 해주었다. 같은 직장을 다녀도 내 생각은 자라고 있었다. 행복해진 내 삶은 오직 글쓰기 때문이었다. 평범할수록 글을 쓰라고 외치고 싶다. 하나뿐인 내 인생, 내가 쓰는 글로 인해 내가 먼저 행복해지자. 행복한 글쓰기, 오늘부터 시작해보자.

죽는 날까지 글 쓰는 삶

꿈은 내 삶을 활기차게 만들어 준다. 에너지를 샘솟게 해준다. 친정엄마는 내가 어릴 때 하늘나라로 먼 길을 떠났다. 꿈을 키우며 끝없는 상상을 해야 할 시기에 죽음에 대해서 생각했다. 죽으면 어떨까? 엄마와 만날 수 있을까? 왜 사람은 일찍 죽어야 할까? 좋은 사람들은 왜 일찍 데려갈까? 난생처음 공부해서 국가 공무원이 되었다. 공무원이 된 나는 우연히 글 쓰는 세상을 만나 죽는 그날까지 글 쓰는 삶을 살겠다고 외치고 있다.

10년 주기로 내 삶에 변화가 있었다. 경찰에 이어서 이제는 글 쓰는 작가다. 늘 생각이 많았던 나는 글쓰기를 만나면서 고민했던 질문들에 답을 내릴 수 있었다. 고민하던 질문들을 가지고 글을 쓰면서 진정 내가 살고 싶은 인생도 찾게 되었다. 나에게는 집요한 면이 있다. 작년 한 해 내내 '나는 왜 경찰을 하는가?'라는 질문을 끊임없이 물었다. 아예 아이디어 노트를 가지고 다니면서 생각이 떠오를 때마다 적었다. 매주 온라인 카페에 글을 썼는데 「WHY?」 대한 내 생각을 여러 번 글로 남겼다. 머리로만 생각할 때와는 달리 결과도 달랐다. 의미 있고 가치 있는 일을 하고 싶었던 나는 글을 쓰면서 알게 되었다. 글쓰기가 바로 나의 의미 있고 가치 있는 일이라는 사실을 말이다. 글을 쓸 때는 온전히 집중하는 내 모습을 보고 감탄했다. 아무리 시끄러운 환경에서도 글을 쓰기만 하면 집중했다. 글에 빠진 내 모습은 색다른 모습이었다. 내가 가진 생각이 자리를 잡으니 다른 사람이 하는 말에도 흔들리지 않았다. 내가 갈 길을 가면 되었다. 두렵지 않았다. 조금씩 성장하고 있었다. 다름 아닌 글쓰기로.

내일 죽는다면 무엇을 하고 싶은가? 사랑하는 사람에게 글을 남기고 싶다. 내 마음을 전하는 글을 남기고 싶다. 내가 떠난 후에도 내가 그리우면 꺼내서 볼 수 있는 글을 남기고 싶다. 글은 혼자 쓴다. 함께 할 수가 없다. 혼자만의 시간에 나를 위한 글을 쓰는 게 최고다. 때로는 혼자 쓰는 글도 함께 쓰는 이가 있다고 생각하면 든든하다. 혼자 쓰지만 나와 같이 매일 글을 쓰고 있는 사람과 함께 한다는 사실은 내가 매일 글을 쓸 힘을 준다. 글은 솔직하다. 나이가 들면서 한 해 한해 늘어가는 주름살과 오른쪽 가운데 있는 손가락에 굳은살이 두터워진 것처럼 글 쓰는 맛도 묘미도 늘어간다. 글쓰기 롤 모델이 있으면 글 쓰는 재미도 더해진다. 글쓰기 롤 모델의 따라 내가 쓰는 글의 스타일도 변하기 때문이다. 나는 막노동꾼에게 글쓰기를 처음 배웠다. 내가 그분을 만난 건 우연이 아닌 필연인지도 모르겠다. 그분을 직접 만나기 전에 책으로 먼저 만났다. 책을 덮고 난 후 핏빛처럼 선명한 주제를 가지고 글을 썼다. 누가 시킨 것도 아닌데 그냥 썼다. 새벽마다 나를 찾아가는 여행을 한 시간씩 떠났다. 따뜻한 커피 한 잔을 앞에 두고 여백을 채우는 글쓰기를 시작했다. 글을 읽는 독자가 자신이 쓴 글을 통해 변화된 삶을 사는 걸 보는 게 얼마나 행복할까? 여백 위에 내 모든 것을 토해냈다. 숨김없고 거침없는 날것의 내 모습을. 그 과정이 있고 난 뒤에 글 쓰는 삶을 평생 살고 싶다는 생각을 하게 되었다. 글을 쓰면서 찾아 나갔다. 글을 계속 쓰자. 죽는 그 날까지. 마치 내가 미국에 살다가 한국에 나온 이유이자 경찰이 된 이유인 거 같았다. 경찰이 되고 나서 계속해서 찾고 있었다. 경찰이 되었으니 이제 뭐 하지? 꿈 넘어 꿈을 계속 찾았다. 만약 내가 글 쓰는 삶을 일찍 만났더라면 내 인생을 좀 더 빨리 설계했을 거라는 생각이 들었다. 반면에 지금이라도 찾은 게 어디냐는 생각으로 만족했다.

흰머리가 소복한 할머니가 되어서도 글 쓰는 삶을 상상하면 만연 행복하다. 죽는 그 날까지 글을 쓴다면 변해 있을 나와 대한민국을 상상하면 날아갈 것만 같다. 글 쓰는 삶은 내 생활을 바꾸어 주었다. 글쓰기가 내 삶의 우선순위인 작가의 삶을 살고 있다. 아침을 여는 마음가짐부터가 다르다. 글을 쓰는 작가라는 마음가짐은 설렘 가득한 하루를 열어준다. 독자에게 오늘도 어떤 글을 쓸까를 고민하고 내 마음에 문을 두드리는 행동도 서슴없이 이루어진다. 글로 사람들과 소통하고 마음의 문을 연다. 평범한 내 일상은 이미 특별해진 지 오래다. 황 작가로 불리는 내 삶은 글쓰기가 채워주었다. 백지 위에 내 마음을 열고 썼을 뿐인데 내 글이 나를 치유하고 나아가 사람들의 삶에 도움이 되는 글을 쓰게 되었다.

독자를 위해 쓰는 글은 끈기와 연결된다. 매일 꾸준히 글을 쓰게 만들어 주는 동력이 되어 주었다. 나에게 쓰는 글은 오직 나에게 집중하며 쓰는 글이며 자기성찰과 연결된다. 나를 돌아보는 시간은 나를 성장하게 했다. 글을 쓰면서 나를 돌아보는 시간은 큰 의미가 있었다. 글에 따라 내 행동의 변화도 생겼다. 블로그와 카페에서 쓰는 글은 소통의 의미였다. 내가 쓴 글을 누군가 읽어준다는 행복감에 매일 쓰기도 했다. 여백을 채우는 글은 나와 대화하는 시간이었다. 내가 진짜 원하는 인생을 논하고 묻고 답하면서 도전하게 했다. 글이 주는 힘을 알게 되었다. 글쓰기는 실천의 문제다. 매일 쓰자. 그것 말고는 답은 없다.

죽음 앞에서 내 인생 후회 없이 멋지게 살기를 원했다. 죽음의 문턱까지 가 보니 열심히 한번 살아보고 싶었다. 엄마에 대한 원망들로 가득했던 청소년기 시절이 아깝게 느껴졌다. 911 테러 현장에서 쌍둥이 빌딩이 내 눈앞에서 스르르 무너졌을 때의 그 공포는 15년이 지난 지금도 생각도 하기 싫다. 글을 쓰는 지금도 필름처럼 찍힌 그 현장의 모습이 스쳐 지나간다. 내가 죽을 수도 있겠다는 생각을 처음 하게 되었다. 죽음을 겪은 후 한동안 잊고 지냈다. 경찰을 준비하면서 공부에 매진하면서 끔찍했던 기억들을 모두 묻어 두었다. 경찰이 되고 나서 내가 왜 경찰을 하는지 내 삶을 진지하게 고민하기 시작하면서부터 죽음을 다시 생각하게 되었다. 죽음을 앞둔 사람들이 남겨둔 글도 찾아 읽어보았다. 하나같이 죽음을 얘기하는 게 아니라 삶을 이야기하고 있었다. 남은 삶을 어떻게 보낼 것인지 고민하는 흔적들과 사랑하는 사람들을 위해 남겨둘 무언가를 준비하고 있었다. 죽음에 대한 생각을 더 많이 해야 한다. 죽음은 곧 삶을 말한다. 죽음의 문턱까지 갔다 온 삶을 글로 남겼다. 「08:46」 이라는 글을 썼다. 2001년 9월 11일 있었던 일을 글로 쓰며 내 마음을 풀었다. 15년 전의 일을 글이라는 매체로 사람들에게 내 마음을 전할 수 있다는 게 신기하기도 했다. 언제 찾아올지 모를 죽음 앞에서 매일 글을 쓴다. 가치 있고 의미 있는 일이라고 여기면서 후회 없는 글 쓰는 하루를 보낸다.

경찰은 현장에서 사람을 만나는 직업이다. 찾아가는 현장마다 저마다 사연이 다 있다. 폭력현장에서는 말이나 다툼으로 인해 마음에 상처를 입은 사람들이 있고 교통사고 현장에서는 육체적으로 상처를 입은 분도 있다. 우리 모두의 인생은 소중하다. 언제 닥칠지 모를 죽음이라는 현실 앞에서 두려움 없이 맞설 방법은 나를 위한 삶을 사는 것이다. 제복을 입고 만나는 사람들에게 글을 써 보시라고 얘기해주고 싶었다. 죽음의 문턱에 가서 후회하지 말라고 말해주고 싶었다. 글쓰기를 통해 진정한 글 쓰는 삶을 찾아보라고 알려주고 싶었다. 경찰은 이제 마음까지도 치료해주어야 한다. 대한민국이 행복에 젖어 있길 바라며 오늘도 나는 글을 쓴다.

나에게는 22명의 경찰 동기가 있다. 부산에 함께 살고 있지만, 결혼을 하고 자녀를 키우다 보니 각자의 삶을 살기도 바쁘다. 합격의 기쁨을 안고 설레는 마음으로 경찰이 된 지도 어느새 10년이 되었다. 22명 중에 나는 막내다. 우리들의 10주년을 위해 만남의 장을 열었다. 동기들과 10년의 삶을 회상하며 많은 이야기를 하는 시간을 가졌다. 한 번 경찰은 영원한 경찰이다. 힘든 직업이다. 사명감이 없으면 외로운 직업이다. 동기들의 삶에 글쓰기가 빛이 되었으면 좋겠다. 여백을 채우면서 힘든 일은 뱉어내고 긍정적인 일들로 삶을 채워나가길 바란다.

행복한 글쓰기는 의지만 있으면 바로 시작할 수 있다. 하고 싶다는 생각이 찾아오면 바로 잡아야 한다. 평생 글을 쓰겠다는 사명도 글을 쓰면서 찾게 되었다. 글 속에 답이 있다. 내가 행복한 글쓰기를 해보자. 죽는 그 날 까지 행복해지자.

제복 입은 작가

경찰 제복을 입은 작가는 많지 않다. 어느 분야든 소수가 있는 곳은 발전 가능한 곳이다. 거창고등학교의 직업 선택 십계명 중에 승진의 기회가 거의 없는 곳을 택하라는 말도 있지 않은가. 직업이 경찰과 작가인 셈이다. 글을 쓴다고 해서 승진의 기회가 있는 것도 아니었다. 동료들이 승진 공부할 때 자기 계발을 시작했고 남들이 진급할 때 책을 읽고 글을 썼다. 지금도 여전히 보이지 않는 곳에서 열심히 일하며 승진 공부를 하는 동료들이 있지만 나는 승진에 도움이 안 되는 글을 쓴다. 처음에는 괜찮다고 생각했다. 승진하지 않아도 내가 좋아하는 글만 쓰면 상관없다고 생각했다. 매일 글을 쓰면서 내가 괜찮지 않다는 사실을 알게 되었다. 뭐든 때가 있는데 승진도 때가 있다는 생각이 비로소 든 것이다. 10년의 경찰 생활 중에 근속 승진을 하고 한 번은 공부해서 시험승진에 합격했다. 십 년 동안 두 계급 승진했다. 요즘에는 임용된 지 5년도 안 된 직원도 높은 계급을 가지고 있을 정도다. 후배들은 빨리도 치고 올라온다. 그럼 도대체 어떻게 해야 한단 말인가? 글도 쓰고 싶고 직장에서 승진도 하고 싶은데. 이 문제는 나만의 문제가 아닌 거 같다. 누구나 직장 생활을 하는 사람이라면 피할 수 없는 숙제다. 어느 것 하나에만 치우치면 하나가 꼭 말썽이다. 남은 한 가지로 인해 후회하기 때문이다. 그렇다면 둘 다 해야 한다는 말인가? 이런 복잡한 문제를 매번 머리 아프게 고민만 하다 끝내버렸을 것이다. 글은 이때 힘을 발휘한다. 글을 쓰면서 점점 내 생각을 굳혀 갔다. 글도 쓰고 승진도 도전하는 경찰작가의 삶을 만들어 가고 있었다. 내 삶은 아직 미완성이다. 여전히 길 위에서 힘차게 걸어가고 있다. 가끔은 올바르지 않은 선택으로 중도에 하차해서 다시 걸어 올라가기도 하지만 그때마다 배움이 있었다. 불확실해서 삶이 더 재밌는 것도 사실이었다.

경찰 제복을 입은 작가가 얼마나 있는지 궁금했다. 그분들은 나와 같은 고민을 하고 살까? 그분들의 삶이 궁금해졌다. 경찰이 낸 책은 거의 다 사서 읽어본다. 나와 같은 직업을 가지고 글을 쓰는 분들의 생각이 궁금했기 때문이다. 어떤 마음가짐으로 하루를 보내고 글을 쓰는지 말이다. 생각보다 그 수가 많지 않음을 발견했다. 퇴직하기 전에 글을 쓰는 경찰관의 수가 많아져서 제복 입은 작가들의 왕성한 활동이 기대된다. 경찰 개인마다 스토리가 넘쳐난다. 각자의 부서에서 매일 새로운 사람들을 만난다. 사건 사고를 만나면서 하루에 평범하기보다는 특별한 일을 자주 맞이하는 직업 이다 보니 할 말도 참 많은 직업이다. 그런 이야기를 흘려보내지 않고 글로 쓴다면 어떨까? 우리는'경찰청 사람들'이라는 프로그램을 보고도 열광하지 않는가. 경찰이 되어서도'현장 추적 사이렌'을 흥미진진하게 보곤 했다. 경찰 관련 영화가 나와도 볼거리가 많은 이유다. 경찰관들이 보내는 평범한 일상을 글로 남겨 국민과 소통하는 기회로 만든다면 최고의 스토리가 될 것이 분명하다.

〈이웃 사람〉이라는 영화 일부를 부산에서 찍었다. 내가 근무하던 경찰서에서 찍었는데 나는 그날 당직이었다. 내 근무복을 빌려주었다. 영화를 잘 보면 경찰 제복을 입은 여경의 이름표에 내 이름을 발견할 수 있다. 제복 입은 경찰의 이야기는 영화뿐만이 아닌 드라마, 만화, 공연에서도 흔하게 볼 수 있었으면 좋겠다. 법집행을 하는 경찰관의 이미지뿐만이 아니라 경찰도 글을 쓰면서 대한민국 국민과 소통하는 이미지를 심어주었으면 좋겠다. 이제는 국민의 마음까지도 움직이는 경찰의 시대가 찾아온 것이다. 때로는 잔잔한 이야기로 감동을 주고 때로는 엄중한 법 집행으로 범인을 검거하는 경찰만의 이야기로 매번 국민들의 안방을 찾아가길 바란다. 제복이 주는 당당함과 신뢰를 글로 표현하는 글 쓰는 경찰을 꿈꾼다.

국민은 어려움이 생기면 경찰에게 도움을 요청한다. 경찰서마다 정보를 안내해주는 홈페이지도 따로 마련되어 있어 궁금한 점이 있으면 뭐든 상담할 수 있다. 경찰 제복을 입은 작가들과 글로 소통할 수 있는 시대는 어떤가. 특별히 말로 하기에는 꺼리는 일도 글로 풀릴 때가 있다. 제복 입은 작가는 말한다. "마음이 편안해지는 글을 써보세요." 수동적인 삶을 살아왔다면 이번 기회에 나를 위한 글쓰기를 시작해보자. 제복 입은 경찰이 말하는 행복한 글쓰기는 완전 쉽다. 내가 원하는 시간대에 여백에 채우는 글을 쓰기만 하면 된다. 내 생각을 마음껏 써보는 거다. 단, 진정성 있게 매일 쓴다. 미룰 필요도 없다. 한 줄로 일단 시작하면 한 줄이 두 줄이 되고 점점 늘어나게 된다. 습관이 자리 잡으면 언제 그랬냐는 듯이 쓰는 글의 양도 늘어나고 글솜씨도 늘어나 있을 것이다.

경찰 제복을 입는 그 날까지 글을 쓸 생각이다. 아니, 경찰 제복을 벗고 나서도 글을 계속 쓸 것이다. 이 세상에서 좋아하는 일을 꼽으라면 경찰과 글쓰기다. 경찰은 정년이라는 기한이 있다. 글쓰기는 죽을 때까지 기한 없이 평생 할 수 있는 장점이 있다. 60세 정년이라는 기한은 나에게 별 도움이 되지 않았다. 세월이 많이 남았다고 생각해서인지 시간의 소중함을 덜 느끼게 되었다. 글을 한참 쓰면서 퇴직 기간인 데드라인을 설정했다. 정말 신기한 건 기간이 짧아졌는데 내가 몰입하는 깊이는 더 커졌다는 사실이었다. 10년이라는 세월을 이미 걸어왔으니 퇴직까지는 금방 지나갈 것이다. 잘 계획하지 않으면 허둥지둥하면서 시간만 보낼 수도 있다. 퇴직예정 기간을 딱 정하고 나니 내가 갈 길도 명확해졌다. 내가 설정한 기한 뒤에 경찰을 떠날지 계속 있을지는 아무도 모르지만 확실한 건 그 덕에 내 글쓰기 목표가 확고해졌다는 것이다. 경찰 제복을 입고 글을 쓰는 삶은 이제 내 삶이 되어버렸다. 퇴직하는 그날까지 글 쓰는 경찰 작가가 되겠다고 맹세했다.

누군가의 삶에 힘이 되어주고 용기를 줄 수 있는 일은 보람된 일이다. 글을 쓰면서 보람을 찾을 수 있었다. 돈을 주지 않고도 내 마음만으로 얼마든지 가능하다. 매일 글을 쓰면 끈기도 생긴다. 나 혼자 글을 쓰지만, 사람들과 나누면서 소통의 창이 된다. 사람은 물론 여러 기회도 얻게 되었다. 블로그만 봐도 글로 소통하는 사람들이 얼마나 많은지 알 수 있다. 세상의 중심에 나를 세우는 글은 오직 글쓰기다. 나를 사랑하면서 나를 알리는 글을 쓰자.

쉬는 날에도 제복 입은 경찰을 보면 새삼 반갑다. 나와 같은 일을 해서 반갑기도 하지만 제복이 참 좋다. 제복은 통일성을 뜻한다. 제복을 입은 사람은 도움을 요청하는 사람들의 이야기에 귀 기울여 듣고 정성을 다해 도와준다. 제복을 입은 경찰은 특별한 사람이다. 우리 부부는 둘 다 제복을 입는다. 최근까지 관광경찰대에서 근무하며 일반 경찰과는 다른 제복을 입었다. 지나가는 분들도 일반 경찰과 다른 복장에 눈길을 한 번 더 주시곤 했다. 한국인뿐만 아니라 우리나라를 찾는 외국인에게도 제복은 한국을 알리는데 한몫한다. 경찰관과 기념사진을 남기고 싶다며 반갑게 말을 걸어오기도 한다. 대화를 나누다 보면 자연스럽게 서로의 나라에 대해 알아가기도 한다. 이런 만남은 경찰 작가인 나에게는 글감이 된다. 사람들과 나눈 이야기들이 그날의 주제로 탄생한다. 나아가 내 삶을 돌아볼 때도 큰 도움이 되었다.

출근해서는 제복을 입지만 집에서는 평범한 아내이자 엄마다. 아이와 함께 뒹굴며 놀아주고 몰아서 집도 치우고 그러면서 산다. 다른 사람들과 똑같이 고민거리가 있고 오늘 뭐 먹을까를 고민하는 주부다. 아이를 키우면서 온전한 내 시간이 줄어들었고 제복을 입는 내 모습도 예전보다 주름살도 늘어가고 있지만, 지금의 내가 더 좋다. 세월이 지난 만큼 나에게는 경험이 축적되었다. 그 경험은 나에게만 있는 게 아니다. 직장에는 나보다 더 오래 근무하신 선배님들이 수두룩하다. 같은 제복을 입고 근무를 한다. 차이점은 오직 글쓰기다. 아무리 경험이 많으신 선배님들도 퇴직하고 나시면 그 경험은 아무런 소용이 없다. 현직에 있을 때 후배들에게 아낌없이 나눠준다면 얼마나 좋을까? 내가 후배들에게 뭐든 나눠 주려는 이유가 바로 그거다. 나만 잘되려고 아끼다가 똥 된다. 기꺼이 사람을 도와야 한다. 내가 가진 경험을 글로 쓰면 갓 들어온 열정 넘치고 패기 있는 신임경찰관들에게는 최고의 무기가 된다. 나는 신임경찰관일 때 그런 글을 읽고 싶었다. 선배님들의 경험담이 녹아 있는 글을 읽고 싶었다. 몇 안 되는 글 중에서 남미에서 살인 누명을 쓴 한국인 여성을 도운 사례를 엮은 책을 보고 반해버렸다. 누군가의 삶에 어떤 글은 삶의 전환점이 되기도 한다. 내 글을 읽고 변화된 삶을 단 한 사람이라도 살기를 바라는 마음에서 오늘도 글을 쓴다.

하루하루가 기다려진다. 설렘 가득한 하루가 즐겁다. 내가 쓴 글을 읽어주는 독자가 있어서 행복하고 글을 쓰면서 내 삶을 그릴 수 있어 행복하다. 제복을 입었을 때 세상 사람들에게 행복을 전하는 글 쓰는 경찰로 남고 싶다. 글을 쓰면서 힘든 일은 같이 나누고 기쁜 일은 배로 기뻐하면서 지내고 싶다. 제복을 입는 마지막 순간까지 글 쓰는 삶에 충실해지고 싶다. 동료의 행복, 대한민국의 진정한 행복을 위해서.

중앙경찰학교에서 6개월 동안 훈련을 받으면서 힘든 훈련을 버틸 수 있었던 힘은 동기애에서 나왔다. 한 방에서 같이 자고 한솥밥 먹고 지독하게 추운 겨울날 제식 훈련도 같이 받으면서도 버텼다. 저마다 제복을 벗는 날도 각자 다를 것이다. 경찰에 대한 사랑과 열정은 모두 다 가지고 있다. 추억들을 흘려버리지 말고 글로 남겨보자. 내 삶을 관찰하고 진지하게 생각해 보자. 지독하게 힘들었던 순간도 글을 쓰며 털어버리자. 글쓰기로 아름다운 세상이 기대된다. 글 쓰는 세상을 꿈꾼다. 글 쓰는 세상은 멀리 있는 게 아니다. 글을 쓰는 순간 변화는 찾아온다.

나는 오늘도 제복을 입는다. 제복 입는 작가의 삶을 살아간다. 여백을 채우면서 내 삶을 그려나간다. 나만의 행복이 아닌 멀리서 행복을 찾는 사람들에게 글쓰기를 권한다. 글쓰기는 어려운 게 아니라고 쓰려는 마음만 있으면 된다고 말한다. 제복 입은 나의 말이 설득력 있길 바란다. 나의 작은 실천이 글 쓰는 대한민국의 첫걸음이 되길 기대해 본다. 제복을 입고 글을 쓰는 이유는 핏빛처럼 선명해졌다. 행복한 대한민국을 위해서이다.

99%와 1%의 차이

　당신은 글을 쓰는 사람인가? 대한민국에는 무수히 많은 직업이 있다. 작가라는 직업을 가진 사람이 얼마나 될까? 서점에 가면 책을 쓴 작가들이 가득하다. 대한민국에서 책을 낸 작가는 1%라고 한다. 그 뜻은 99%의 사람들은 책을 내지 않았다는 말이다. 서점에 책이 그렇게 많아도 책을 낸 작가는 그만큼 적다는 뜻이다. 누구는 책을 내고 누구는 내지 못한다. 과연 그 둘의 차이는 뭘까? 행동으로 옮긴 실천이다. 1% 사람들은 글을 쓰고 싶다는 생각이 들었을 때 글을 썼다. 99% 사람들은 글을 쓰지 않는 사람들이다. 예전에는 누군가를 인터뷰할 때 배경조사를 위해 살펴보는 것이 학력이었다. 요즘은 그 사람이 어떤 책을 냈는지 살펴본다고 한다. 그만큼 책을 낸 사람을 중요하게 생각한다. 나도 99%의 삶을 살았다. 글을 쓰는 건 나와는 거리가 먼일이라고 생각했다. 일기 외에는 특별히 써본 적도 없었다. 나중에 승진해서 높은 자리에 올라가면 퇴직 전에 자서전 한 권 정도 남겨야지, 이런 생각을 했다. 결론적으로 나는 1% 삶을 살고 있다. 책을 내고 싶다는 생각이 들었을 때 글을 썼다. 바로 실천으로 옮겼던 행동이 그다음 행동으로 이어지면서 새로운 인연과 기회들이 자꾸 연결되었다. 같은 하루를 살아도 하루를 어떻게 사느냐에 따라 달라진다. 1% 사람들의 하루는 다르다.

친구가 한 명 있다. 나와 동갑인 친구는 아이를 둘이나 키우는 주부다. 육아휴직 중에 아이를 키우면서 나와 함께 글을 쓴다. 우리들의 공통점은 새로운 일에 늘 도전한다는 점이다. 도전과 동시에 글을 쓴다. 블로그에 글도 쓰고, 나를 돌아보는 여백을 채우는 글도 매일 쓴다. 이야깃거리 중에 빠질 수 없는 게 글쓰기 관련 이야기다. 서평 이야기부터 육아일기까지 닥치는 대로 쓴다. 우리 둘 다 블로그에서 글을 쓸 때보다 빈 종이에 여백을 채우는 글을 쓰면서 필력이 많이 늘었다. 많이 쓸수록 필력은 는다고 했는데 정말 맞는 말이었다. 하루에 3, 4시간씩 글을 많이 쓰다 보니 당연한 말이었다. 우리는 각자 쓴 글에 피드백도 달아주고 아낌없는 조언도 해준다. 든든한 독자가 있다는 사실은 글 쓰는 사람에게 행복 그 자체다. 서로에게 작가라는 명칭을 붙여주며 힘이 되어 주는 사이다. 누군가와 함께 글을 쓰는 자체가 너무 행복하다. 아이를 키우는 워킹맘도 글을 쓰며 행복해질 수 있다는 걸 보여주고 있으니 말이다. 남편들의 배려도 한몫한다. 글 쓰는 시간만큼은 배려해주는 자상한 남편들이다.

곰곰이 생각해보면 1%의 삶을 사는 사람들도 분명 99% 삶을 살았을 것이다. 태어나자마자 글을 잘 써서 작가가 된 사람은 없다는 말이다. 글을 쓰고 싶었고 주저하지 않고 매일 글을 썼다. 그 선택과 노력이 작가라는 1%의 삶을 살게 해주었다. 글을 쓰고 싶다는 생각이 찾아오면 망설이지 말고 써보는 데서 시작된다. 1%의 글 쓰는 삶은 남의 일이 아니다. 평범한 주부도 책 한 권이 아닌 여러 권을 내는 세상이다. 여러 권을 낸다는 뜻은 매일 글 쓰는 삶을 살고 있다는 뜻이다. 매일 글을 쓰면 습관이 된다. 하루라도 쓰지 않으면 오히려 더 이상한 기분이 든다. 글쓰기 근육이 생겼다는 뜻이다. 나는 8년 동안 생각만 하다가 세월을 보냈다. 책을 내고 싶으면 글을 써야 하는데 글은 성공한 사람이 쓰는 글이라고 여겼다. 다시금 책을 내고 싶다는 생각이 찾아 왔을 때 글을 썼다. 매일 짧게라도 글을 쓰니 길이 열렸다. 글 쓰는 사람을 연결해주었다. 글을 쓰다 보니 지금의 모습까지 오게 되었다. 평범한 내가 글을 쓴다는 건 평범한 당신도 글을 쓸 수 있다는 말이다. 1%의 삶을 살길 바란다. 생각만 하다가 버스 떠나고 후회하지 말고 지금 당장 한 줄이라도 글을 써보자. 1%의 삶은 내가 쓸 때 찾아온다.

글을 쓰다가 포기했던 적이 있었다. 완벽한 글을 쓰려고 했었다. 유명한 작가처럼 나도 사람들에게 감동을 주는 글을 쓰려고 했었다. 초보 작가인 내가 꿈이 야무졌다. 글쓰기 스승에게 글쓰기를 배우면 '얼음이 녹으면 물이 됩니다.' 라는 문구를 접했다. 이 문장은 쉬워서 아무나 쓸 수 있다. 사람들은 '얼음이 녹으면 봄이 옵니다', '얼음이 녹으면 눈물이 됩니다.'와 같은 화려한 문장을 처음부터 쓰기를 원한다. 처음부터 사람들의 마음을 녹이는 글을 쓰려는 욕심 때문이다. 글쓰기 스승은 물이 된다는 단순한 문장을 계속 쓰다 보면 봄이 온다, 눈물이 된다는 문장을 어느 날 쓰게 된다고 했다. 그 말은 매일 쓰면 글은 는다는 말이었다. 그 글이 안 나오는 건 내가 안 썼다는 이유라고 했다. 맞는 말이었다. 사람들이 읽으면 이런 말은 별론데 저런 말은 별론데 하면서 글을 쓰기도 전에 걱정했다. 나아가 스스로 맘에 들지 않아 포기해 버리기도 했다. 뭐든 처음 시작하는 일은 서툰 법이다. 직장에 처음 나갔을 때를 생각해보자. 얼마나 내 모습이 초라했는가. 세월이 지나면서 경험이 쌓이고 어느덧 직장에서도 베테랑이 되는 것처럼 글도 마찬가지다. 매일 쓰면 언젠가 내가 만족하는 글이 나온다. 포기하지 않고 쓰면 된다. 더 고민하지 않고 매일 일상을 쓴다. 언제 가는 나도 조정래 선생의 토지와 같은 글을 쓰겠다면서!

올해 연간계획에 무엇이 계획되어 있는가? 글 쓰는 삶을 만나기 전까지는 늘 바쁘기만 했다. 출근해서는 내가 하는 일에 최선을 다했고 퇴근 후의 삶도 충실했다. 바빴지만 나를 돌아보는 시간은 거의 없었다. 내가 어떤 걸 하고 싶은지 깊게 생각해 본 적도 없었다. 글을 쓰면서 내 삶의 주체가 되었다. 내가 무엇을 원하는지 찾아보았다. 목표가 없으면 매일 나에게 주어지는 24시간도 소중한지를 모르는 법이다. 시간의 소중함을 모르면 시간은 허투루 보내기가 쉽다. 시간이 지날수록 성과보다는 후회가 더 남는다. 뭐라도 할 걸 하면서. 나도 그런 삶을 살아 봤다.

하지만 사람이 변할 수 있다는 말을 믿는다. 글을 쓰면서 나 스스로 변화된 삶을 살고 있기 때문이다. 평생 하고 싶은 일을 찾을 수 있었던 이유도 글쓰기 덕분이었다. 행복한 글을 쓰면서 과거로 돌아가 아픈 부분도 여백에 글로 채우면서 완전히 털어냈다. 고민거리도 모두 글에 담았다. 마치 쓰레기통에 버리는 것처럼 불필요한 마음은 모두 글로 적어 종이를 구겨 던져 버렸다. 고민과 아픔은 내 속에 담아 두었지 털어버려야 한다는 사실을 알지 못했다. 옷장에 옷을 버려야 새로운 옷으로 채워 넣을 수 있듯이 모든 나쁜 감정을 비우고 그 속에 행복한 글쓰기로 채워 넣어야 한다. 내가 쓰는 글이 행복한 글쓰기로 이어질 생각을 하면 가슴이 두근두근했다. 베스트셀러 책을 낼 거라며 무식하게 100번씩 쓸 때도 쓰는 과정이 즐거웠다. 온갖 상상을 다 했다. 출간기념회장에서 강연하는 내 모습, 경찰서를 돌며 강연하는 내 모습, 서점 베스트셀러 코너에 앉혀져 있는 내 책. 쓰는 과정이 즐거웠다. 비우고 채우면서 과정 자체를 온전히 즐기게 되었다. 지금은 1+1 글쓰기를 한다. 내가 행복한 글쓰기와 독자가 행복한 책 쓰기를 함께한다. 내가 행복하다면 당신도 행복해질 수 있다. 대한민국 경찰이 말하는 행복한 글쓰기는 행복한 마음으로 매일 단 한 줄이라도 실천하고 행동으로 옮기는 것이다.

　내가 좋아하는 디자이너가 있다. 나눔 디자인을 실천하시는 카이스트 배상민 교수님이다. 세상에는 평범한 사람들이 많다. 디자이너는 돈이 많은 1% 삶을 사는 사람들을 위해 디자인을 한다. 멋진 디자인은 고가다. 평범한 직장인 사기에는 너무 비싸다. 전 세계 디자이너들은 그런 디자인을 한다. 배상민 교수님은 생각을 바꿔 나머지 99%를 위해 디자인하는 삶을 살게 되었다. 뉴욕에서 디자인 교수로 활동하며 잘나가던 생활을 청산하고 한국으로 돌아왔다. 국내에서 생활하며 학생들과 디자인 대회에 출전해서 받은 상이 뉴욕에서 받았던 상보다 더 많았다고 한다. 아프리카에 사는 사람들에게 나눔 디자인을 실천하는 삶도 살고 계신다. 한 사람의 생각과 의지로 디자인에 대한 시각이 많이 바뀌었다. 나도 99%의 글을 쓰지 않은 사람들을 위한 삶을 선택했다. 내가 글을 쓰는 이유는 글을 쓰면서 내 행복을 찾는 것도 포함되지만 더 큰 비전이 있다. 99% 평범한 사람들에게 글쓰기 동기 부여가 되고 싶다. 글을 쓰고 싶다는 사람들에게 글을 쓸 수 있게 돕고 싶었다. 뉴욕에서 살다가 대한민국으로 돌아와 큰 꿈을 꾸는 배상민 교수님의 삶처럼 사람을 돕는 글 쓰는 따뜻한 삶을 살고 싶다. 글 쓰는 대한민국이 엄청 기대된다.

　한 끗 차이다. 나도 글을 쓸 수 있다는 생각부터 하자. 평범한 사람일수록 글을 쓰는 사람은 주위에 수두룩하다. 계기를 찾고 싶으면 주위를 둘러보자. 글을 쓰겠다는 마음을 먹었다면 일단 써보자. 단 한 줄이라도 써보자. 내 삶에 변화를 찾아줄 글을 써보자. 글을 쓴다면 대한민국 1%의 삶을 살게 된다. 내가 쓴 글이 다른 사람에게 읽히고 용기를 줄 수 있다고 생각해보자. 먼저 나를 알아가는 글을 써보자. 시작은 반이다. 당신의 삶에 따뜻한 빛줄기를 내려 줄 것이다. 지금 당장 글을 써보자.

글쓰기는 대한민국에 배우러 오세요

글 쓰는 사람은 전 세계적으로 많다. 우리나라에서 다른 나라로 유학 가는 사람을 쉽게 찾아볼 수 있다. 특히 어학연수나 외국어를 배우기 위해 미국이나 영국에 많이들 간다. 먼 나라까지 가서 배움을 선택하는 사람들에게는 여러 가지 사연이 있다. 반대로 다른 나라에서 우리나라에 배우러 오는 게 있을까? 하는 궁금증이 들었다. 인터넷에 찾아보니 별다른 내용이 없다. 글쓰기만큼은 대한민국이 접수하면 좋겠다는 엉뚱한 생각을 했다. 예전에 「한국어를 팝니다」라는 책을 접한 적이 있었다. 저자는 외국인에게 한국어를 영어로 가르친다. 유튜브에서도 아주 유명하다. 개인 블로그 활동도 하는 젊은 친구였다. 이 친구가 문득 떠올랐다. 외국인에게도 영어로 글쓰기를 알리면 재밌겠다는 생각을 하게 되었다.

글 쓰는 삶을 살면서 나에게 집중할 수 있는 시간과 힘을 기르게 되었다. 새벽시간을 통해 글을 쓰면서 나에게 묻고 답했다. 내가 하는 고민을 털어놓기도 했다. 머리보다 손이 먼저 움직이는 글을 쓴다. 이런저런 이야기에 몰두하다 보면 나도 모르는 이야기에 도달하기도 한다. 그때부터 진정한 글쓰기 맛을 느낄 수 있다. 내가 의도하지 않게 쓴 글은 나에게 성과로 이어지기도 했다. 사람은 생각하는 대로 된다는 말처럼 나에게 집중하는 시간이 많아질수록 상상이 현실이 되었다. 어떤 일을 하고 싶고 어떤 모습으로 살고 싶은지 상상하며 글 쓰는 삶을 즐기게 되었다.

문득 그런 생각이 들었다. 한국에서는 어릴 때부터 고등학생, 대학생까지도 학원에 많이들 다닌다. 학교를 마치기가 무섭게 학원가기가 바쁘다. 어떤 학생들은 과외까지 여러 개를 하는 학생도 있을 정도다. 잘 살펴봐도 글쓰기 학원에 다녔다는 학생들은 드물었다. 왜 그럴까? 어릴 때부터 글쓰기는 왜 잘 배우려고 하지 않는 걸까? 피아노 학원, 태권도 학원에는 가면서도 말이다. 그만큼 보편화 되어 있지 않다는 뜻이다. 학교 교과과정에서조차도 글쓰기를 배운 기억은 없다. 미국의 국공립학교는 초등학교 때부터 글을 쓰게 했다. 수필 쓰는 시간이 따로 있었다. 내 생각을 글로 표현하는 시간을 소중하게 여겼다. 일부러 학원에 보내지 않는 이상 글쓰기를 흔하게 접할 수 없다는 사실이 안타까웠다. 생각을 바꿔 보편화 되어 있지 않은 글쓰기가 대한민국의 장점으로 탈바꿈한다면 어떻게 될까? "글쓰기는 대한민국에 배우러 오세요!"라는 현실이 되는 삶 말이다.

반복되는 일상도 약간의 생각만 바꾸면 재미있게 보낼 수 있다. 지하철을 타고 다닌다면 버스로 탄다든지 아니면 평소 걸어 다니는 길을 뛰어보면 느낌이 다르다. 글을 쓰면서 여러 가지 스쳐 지나가는 생각을 적어 보았다. 번뜩 아이디어가 떠올랐을 때 메모지에 메모하는 것처럼 번뜩 떠오르는 아이디어를 글로 적으면 여러 가지 방면으로 생각을 이어갈 수 있다. 나는 세계여행을 가고 싶은 아이디어가 떠올랐고 언젠가 죽기 전에 가야한다고 생각만 했는데 글을 쓰면서 어느 나라로 가고 싶은지, 언제 누구랑 가고 싶은지, 나와 대화하는 시간을 가질 수 있었다. 얼마를 모아야 갈 수 있고 특별히 꼭 보고 싶은 장소는 없는지 찾아보게 되었다. 글을 쓰는 순간 행동으로 연결되었다. 내 머리보다 손이 더 빨리 움직이며 내 마음을 썼다. 뜬구름만 잡던 생각이 글로 써지면서 실체가 되고 물리적인 힘을 가지게 되었다. 꿈만 같던 세계여행은 이제 나의 가까운 미래의 이야기가 되었다. 거기서 끝나지 않았다. 세계여행을 가기 전에 에피소드나 이야기들을 잘 정리해두고 여행을 다니면서 쓴 글과 합해서 여행책도 내겠다는 목표도 덩달아 생겨버린 것이다. 글을 쓰면서 도전을 거듭 이어 갔다. 나에게 새로운 기회가 찾아올 때마다 망설이지 않고 도전했다. 블로그를 접하게 되면서 잘 운영해보고 싶었다. 매일 하나의 글을 정리해서 블로그에 포스팅하면서 나만의 공간에서 글을 쓰기 시작했고 책을 읽고 난 후에는 서평을 쓰기도 했다. 하루를 보내고 성장한 부분이 있는지 글로 써보기도 했다. 글을 계속 쓰면서 새로운 아이디어를 통해 새로운 일들이 계속 생겼다. 나에게 글쓰기는 도전을 의미했다.

우리 집 책장에는 50권이 넘는 서브 바인더가 있다. 뿔뿔이 흩어져 있던 자료를 바인더에 모두 정리했다. 그중에서 내가 아끼는 바인더가 있다. 「미팅노트」라는 바인더이다. 나는 사람들을 만나면 글을 쓴다. 나눈 대화부터 내 느낌과 감정을 담아 쓴다. 성장을 돕는 사람들과 만남 후에 항상 글로 남겨두었다. 글쓰기가 어렵게 느껴진다면 내가 만나는 사람들의 이야기부터 글로 써보는 것도 좋은 방법이다.

직장을 다니며 아이를 키우는 엄마들은 가족들을 챙겨야 하고 직장에서는 일해야 하고 쉬는 날도 어쩌나 시간이 빨리 가는지 돌아서면 밥 때다. 내 이름석 자 보다는 누구 엄마가 더 편해져 버렸는지도 모른다. 친구 중에 아이를 셋 키우는 엄마가 있다. 직장을 다니면서 아이를 키운다. 남편도 같은 직장을 다 니는데 그 친구와 통화를 할 때면 삶에 힘겨운 목소리가 느껴진다. 몇 년째 만 나자는 말만 한 채 아직 얼굴을 보지 못했다. 그 친구를 떠올리면 같은 아이 셋 을 키우고 일하는 다른 사람이 떠오른다. 그 엄마는 그런데도 불구하고 글을 쓴다. 시간을 어떻게 해서든 내서 글을 쓴다. 두 사람의 삶을 바라보면서 내가 느낀 차이점은 글쓰기였다. 글을 쓰는 엄마는 힘들지만 내 시간을 가지면서 조 금이라도 나를 알아가고 나를 위한 도전을 이어 나간다. 한 번 하기가 힘들지 두 번 세 번 이어서 하게 된다. 평범한 사람일수록 글을 썼으면 좋겠다. 바쁘다 는 핑계는 내려놓고 일단 시간부터 먼저 내보고 써보자.

남편에게 종종 편지를 쓴다. 남편은 예전에 내가 쓴 엽서를 나에게 보여 준 적이 있었다. 어떻게 찾았냐고 물으니 딸아이가 어디서 찾아서 왔다고 한다. 남편은 내가 쓴 편지에 답장해 준 적이 없다. 그걸 알면서도 나는 늘 편지를 썼 다. 편지를 쓸 때는 답장을 바라고 쓰는 게 아니라 내 마음만 전해주면 그만이 다. 나는 편지를 쓰면서 읽는 사람을 생각하면 행복했다. 글쓰기도 똑같다. 내 글이 누군가에 보이는 게 꺼려진다면 나만 보는 글쓰기를 하면 된다. 마음껏 적어보는 거다. 내 꿈을, 내가 하고 싶은 말을, 내가 되고 싶은 모습을 눈치 보 지 말고 마음껏 적어보는 거다. 그중에서 하고 싶은 건 도전해보면 된다. 글쓰 기는 나를 움직이게 하는 원동력이다. 내 마음을 확고하게 만들어도 주지만 움 직이게 하는 힘이 있다. 우리가 책을 읽고 내 삶에 적용하는 것도 마찬가지다. 글에는 사람을 움직이게 하는 힘이 있다.

글은 세상에 남아 있다. 미국에서는 16번째 생일을 크게 치른다. 'Sweet Sixteen'이라고 해서 친구들을 초대해 노래방 전체를 빌려 파티를 열었다. 사춘기 시절 생일선물을 그렇게 많이 받아본 적도 처음이었다. 그날 생일 카드를 받았다. 아주 큰 카드에는 친구들이 남겨준 메시지가 담겨 있었다. 생일 축하해부터 친구들의 이름이 새겨져 있었다. 글에는 잊힐법한 소중한 추억을 잡아 두는 힘도 있다. 미국에서는 졸업하면 'Year Book'을 만들어준다. 그 책 안에는 전교 학생들의 사진과 글이 담겨 있다. 한해를 기념하는 책이다. 글을 쓰면 내 인생을 담는 글을 남긴다. 내가 어떤 생각을 하고 있는지 글로 남겨 둘 수 있다. 제일 큰 장점이다. 특별한 날에는 더욱 글로 남겨두자. 시간이 지난 후에도 내가 쓴 글은 남아 있다. 누군가에게 추억의 글이 될 수 있다.

작년에 관광경찰대에서 근무할 때는 매일 외국인을 만나는 게 나의 일상이었다. 대한민국을 방문한 외국인에게 명소를 안내하고 불편한 일이 생기면 해결해주는 역할을 했다. 부산을 방문하는 크루즈 관광객은 해마다 늘고 있었다. 크루즈가 들어오는 날 남포동에 나가보면 여기가 한국인지 외국인지 헷갈릴 정도다. 식당과 가게 안에는 외국인들이 붐빈다. 크루즈 관광객이 대한민국을 여행하는 목적 외에 행복한 글쓰기를 함께 배워 간다면 얼마나 좋을까? 우리나라의 한글이 세계 언어 중에서 가장 과학적이라고 하지 않는가. 과학적인 한글을 만든 우리나라에서 글쓰기를 배울 기회를 준다면 나름대로 설득력 있지 않을까? 부산을 방문한 관광객들과 친해져 페이스북 친구가 된 분도 있었다. 대한민국 경찰관과 글로 소통할 수 있어 행복하다던 한 외국인 관광객이 생각난다.

글쓰기는 습관이다. 매일 조금이라도 쓰면 글은 습관이 된다. 아침에 일찍 일어나기 힘든 것처럼 처음에는 아주 힘들게만 느껴지기도 한다. 평소 하지 않는 일을 처음 시도하려는데 힘든 게 당연하다. 잠깐의 노력이 삶에 엄청난 에너지를 안겨 준다. 글은 내 친구다. 내가 힘들 때 항상 곁에 있어 주었고 위로가 되어 주었다. 글을 쓰지 않는 나를 상상할 수가 없다. 내가 행복해졌음은 물론이고 내 삶이 바뀌었다. 글 쓰는 비결과 요령만을 찾을 때는 글쓰기가 재미있지 않았다. 생각만 많을 때도 내 감정에 충실하지 못했다. 빈 백지장에 여백을 채우면서 행복한 글쓰기가 시작되었다. 묻지도 따지지도 않는 글을 쓰면서 내 모든 걸 토해냈다. 닥치고 매일 많이 쉽게 쓰라는 말만 믿고 쓰고 또 썼다. 그 어느 때보다 내 마음은 평온해졌다. 이쪽 저쪽에 치우치던 마음은 자리를 잡아갔다. 인간관계에서 찾아오는 불편함도 스스로 해결할 수 있었다. 누구의 엄마가 아닌 하나뿐인 내 인생을 글을 쓰면서 설계해나갔다. 내가 평생 하고 싶은 게 무엇인지 내일 죽는다면 무엇을 하고 싶은지 끊임없이 썼다. 몸이 아플 때도 썼다. 습관이 될 때까지 계속 쓰고 또 썼다. 이제는 글쓰기 없이는 안 된다. 중독되어 버렸다. 글쓰기의 매력에 빠져 버렸다. 글을 쓰면서 내 마음을 줘버렸다. 지금까지 해 온 것 중에 글쓰기만큼 애착을 가진 것은 경찰밖에 없었다. 글쓰기는 가장 빨리 내 마음을 잡아 주었다. 살면서 붙들고 살 끈이 되었다. 여러 방면으로 글을 쓰면서 사람을 돕는 일을 하고 싶다.

대한민국은 전 세계에서 주목받는 글 쓰는 국가가 될 것이다. 온 국민이 글을 쓰면서 새로운 삶을 찾아 나가는 세상을 꿈꾼다. 나아가 행복한 삶을 사는 모습을 보기 위해 다른 나라 국민이 우리나라에 방문해 삶을 배우고 글쓰기를 배우는 행복한 상상을 한다. 경찰관이라는 목표를 갖고 있을 때 죽어라 공부하면서 제복 입은 내 모습을 상상했었다. 그 상상이 현실이 되어 제복 입은 경찰로 살고 있다. 이제는 글쓰기 차례다. 글 쓰는 대한민국을 꿈꾼다. 글쓰기를 통해 행복한 대한민국은 꿈이 아닌 가까운 우리들의 미래 모습이다. 여러분, 글쓰기는 대한민국에 배우러 오세요!

쓰는 대로 행복해진다

글을 쓰는 사람마다 스타일이 다르다. 어떤 사람은 아침에 글쓰기를 선호하는 사람이 있고 어떤 사람은 저녁에 더 잘 쓰인다는 사람도 있다. 시간을 정해 규칙적으로 쓰면 좋겠지만 밤낮으로 일하는 사람에게 규칙적인 시간을 가지기는 참 힘든 법이다. 처음 글쓰기를 시작할 때는 같은 시간대에 썼다. 근무 환경이 바뀌면서 쓰는 시간도 규칙적이지 않게 되었다. 글을 쓰면서 규칙적인 글쓰기보다 내가 일단 쓰는 게 더 중요했다. 규칙을 따지다가 글을 쓰지 않는 삶보다는 언제든지 쓰는 게 더 행복했기 때문이었다. 야간근무를 하면서 예전보다 나를 위한 시간이 줄어들었음을 새삼 느꼈다. 밤을 새워보니 규칙적인 생활을 했을 때가 새삼 감사해졌다. 몸이 힘들면 정신은 더 또렷해진다는 걸 몸으로 느꼈다. 야간근무를 마치고 집에 돌아오면 정말 힘이 들었다. 무거운 몸을 이끌고 글을 쓸 때의 그 기분과 잠을 좀 자고 일어나서 글을 쓸 때의 그 무거운 느낌은 정말 싫다. 에이 귀찮아하고 글을 안 쓰고 자 버린 적도 있었다. 다른 사람은 몰라도 나는 알고 있었다. 그냥 자버렸을 뿐인데 하루 글을 안 썼을 뿐인데 뭔가 찝찝하고 불편했다. 해야 할을 하지 않고 잔 것이 계속 마음이 쓰였다. 몸이 아무리 피곤해도 막상 앉아서 글을 쓰기 시작하면 집중했다. 그 시간만큼은 내가 행복한 시간이었다. 내 마음도 몸도 그 시간은 꼭 써야 한다고 나에게 신호를 보내는 거 같았다. 그냥 행복함에 젖어 계속 글을 썼다. 여백에 글을 한 자 한 자 계속 써나갔다. 머리보다 손이 더 빨리 움직이게 하면서. 때로는 내가 무슨 이야기를 하는지조차 잊은 채 집중해서 써나갔다. 어느새 정신을 차려보면 내가 하는 말은 진짜 내가 하고 싶은 말이었음에 놀라곤 했다.

집이 아닌 밖에 있을 때도 글을 쓰고 싶은 순간이 있었다. 버스를 타고 가거나 이동할 때 자투리 시간이 날 때가 있었다. 그때는 휴대폰을 이용해서 글을 쓴다. 노트를 열고 내 생각을 담는 자투리 글쓰기를 한다. 누구를 만나러 가는지 뭘 먹을 건지 나와 대화한다. 짧은 시간은 짧은 대로 매력 있다. 집에서 넉넉하게 글을 쓸 때처럼 집중력은 최고로 발휘된다. 밥 먹는 행위처럼 그냥 쓴다. 내가 행복한 글쓰기는 이런 게 아닐까? 때와 장소에 상관없이 내 마음을 마음껏 표현할 수 있는 글쓰기 말이다.

어떤 글을 써왔을까? 일상을 쓴 글도 있었지만, 주제가 있는 글도 썼다. 주제가 있는 글을 편하게 쓰려면 무엇을 쓸 건지 약간의 생각을 해두면 편하다. 구체적이진 않아도 몇 가지 사건이나 단어를 떠올려두면 글쓰기가 쉬워진다. 일주일에 한 번 정도 주제 있는 글을 쓴다. 그 주에 배우거나 만난 사람을 정하기도 하고 깨달은 이야기를 쓰기도 한다. 주제 있는 글쓰기를 1년 넘게 써왔다. 처음에는 뭘 쓸까에 대한 생각들로만 가득 했다. 매주 글을 쓰면서 조금씩 사전에 생각해두고 글을 쓰면 낫다는 것은 경험을 통해 체험하고 지금은 아주 자유롭게 글을 쓰고 있다. 「미옥행」이라는 매거진을 만들어 내가 경험한 이야기들을 글로 담아보기도 했다. 처음에는 정말 짧게 썼다. 서평도 적어보고 영화를 보고 나서 내 느낌도 적곤 했다. 어떤 글을 쓰느냐가 중요한 게 아니라 매일 나에게 물어야 할 질문은 매일 글을 쓰고 있느냐였다. 운동선수들은 매일 지독하게 연습한다. 하루라도 연습을 하지 않으면 본인이 제일 잘 안다고 했다. 글도 마찬가지다. 글을 매일 쓰지 않으면 내가 가장 먼저 안다. 새로운 삶을 원한다면 매일 조금씩 단 한 줄이라도 글을 써야 한다. 그것만이 변화의 길이다. 나 자신을 믿고 글을 써 보자.

우리 집에는 내가 편안하게 글 쓰는 공간이 따로 없다. 남편과 함께 쓰는 컴퓨터를 거실에서 이용하거나 식탁에서 글을 쓴다. 책상이나 나만을 위한 공간도 딱히 없다. 그렇다고 내가 글을 쓰지 못할 이유가 되지는 않는다. 어디서든 쓰면 된다. 방바닥에 엎드리고 쓰는 글도 좋다. 장소에 상관없이 내가 행복하기만 하다면 그 어떤 제약도 없다. 어디서든 쓰고 싶은 마음만 꺼내서 글쓰기를 시작하면 된다. 내 마음과 종이와 펜만 있으면 된다.

글쓰기로 삶을 디자인하라. 자기 삶을 어떻게 살 건지 구체적으로 글을 쓰며 찾아라. 한 번도 해 본 적이 없다면 해보라. 하고 싶은 것, 사고 싶은 것, 가보고 싶은 곳을 마음껏 써라. 아무 걱정 없이 된다고 생각하고 써라. 돈이 없음을 걱정하지 말고 일단 다 써보라. 글을 쓰는 과정 자체를 즐기는 거다. 소풍을 가려면 김밥을 싸고 준비물을 챙기고 하는 행위가 즐거운 것처럼 내 삶을 글쓰기로 디자인하는 행위 자체를 즐겨라. 한 번뿐인 내 인생이다. 아무도 내 인생을 대신 살아 주지는 않는다. 후회해도 내가 해야 한다. 글쓰기는 내 생각을 정리해 준다. 내가 가지고 있는 생각이 작다 하더라도 글을 쓰기 시작하면 구체적으로 변하게 된다. 그게 글쓰기의 장점이다. 생각지도 못한 부분까지 글로 이어질 때가 많다. 매년 책을 내자는 목표는 생각지도 못한 목표였다. 글을 쓰면서 찾았다. 일단 쓰기 시작하면 길이 보인다는 말을 믿게 되었다.

우리는 행복해지려고 열심히 일한다. 가족들과 행복한 시간을 보내고 여행도 다니면서 행복한 삶을 꿈꾼다. 한 해 한 해 나이를 먹으면서 인생 경험이 쌓인다. 행복도 더 많이 찾아올 거 같지만 현실은 그렇지 않다. 걱정거리는 늘어가는 반면에 실제로 삶이 행복하다고 말하는 사람은 드물었다. 너무 바쁘게 사는 것도 이유였지만 행복은 멀리 있다고 단념해버리는 우리들의 마음의 자세도 한몫했다. 삶은 늘 우리에게 선물을 주고 있었다. 우리가 인식하지 못했을 뿐이었다. 늘 좋은 사람이나 좋은 일을 우리에게 아낌없이 주었다.

일상에서 찾아오는 고마움을 글로 써보면 내가 가진 것이 이미 넘치고 있다는 걸 알게 된다. 생각을 바꾸었을 뿐이다. 글을 쓰며 나를 돌아봤을 뿐인데 고맙고 행복한 일들로 가득 찼다. 글을 쓰지 않을 때는 내 일상 자체가 행복인 줄 몰랐다. 아침에 일어나도 나를 반겨주는 아침의 고마움을 그저 당연하게 여겼다. 사소한 것에 감사하기 시작하자 글 쓰는 재미도 더해갔다. 쓰는 자체에서 주는 행복함은 말로 표현할 수 없었다. 왜 진작 쓰지 않았을까? 글쓰기는 어려운 게 아닌데. 내 마음에서 출발하는 글쓰기는 쉬운 건데 말이다. 행복은 멀리 있는 게 아니라 내 마음에서 온다는 걸 배웠다. 글을 쓰면서 내 마음이 평온해지는 행복감을 느꼈다. 글이 주는 행복이었다. 쓰는 행복을 손으로 익혔다. 손은 내 행복을 전해주는 귀한 손이다.

어릴 적 쓰던 일기를 떠올려보자. 손부터 움직였다. 일기가 밀린 날은 내 손은 미친 듯이 움직였다. 내가 쓴 모든 일기장을 가지고 있다. 나이를 먹었지만 내 글도 내 삶이 묻어 있다. 내 모든 일상과 걱정이 글에 묻어 있다. 엄마 아빠의 이야기와 어렸지만 진솔한 감정이 녹아 있다. 글쓰기는 쓸 때 효력을 발휘한다. 어떤 글이든 내가 쓸 때 시작된다. 기왕 쓰는 거 아주 행복한 마음으로 써보자. 이루어진다고 믿고 써보자. 단순한 원리지만 내 마음을 긍정 모드로 세팅하고 쓰는 글은 다르다. 쓰는 대로 이루어지는 마법의 노트라고 생각하고 내 생각을 마음껏 펼쳐보자. 행복은 멀리 있는 게 아니라 지금 내가 쓰는 게 행복이라고 믿고 써보자.

나는 글쓰기 전문가도 아니다. 글을 오래 쓴 사람은 더더욱 아니다. 우연히 알게 된 글쓰기를 시작하면서 짧은 기간이었지만 내 삶의 소명으로까지 생각할 정도로 글쓰기에 흠뻑 빠지게 되었다. 글쓰기는 요령과 기술보다는 끈기 있는 사람이 더 잘한다고 믿는 사람 중에 하나다. 나를 믿고 매일 글을 써나갈 수 있다면 가끔 글을 쓰는 사람보다 더 잘 쓸 수 있다고 생각한다. 글을 쓰면서 그 어느 때보다 내 삶을 돌아볼 수 있었다. 정답은 없었지만 확고하게 나아갈 방향을 정할 수 있었고 인생에서 도움이 되는 사람도 글을 쓰면서 만나게 되었다. 인생은 속도 보다는 방향이 더 중요하다는 사실을 글을 쓰면서 마음으로 깨달았다. 말로만 하던 의미 있고 가치 있는 일을 향해 한 발짝 나아갈 수 있었다. 말로 표현하기 힘들 정도로 행복한 일들이 많이 일어났다. 세상을 살면서 모든 관계에 엉켜있듯이 글을 쓰면서 내 모든 인생 전반에 행복이 스며드는 게 느껴졌다. 잠을 덜자고 글을 써도 행복했다. 야간근무를 마치고 내 감정 있는 그대로 글로 남기는 게 삶의 일부가 되었다. 글을 쓰면서 느낀 감정을 다른 분들과 나누고 싶었다. 글쓰기는 하늘이 나에게 주신 선물이었다. 그 선물을 여러분께 돌려드리고 싶다.

마법의 백지 노트 위에 여러분의 삶을 적어라. 삶이 힘들면 힘든 것을 모두 글로 써보고 내 감정 그대로 담아보자. 쓰면 길이 보인다. 요령과 기술보다 일단 매일 쓰면서 내 인생을 찾자. 언제 끝날지 모를 내 인생에 글 쓰는 삶을 추가해보자. 당신은 당신 인생의 주인공이다. 주인공은 행복해야 한다. 오늘부터 행복한 글을 써보자. 단 한 줄이라도.

마치는 글

당신은 죽고 난 다음에 어떤 사람으로 기억되길 바라는가?

우리는 아침에 일어나서부터 자기 전까지 수많은 선택을 하며 산다. 저자 또한 경찰관으로서, 엄마로서 나와 내 가족 그리고 주변 사람들의 행복을 위해 끊임없이 생각하며 올바른 선택을 하려고 노력한다. 저자의 인생 통틀어 지금까지 해온 선택 중에서 진정 원하는 모습으로 살게 해 준 것은 오직 글쓰기였다. 살아온 여정을 되돌아보고 앞으로 나아갈 길을 선택하게 해 준 글쓰기였다. 내 인생은 다른 사람이 만들어주는 것이 아니라 나 스스로 만들어 가야 하며 그 선택 또한 나의 몫이라는 것을 글을 쓰면서 깨달았다. 경찰 생활 10년 중에 용기 있게 선택했던 글쓰기가 저자를 작가로 만들어주었음은 물론이고 평생 글 쓰는 목표 또한 갖게 되었다. 미국의 영화배우 메릴 스트립은 이렇게 말했다.

"행복과 성공의 공식은 단순하다. 단지 자기 자신이 될 것. 당신이 할 수 있는 가장 반짝반짝 빛나는 자신의 방식을 찾을 것."

제복을 입은 경찰은 당신에게 그 방식으로 글쓰기를 강력히 추천한다.

저자는 스스로 매일 던지는 질문이 있다.

'나는 매일 쓰고 있는가?'

작가라면 꼭 새겨둘 문장이다. 매일 글을 쓴다면 당신이 꿈꾸는 인생을 만들어 갈 수 있다. 당신에게 적합한 실천 가능한 시간을 찾아서 글을 쓸 수 있는 환경부터 마련해보자.

글쓰기는 당신의 삶을 쓰는 것이며 평범한 사람일수록 글을 써야 한다. 그 방법으로 치유의 글쓰기인 모든 부정적인 것들을 여백 위에 비워내고 비워진 공간에 새롭고 가치 있는 삶으로 가득 채워야 한다. 아직 일어나지 않은 미래의 일을 글쓰기로 먼저 그 길을 예견해보는 것은 신나고 짜릿했다. 사람은 생각하는 대로 된다는 말처럼 저자는 이런 방식으로 글을 쓰며 작가가 되었고 글쓰기의 강력한 힘을 알게 되었다. 단순한 글쓰기가 아닌 내 삶을 그려가는 행복한 글쓰기였다.

저자는 어린 시절 병으로 어머니를 잃었다. 아무런 목표도 희망도 없이 살았다. 911 테러 현장에서 목격한 경찰관과 소방관의 구조 장면으로 인해 삐뚤어진 내 삶을 의미 있게 살아보고 싶은 간절한 소망이 생겼다. 용기 내어 선택한 삶이 경찰관이었다. 그토록 원하던 경찰관의 삶을 살면서 글쓰기를 만났다. 저자는 국어를 가장 어려워했던 미국 유학 중도 포기자이다. 그런 저자도 글을 쓰고 있지 않은가. 글은 어려운 게 아니다. 특별한 사람보다 평범한 사람이 써야 한다. 지금 이 글을 읽고 있는 당신이 써야 한다. 당신이 어떤 삶을 만들어 갈 것인지 머릿속으로 생각만 한다면 답이 없는 고민으로 끝나 버릴 것이다. 하지만 당신의 생각을 글로 쓰면 생각의 끝이 있다. 생각을 정리하고 나면 글

쓴 대로 실천하면 된다. 경찰관으로서 근무하며 보낸 10년 중에서 8년 넘는 기간 동안 머릿속으로만 생각하고 계획을 세웠다. 글을 쓰면서 머리가 아닌 손으로 생각을 관리하면서 진정 원하는 목표를 찾고 이룰 수 있었다. 아직도 글을 쓰며 저자가 원하는 제복을 입은 경찰의 모습을 찾아가고 있는 중이다.

저자가 처음 글을 쓸 때를 되돌아보면 부끄러워진다. 직장에서 승진하고 돈도 많이 벌어 좋은 차를 타는 베스트셀러 작가의 삶을 꿈꾸었다. 말로는 가치 있는 삶을 살고 싶다고 외쳤지만, 머릿속으로 원했던 것은 물질적인 욕심이 대부분이었다. 일상을 꾸준히 쓰면서 이 또한 과정이라는 사실을 깨달았다. 물질적인 목표가 있었기에 삶의 가치를 중요시하는 삶을 살 수 있게 된 것이었다. 내 삶의 가치는 사랑이다. 가족에 대해 글을 쓰면서 내가 얼마나 사랑받고 있는 사람이었는지 알게 되었고 당연하게 여겼던 사랑을 제대로 볼 수 있었다. 내 주변 사람들에게 나누는 사랑이 얼마나 큰지도 몸소 깨달았다. 나만 잘 먹고 잘사는 삶은 매력 없다. 더불어 사는 세상을 글쓰기로 만들어 가고 싶다. 이제는 내가 받은 사랑을 사람들에게 돌려주어야 할 시간이다.

남편과 딸이 곤히 자는 새벽 시간에 글을 쓰다가 딸이 열이 나는지 살펴보려고 옆에 잠깐 누운 적이 있었다. 문득 이런 생각이 들었다. 가족이 곤히 자는 새벽 시간에 나는 왜 글을 써야만 하는 걸까? 왜 굳이 새벽에 일어나서 잠도 부족한데 글을 써야 할까? 라고 스스로 물었다. 씩 웃으면서 이렇게 말하고 있었다. "나는 죽고 나서 경찰관으로 기억되길 바라니까."

당신이 죽고 난 다음에도 세상에 당신이 쓴 글은 남아 있다.

열정 글로벌캅 **황미옥**